我遇见过很多爱情 > 却没有遇见你

苏小昨 著

中国华侨出版社

图书在版编目（CIP）数据

我遇见过很多爱情，却没有遇见你 / 苏小昨著. —
北京：中国华侨出版社，2016.6

ISBN 978-7-5113-6087-8

Ⅰ.①我… Ⅱ.①苏… Ⅲ.①短篇小说一小说集一中国一当代 Ⅳ.①I247.7

中国版本图书馆CIP数据核字（2016）第119454号

我遇见过很多爱情，却没有遇见你

作　　者：苏小昨
出 版 人：方　鸣
责任编辑：晴　裳
封面设计：苏艾设计
经　　销：新华书店
开　　本：880mm×1230mm　1/32　印张：9　字数：240千字
印　　刷：北京嘉业印刷厂
版　　次：2016年7月第1版　2016年7月第1次印刷
书　　号：ISBN 978-7-5113-6087-8
定　　价：36.80元

中国华侨出版社　北京市朝阳区静安里26号通成达大厦3层　邮编：100028
法律顾问：陈鹰律师事务所
发 行 部：（010）82068999　　传真：（010）82069000
网　　址：www.oveaschin.com
E-mail：oveaschin@sina.com

推荐序
为了那双发现美的眼睛

我认识苏小昨的时候，是在北京的一家饭店。刚听她名字，以为和我一样，是一个青年作家。见面后，才知道是全职妈妈。

曾经看过一本理查德·道金斯写的《自私的基因》，里面最让人印象深刻的观点，就是人都是自私的，从骨子里，都是自私的。直到我遇到苏小昨。

我看过她的文字，很细腻，非常适合女孩子去读。我问她，你天天照顾老公、孩子，怎么还有时间去琢磨这些事情，把生活看得这么明白？

她笑着说，反正有了别人没有的大把时间，何不去琢磨一些事情，然后动笔写一下呢。

在此之前，我也认识了很多全职妈妈，她们的生活圈子很小，除了孩子就是老公，最多串门的亲戚能让她们念叨很久。那天，她请我们去 KTV 唱歌，我问她：你写作多久了？

她说：很久了。

我说：平时都用什么时间写呢？

她说：等孩子睡着了，我就开始动笔，有时候看着她会对生命有更深刻的感悟。

和她沟通的那一个晚上，苏小昨没有抱怨她的劳累，虽然我能看到她眼睛里的血丝。她让我看到了一个家庭主妇的坚强和当女人沧桑背后的执着。

后来，我听了她给我讲的故事，跟我聊的爱情，忽然觉得，那些甜蜜单纯的故事背后，有着一双能发现美的眼睛。

这些时间我在全国各地巡讲，像上了发条一样，除了上课、巡讲就是在路上，实在没有时间去写文章。那天在路上，苏小昨说自己要出第一本书了，问我能不能帮忙写序。

我说，虽然时间紧张，但我在路上帮你写吧，为了你，为了那些默默为家庭付出的妈妈，为了那双可以发现生活中美的眼睛。

她的书我会推荐，另外，预祝新书大卖。

青年导演、青年作家　李尚龙

因为梦想有光亮

作为一个只出过一本书的业余作者，受邀给别人的新书写序，心中不免几分忐忑。不为别的，只因我深知第一本作品集对一个作者以及他的人生意味着什么。

去年，被几个公众号转发过几篇文章后，我被拖进了一个作者微信群。其实我是个很少在微信上闲聊的人，看了一下群成员，几乎全都是有代表作的年轻作者。

小昨第一个加了我的微信。我对小昨的印象，是因为那篇被竞相转发的《亲爱的，下一个不见得会更好》。同为山东人，相遇格外亲切。

小昨的文章，没有太多华丽的铺排，几乎全是身边人的故事：家中长辈，相熟亲戚，多年闺密，亲密同事，像一顿清淡可口的家常饭，看似寻常，品咂出来的，却是最接地气的烟火味道。你的一个片段，或许就发生在昨晚我的饭桌前。她的某句话语，或许就出现在你今天的枕头边。

后来我才知道，小昨曾是个地道的文艺女青年，从少女时代便爱好写作，一路跟着爱情引吭高歌，直到为了孩子，做了全职妈妈。只有走过的人，才懂得从文艺少女到全职妈妈这条路，走得何等艰难，像上了岸的美人鱼的双脚，步步血刃，才有迤逦。我不是全职妈妈，也同样经历了初为人母时一段极为艰难的时光。在走过这段低谷后，我才敢回头，去审视那个手忙脚乱、抑郁又焦虑的自己，才敢一点点用文字去记录那段坎坷心境。

而小昨比我勇敢得多，她边带孩子边做兼职，仍坚持写作，写育儿心得，写情感故事，写励志鸡汤。我深深懂得，那是一个全职妈妈在疲惫生活中的英雄梦想，是一个在人生角色重大转折过程中的女性，在奶粉、尿片的琐碎日子里，支撑自己走下去的光。

我很佩服小昨。

对于我们这种人，文字是生命的一个出口。我和小昨一样，从少女时代就写些小女生的碎碎念，发到四处的投稿邮箱，期盼有一天，能在某个刊物上看到载着自己名字的一个小小版块。所以至今，我们特别庆幸能生活在这样一个时代，一个多元、多样、充满机会、相信努力的时代。微信、微博、各路专栏、各种 APP，给了我们这些非专业作者前所未有的机遇，让我们在经历了悲喜离愁、尘世风雨之后，一点点实现白衣少年的梦想。

人到中年，常常耻于谈梦想。可生活浮沉，时光倏忽，总得时不时给自己打打强心针。哪怕烦恼接踵而来，孤独如影相随，好在有文字，能让我们在熙熙攘攘、柴米油盐里，留出一点时间，给自己坚守多年的初心。

梦想一直有光亮，照着每一个心怀远方的人，从此无惧暗夜。

小昨的这本书，不止写爱情，更是一个日渐成熟后的女性的人生态度。关于情爱的百转千回，关于生活的点滴感悟，抚过人心，如春风化雨。

愿你亦能感受这温润与光亮。

情感作家　李爱玲

一个有故事的女同学

2004 年的深秋，陈奕迅的《十年》红遍大江南北。

那一年的初冬，我在老舍先生笔下温暖晴朗的济南，认识了一个爱唱歌、爱讲故事、笑起来有两个甜甜小酒窝的可爱姑娘。

我和小昨相识在美术考前集训班里，那时他们学校把整个美术培训机构都包了下来，而我就是为数不多的“散客”。

十七岁的我，还是个不善言辞的内向姑娘，因为害羞，在这个陌生的环境也没有多少朋友。

小昨是美术班里第一个主动过来和我讲话的姑娘。她虽然和我一样性格内向，一旦熟起来，却是刹不住闸的“话匣子”。或许是因为相同的兴趣爱好，我俩很快成了无话不谈的朋友。

画画的时候总是很枯燥很无聊，很多人戴着耳机听听广播听听音乐，而我只要坐在小昨旁边就可以了。小昨会声情并茂地给我表述她听来或者看来的爱情故事。对于我们两个这种发育迟缓、身材平板、不会打扮的姑娘来说，在爱情光顾我们之前，小昨口中那些感人肺腑的爱情故事满足了我们对爱情的所有幻想。

高考之后，我和小昨一度失去了联系。没想到有一天我居然收到了她的来信。聪明的她，把我的名字输入百度，居然搜到了我所在的学校和班级。我惊奇地发现她的文笔竟然非常优美，而此时，我也是一个爱好写诗的文艺女青年。

大学期间，虽然我俩并不是经常见面，但我们会通过写信、打电话和上网聊 QQ 来了解彼此的情况。

小昨是一个对感情非常认真的人。读书期间，勤奋好学的她从来没有谈过恋爱。她固执地等待那个能够触动她心弦的人。那个人可以没钱，但一定要懂她。

2011 年，小昨遇到了她的真命天子王同学。说实话，我刚开始和她的大多数亲朋好友一样，非常不看好她和王同学。因为他俩的性格迥异，成长环境不同，而且王同学是一个脾气暴躁又非常能折腾的穷小子。

小昨就这样一直跟着他东奔西走、颠沛流离。她放弃了在山东老家稳定的工作，跟着王同学先去了济南，然后又去了北京。

在她生完孩子十天后，王同学得到了一个去珠海创业的机会，我们心疼她刚生完孩子非常需要照顾，都不同意他们去珠海。

在北京她还有我们这帮好朋友，去了珠海可真的就举目无亲了，一想到她瘦弱的身躯，抱着孩子，穿梭在陌生的城市，就觉得好心疼。

跟着一个一无所有的穷小子如此奔波，换作任何一个姑娘肯定都受不了，可小昨依然笑嘻嘻地夫唱妇随，随时准备着换工作去适应新的环境。最最关键的是这个姑娘还无比贤惠，烧得一手好菜。所以我想王同学前世应该是拯救了银河系，今生才遇到小昨这样的女孩。

我有的时候在想，身边这么多的好姑娘，对待爱情如此专注，这般执着，真正是因为那个人多么优秀、魅力多么大吗？其实未必吧，或许仅仅因为在我们幻想爱情的年纪，恰好你干干净净地出现了，你不一定是我幻想的样子，但是只要你对我好，我就不再幻想别的了。

除了对爱情执着外，小昨也一直没有放弃自己的文学梦想。早在中学时，小昨就写各种小说，最开始是一些纯文学类的农村题材小说，后来认识王同学后，小昨便开始写一些情感类的故事。虽然她的感情经历并不多，但她是一个勤于思考、善于总结的好姑娘。

在全职带孩子期间，小昨一直坚持写作，这是我最佩服她的地方。作为一个农村走出来的姑娘，她比同龄人吃过更多的苦。她曾在北京住过地下室，做过销售、化妆师、彩妆督导、策划、编辑等工作。

这让我想起孔子那句话："吾少也贱，故多能鄙事。"意思是说，我之所以现在懂得很多学问，是因为年轻的时候很贫苦，做过很多别人都不愿意做的事情。这个姑娘就是这样，她在这些经历中认识了很多人，遇到了很多故事，她把这些故事写下来，于是就有了今天的这本书。

感谢一直以来给我温暖的这个姑娘，感谢我遇见的爱情，也感谢我遇见的你。

孙冰颖

2016年4月写于北京

目录

第一章　下一个不见得会更好

亲爱的，下一个不见得会更好 / 002

爱情的保质期是一辈子 / 007

急脾气和慢性子的爱情故事 / 014

爱一个男人最好的方式 / 022

姑娘，你嫁得不好，不是因为你爸妈 / 032

第二章　我们没有在一起

所有的错过都是命中注定 / 044

我们没有在一起 / 052

不爱无罪 / 059

我不祝你幸福 / 071

谢谢你，不爱我 / 076

有些人你永远不必等 / 085

第三章　如果可以遇见你

好姑娘那么多，为什么你依然单身 / 096
好的爱情让人变得更美好 / 103
结婚的唯一标准就是遇到对的人 / 109
第 101 次相亲遇到你 / 117
找一个志趣相投的人谈恋爱很重要 / 128
相亲遇到真爱是什么体验 / 137

第四章　因为爱你，所以一切都值得

世界上最动人的情话，不是“我爱你” / 148
异地恋，究竟谁该妥协 / 156
这个世界上只有一种男人不玩暧昧 / 162
因为爱你，所以一切都值得 / 171
这是我所见过的最好的异地恋 / 180
终于等到你 / 189

第五章　纵使青春留不住

手脚冰凉的姑娘没人爱 / 208
请对最亲密的人保持尊重和耐心 / 217
妈妈陪我漂 / 222
因为丑过 / 230
纵使青春留不住 / 241

后记　我错过很多爱情，却没错过你 / 273

第一章

下一个不见得会更好

亲爱的，下一个不见得会更好

爱情的保质期是一辈子

急脾气和慢性子的爱情故事

爱一个男人最好的方式

姑娘，你嫁得不好，不是因为你爸妈

亲爱的，下一个不见得会更好

曾经深爱的两个人为什么会分手？

我想大抵是这样，陷入热恋中的人往往会忽略甚至美化对方的缺点，然而激情退却后，理智回归，我们开始慢慢审视对方身上的缺点，再与当初想象中的美好相比较，不免惊叹相去甚远。于是很多人开始慢慢失望，甚至会感到委屈，总觉得自己值得拥有更好的人，也坚定不移地认为，下一个，一定会更好！可是亲爱的，听我一言，下一个不见得会更好。

当年决定嫁给孩子她爸时，几乎全世界的人都反对。亲朋好友们苦口婆心地劝我：“你值得拥有更好的人！”“分了吧！下一个，一定会更好！”每每此时，我都一脸平静地问他们：“什么是更好的？”大家几乎不约而同地脱口而出：“有车有房啊！”我笑了：“我俩如此努力上进，房子和车是迟早的事情！”大家还是不甘心，生怕我被所谓的爱情冲昏头脑、蒙蔽双眼，继续游说我：“你看他身上缺点那么多！他脾气暴躁，对你不够温柔体贴。他成熟不足，幼稚有余。他不顾家……”我又笑了：“他的这些缺点我都知道，但那又怎样？我也不完美啊。”是的，我又不是零缺点、无瑕疵的完美小姐，怎能奢望会遇到一个完美先生呢？我从不认为，下一个会更好。因为不想错过以后，再用一辈子来悔恨和怀念，所以，我一直坚信，我所拥有的，就是最好的！

有这样一个故事：一次，古希腊著名哲学导师苏格拉底的三个学生请教他，怎样才能找到理想的伴侣。苏格拉底没有直接回答，却带学生们来到一片麦田，让他们每人去麦田选摘一根最大的麦穗，并规定不能走回头路，且只能摘一根。弟子们在麦田里走啊走，大麦穗见了一根又一根，但他们总以为还有更大的在前面！虽然弟子们也试着摘了几根，但并不满意，便随手扔掉了。他们总想着下根麦穗会更大更好，于是就这样和“最大的麦穗”失之交臂，归来时两手空空。

生活中，男男女女在寻找伴侣时，总渴望找到世界上最优秀最完美的那个人，他们固执地认为，最好的还在后面，下一个一定会更好！可是，谁又知道站在你眼前的人儿是不是最合适的那个呢？很多人就因为挑剔和错过，才沦为了剩男剩女。当然，追求优秀完美的伴侣并没错，只是我们应该清楚地认识到，只有我们自己足够好、足够优秀，才值得拥有更好更优秀的人，况且这世界上本来就没有完美无缺的人。所以珍惜自己所拥有的，这才是实实在在的。

对于眼前人，且行且珍惜，下一个不见得会更好。明明很简单的道理，我们到底被什么迷惑了心智？或许是因为，我们总是能准确无误地指出对方身上的缺点，却往往忽略了自己身上的缺点。我们总是嫌弃自己的另一半不够称心如意，外貌出众的，会招蜂引蝶；长相一般的，拿不出手，还对不起自己的眼睛；事业心太强能赚钱的，不够顾家；温柔体贴顾家的，能力又太差；饱读诗书、才华横溢的，男的风流，女的矫情；肚子里墨水不多的，又没有共同语言……我们在要求对方足够优秀的同时，有没有想过，自己是否足够好呢？如果我们总是习惯性揪着对方的缺点不放，而不反省自己，怎么可能会遇到更好的人？

我相信无论恋爱还是结婚，起初两个人都是朝着佳话去的，只是过着过着就成了怨偶。如果不能清醒地认识对方和自己，还总觉得下一个会更好，那两人的感情自然会画上句号，最终劳燕分飞。我想下一个之所以不见得会更好，是因为我们每个人总有犯贱的心理，总以为得不到的才是最好的，失去的自然更是最难以忘怀的。即使那个人曾经遭尽嫌弃，可一旦失去，便成了遗憾！于是，分开之后，遗忘之前，不仅新欢不够好，我们过得更不好。

想起一个最近刚刚离婚的朋友，离婚的理由是中国古往今来婚姻关系的最大矛盾——婆媳不和。朋友受够了夹板气，一怒之下离了婚。可事情没有那么简单，婆媳关系在中国乃是历史性难题，除非两人真的水火不容，天天掐架，否则不会走到离婚这一步。果不其然，离婚后没多久，觊觎已久的小三就上位了。而新媳妇和婆婆的关系照样糟得一塌糊涂，甚至不如从前。当然，现在婆婆也叫苦不迭，和现在年轻貌美的新媳妇比起来，前儿媳简直就是观世音转世。

离婚后，朋友一直处于悔恨中，他埋怨母亲天天在耳边叨叨自己媳妇的不是，还常说什么“就凭咱这条件，多少年轻貌美的姑娘都赶着嫁，为啥要受这委屈，离吧，再找一个更好的”。在老妈的“循循善诱”下，朋友眼里都是媳妇的缺点，同时他也完全忽略了自身的毛病，潜意识中还以为自己就是完美先生，肯定值得拥有更好的伴侣，这便使得年轻貌美、贪图富贵的小三有了可乘之机。

只是他似乎忘了，前妻身上那些令他难以忍受的缺点，曾经是深深吸引他、令他沉醉着迷的优点。婆媳关系不和这种事，一个巴掌拍不响，问题不可能都出在媳妇一个人身上。究其本因，作为一个男人，他却没能调和好这中间的种种纷争，他的生活被搅扰得鸡飞狗跳、一地鸡毛，旁人的话语令他迷了心智，没有看清楚问题的关键所在。

朋友原以为，下一个会更好，谁承想，新欢却远不及原配，于是不可控制地，他开始怀念起前妻的种种好。新欢自然过得也不好，而且她不好，也不想老公和婆婆过得好，拉来父母为自己助战，将本该简简单单的家庭内部矛盾激化成敌我外部矛盾。

看吧，真实的生活远比电视剧狗血，但再狗血的剧情，都会有终结的一天，每个人的精力都很有限，他们终将会对消耗精力的感情游戏感到疲倦。其实有些故事，一开始就能看到结局。譬如，那个朋友，居然幻想换个老婆就能缓和婆媳关系。插足的小三何等人也？明知道当小三拆散别人家庭，会让自己的父母蒙羞，还照样为达目的不择手段。连自己的父母都不心疼的人，你还奢望她会真心对待公公婆婆，简直是痴人说梦。

离婚远比恋爱时的分手有沧桑感，甚至有时还会带着烙印般支离破碎的伤痛，特别是在有了孩子之后。离开本身就是一件让人难过的事，恋爱时，受了伤，我们可以擦干眼泪，努力挤出一丝微笑，对自己说，没关系，下一个会更好。再花上几年的时光为自己疗情伤，把对方尘封在记忆里，时不时拿出来缅怀刺激一下现任。然而结了婚，有了孩子以后的离开，却往往会伤及无辜，不仅是两家的父母，更伤了自己的孩子。所以，我们不能再像年轻时那么任性，那么不负责任，那么潇洒地说“下一个一定会更好”。

无论爱情还是婚姻，都是越简单越幸福。如果你经历得太多，就会麻木；分离多了，会习惯；恋人换多了，会厌倦；到最后你会发现，下一个，不见得会更好。不要总是认为后面还有更好的，其实现在拥有的就是最好的。珍惜眼前人，且行且珍惜。

如果你还是固执地认为下一个会更好，就请照一照镜子，查查银行卡的余额，想想那些遗失的美好，看看身边那些不幸的人，最后，问问身边那些幸福的人。

爱情的保质期是一辈子

年少时，经常听一些所谓的爱情专家说，爱情的保质期很短，有的是两三个月，有的是一两个月，有的甚至只有几天。所以人世间的爱情和婚姻才会有那么多的分分离离。

有时我也在想，这也难怪，就像我们每天喝白开水会觉得乏味，偶尔也想喝点茶，换换咖啡，尝尝可乐。又有谁能保证一辈子只爱一个人呢？

很长一段时间，爱情保质期的理论就像一个魔咒，让我对爱情充满了恐惧和不安。以至于我 24 岁以前的爱情就是一张白纸。

直到姥姥和姥爷金婚的时候，我才慢慢明白，原来，相濡以沫、白头偕老的爱情不是童话。

是的！姥姥和姥爷的故事告诉我，爱情的保质期分明是一辈子好吗？

1

姥爷去赶集，刚到地方就给姥姥打电话。

"我看西红柿蛮好的，买点么？"

"买点呗！"

"要多少啊？"

"你看着买呗！要个四五斤。"

"好嘞！"姥爷把电话挂了。

没过 2 分钟，电话又打来了。

"西红柿大的好还是小的好？"

"别太大了，也别太小了，就挑那个中不溜的。"

"那买青点的，还是红点的？"

"别买太红的，容易坏，也别买太青的，不熟，就要硬邦邦稍微有点青的那种。"

"好嘞！知道了！"

挂了电话，姥姥和我抱怨，你看你姥爷，每次赶个集都得打几十个电话，烦都烦死了。

我笑了："这多好啊！说明我姥爷在意你的想法。我可是各种羡慕嫉妒恨哦！"

2

吃完早饭，姥爷下地去摘菜。

姥爷走后，姥姥就开始忙乎着收拾屋里，洗衣服，烧水给姥爷沏茶。

一切收拾完毕，开始给姥爷打电话。

"忙完没？啥时候回来啊？都沏好茶了。"

"马上了，再过 10 分钟，我看黄瓜结得可好了，摘几根回去给你凉拌吃。”

10 分钟后，姥爷还没回来，姥姥又打电话。

“咋还没回来？茶都凉了。”

“马上了，再过 10 分钟，咱家韭菜也长得可好了，割一捆回家给你包饺子吃。”

10 分钟后，姥爷还没回来，姥姥就怒了。

“大热天的，你瞎忙乎啥呢！限你 5 分钟，赶紧给我滚回来！”说完，姥姥就挂了电话。

5 分钟后，姥爷的电动三轮车嘀嘀嘀回来了，满载而归。

“我要不发飙，你是不是非得干到 12 点！大热天的，就为摘那点菜，中暑了还不划算呢！”姥姥气呼呼地对姥爷说。

姥爷笑眯眯地对我说：“别看你姥姥生气，那是心疼我呢！”

3

几年前，姥姥查出来有糖尿病。医生说，严格控制饮食，不能吃太多甜食和肉类。

但是有糖尿病的人，偏偏又很喜欢吃甜食和肉。

于是姥爷便把零食都藏起来，吃饭的时候争着抢着吃肉。

姥姥终于忍无可忍，见到我妈她们姐妹几个就开始告状：“这死老头子，天天把好吃的藏起来，顿顿给我吃青菜，你看吃得我的脸都绿了。死抠了一辈子，你说留着那些钱干吗啊！”

每每此时，妈和姨们都纷纷数落姥爷：“爹，你不能这样，你别那么抠，吃完咱再买，没钱我们给你。”

姥爷一听就急眼了：“我不是抠，医生说，你妈糖尿病越来越严重了，不能吃这些零食和肉，她就是不听话。我这是为她好，你们懂什么啊！”

我们都笑了：“医生是说少吃，没说不让吃啊！”

姥爷低下头小声嘟囔：“可是我害怕啊！”

“你一大老爷们儿，你怕啥啊！”姥姥笑道。

后来姥爷一脸忧郁地告诉我：“你姥姥住院时，临床的老太太就是糖尿病没的。”

4

情人节的前夕，姥爷问姥姥：“听说，明天就是情人节，我送你点啥礼物好呢？要不也给你买点巧克力吧！”

姥姥白了姥爷一眼：“情人节是人家年轻人的节日好吗？你一糟老头瞎起什么哄啊！”

第二天，姥爷去超市狠了狠心挑了一堆德芙巧克力，结账的时候，营业员笑着说：“大爷，7 块钱一块，您这些一共 280 元。”

“啥？ 280 ？那么贵啊！算了我不要了。”

后来姥爷拎着一大块肉回家。

姥姥问：“你不是说去给我买巧克力吗？”

姥爷讪讪地笑了笑：“医生说，你糖尿病不能吃太多甜食，咱们还是包饺子庆祝吧！纯肉馅的。”

吃饭的时候，电视上正好播着德芙巧克力的广告，姥爷问姥姥：“你知道一小块德芙巧克力多少钱吗？ 7 块钱！就那么大一丁点，还是最便宜的。我就拿了一大捧，两三百块，吓死我了。”

姥姥哈哈大笑：“怪不得，没给我买巧克力，原来是被价钱吓到了。”

姥姥把这件事当成笑话讲给妈妈和大姨小姨听。

妈妈悄悄地和我说：“你看，你姥姥虽然嘴上不停地埋怨你姥爷，心里可美滋滋的呢！老两口多浪漫，还过情人节，真幸福！”

5

人都说，老人的觉特别少。

每天晚上，姥姥睡不着的时候，就叫叫姥爷。

“哎！睡着没？”

“嗯！”

“那陪我唠唠嗑呗！”

“嗯！”

“我们真是老了，觉越来越少了，死活睡不着。”

“那是你好吧！我还年轻呢！”

“少来了，咱们都有第四代了，七八十岁的人，还不服老。”

“嘿！我就不服老。我现在还能翻墙爬树，在屋脊上健步如飞，他们年轻人行么？说不定，还不如我呢！”

“别给我说你爬高踩低的事，一提就来气。你都老胳膊老腿了，逞什么能啊！我就和你说了说，隔壁老李六十多岁了还爬屋脊，第二天你就给我爬上屋脊，来回转了十几圈，你说你较什么劲呢！”

“那老李有啥厉害的，不就爬个屋脊么，咱比他大五六岁，照样能在屋脊上健步如飞。说明咱老当益壮，不比他老李差。”

“你就知道逞能！你知道我在下面多害怕吗？吓得我心都要蹦出来了，差点心脏病犯了。”

“瞧你那鸡胆，不就爬个屋脊，还吓得心脏病犯了，就这么点出息。”

“死老头，我警告你，别给脸不要脸，下次再让我看到你爬高踩低的，别怪我对你不客气！”

“知道了，干吗发那么大火啊！气坏身体咋办？”

6

姥姥、姥爷金婚的时候，大姨和小姨带他们去拍了一套婚纱照。

思想保守的姥姥特别不能接受袒胸露背的婚纱，拍照的时候表情很不自然。思想前卫开放的姥爷格外配合，还积极地说服姥姥：“咱俩风风雨雨 50 年了，拍个照留个念多好啊！”

大相框挂墙上后，每次家里来了人都会啧啧称赞一番：金婚纪念真好！老爷子穿上西装真帅！笑得真开心！哎哟，老太太表情不太自然啊！

每每此时，姥姥都会不好意思地解释：“孩子们说金婚拍个照留念，我就以为穿着咱自己的衣服合个影就完了，哪知道要穿这袒胸露背的婚纱啊。我说不照了，孩子们都说交完钱了。”

后来姥姥问我：“你说这婚纱照挂墙上是不是太招摇了？要不摘下来得了，省得人家笑话。”

我慌忙说：“别啊！摘它干吗！这可是金婚纪念，你和姥爷一起风风雨雨走过 50 年，多幸福。现在的年轻人熬到金婚多不容易，简直比西天取经还要难呢！”

“为什么啊？”姥姥不解地问。

我一本正经地说，因为现在社会信息太发达，诱惑太多，大家都觉得爱情的保质期很短，都认为婚姻就是爱情的坟墓，所以会有三年之痛、七年之痒。

姥姥说："你们年轻人所说的爱情我也不懂，我只知道，东西坏了不能总想着再换一个新的，再换一个，也不能保证它不会坏，对吧？而且再换一个，也不见得一定就比现在的好！"

年少时，总觉得，爱情应该是轰轰烈烈、刻骨铭心的。现在才明白，生活又不是琼瑶的小说，哪来那么多肝肠寸断、惊心动魄、山盟海誓和生离死别。

平平淡淡才是真。两个人在一起，踏踏实实地过一辈子，相濡以沫携手到老，才是最实在的。

是的！那些轰轰烈烈的爱情的保质期通常都很短。因为没有人始终像打了鸡血一样永远激情四射，我们终究会累，爱情也会逐渐降温。

爱情终究要回归平淡才能长久。正所谓，细水长流。

平淡的爱情就像白开水，无味甚至乏味。殊不知三四十度的温白开乃人间神水，远比可乐、咖啡有益于身体健康。

如果乏了，你可以放点盐，也可以加点糖，既有滋味，又利于身体健康。

对！我姥姥、姥爷的故事和你姥姥、姥爷的故事，告诉我们，细水长流的爱情，保质期分明是一辈子好吗？

急脾气和慢性子的爱情故事

认识急性子先生J时，慢性子小姐M已年过26。得知M小姐至今还未谈过恋爱，J先生惊得下巴都掉下来了："天啊！太不可思议了，我初中就开始早恋了。请问你是火星上来的？"

M小姐低下头慢慢地啜了一口咖啡，然后缓缓地抬起头，一字一顿地说："可能缘分未到吧！"

其实M小姐之所以没有触碰过感情，有很大的原因来源于内心深处根深蒂固的自卑感。M小姐潜意识里总不停地暗示自己：我那么笨，那么慢热，没有人会真心喜欢我。

M小姐为什么会如此自卑呢？网络上有一篇热文《所有的结果都和童年有关》能充分说明一些问题。

在很多人的潜意识里慢性子就是不聪明的代名词。因为慢性子脑袋转得慢，反应迟钝，做什么事情都慢吞吞，看起来呆头呆脑傻乎乎的。正因如此，从小到大M小姐遭尽嫌弃。

无论她做什么事儿都会被亲朋好友催促快点，大家在说她"慢"的语气中总是带有鄙视、嘲笑、讥讽与不满。这让M小姐的自尊心大大受挫。

亲友们总是不经意地指责 M 小姐：“哎呀！就没见过比你还慢的人，像你这么笨、这么慢的姑娘将来怎么嫁得出去？”“谁要是娶了你，那脆弱的小心脏不得被你磨碎！”

在一味的否定和差评中长大，M 小姐总是莫名地忧伤、自卑而又敏感脆弱，她甚至很悲观地认为，自己真的会嫁不出去，即使嫁出去了，也会遭尽婆家的嫌弃和念叨。

当 J 先生听完 M 小姐成长的血泪史后，忍俊不禁：“你从小到大被人欺负、被人念叨，而我则是念叨和欺负别人的人，你所谓的痛苦我无法体会，不过我由衷地同情你。其实你就是脾气太好了，别人念叨你的时候，你总是不反驳、不吭气，久而久之，别人也就形成习惯了。如果想要改变这一切，首先你得自信，不要总想自己的缺点和不足，要多想想自己的优点。你要知道自己是独一无二的！”

“那你以后会不会也像别人一样嫌弃我、念叨我、欺负我？”M 小姐小心翼翼地问。

“当然不会，慢性子也有很多优点，譬如，宽容、大度、脾气好、有耐心。我是个急脾气，正好咱俩性格互补。放心吧！我会好好保护你的，有我罩着你，以后没人敢欺负你了。”J 先生安慰 M 小姐。

在认识 J 先生之前，M 小姐也相过几次亲。很巧的是，那几个相亲对象也都是慢性子。每次吃饭的时候，M 小姐揪心地看着那些大男人慢吞吞地夹起菜，缓缓地送到嘴里，每口饭都认认真真咀嚼二三十下，清晰地看着它们经过喉咙慢慢地到达肠胃，然后再拿起餐巾纸，仔仔细细地擦拭嘴唇。在那一刻，M 小姐无比崩溃，很想火速逃离现场。天哪！这个世界上居然有人比我还磨叽，吃个饭都要磨蹭 1 个多小时，这还不包括点菜的半个小时。M 小姐突然理解，亲朋好友们为什么如此嫌弃自己了。

是啊！像蜗牛一样缓慢的动作真的会让人抓狂，濒临崩溃的边缘！

M 小姐觉得，和性格相似的慢性子在一起，感觉像抱着一面镜子，看到他就像看到自己，生活就像是被按了缓慢键，特别没意思。

所以遇到急性子先生时，M 小姐觉得生活仿佛就像过山车一样，每天都新鲜刺激，有意想不到的小惊喜。譬如，有时候 J 先生会突然打电话说："赶紧收拾一下，我们去唱歌，我已经到你们楼下了。"就这样 M 小姐还没反应过来，就被 J 先生带到 KTV，没等 M 小姐回过神，J 先生就已经开启了 high 歌模式。

还有时候，J 先生会突然造访："我们去滑雪吧！我已经安排好了。"M 小姐还在纠结自己不会滑雪去了会不会出糗，就已经被 J 先生拉到滑雪场。穿上滑雪服的 M 小姐就像一只笨重的大企鹅，走路都晃晃悠悠走不稳，而 J 先生穿上帅气的滑雪服就像追风少年一样，驰骋在滑雪场上。

那一刻 M 小姐对 J 先生充满了好感，她开始有点欣赏 J 先生的直爽、果断、雷厉风行和干脆利索。

J 先生和 M 小姐第 6 次约会时，鼓足勇气牵起了她的手。结果 M 小姐就像碰到烫手的山芋一样，拼命甩开了 J 先生的手，惊慌失措地说："你这是要干吗？男女授受不亲不知道吗？"

J 先生被 M 小姐的大惊小怪逗乐了："敢情您不是火星女，而是生活在石器时代的石女啊？"

M 小姐一脸认真地说："明明是你太随便了，怎么可以随便牵别人的手呢？你对我的了解有多少？真的确定要和我牵手度过余生？"

J 先生看到 M 小姐如此严肃，有些哭笑不得："姑娘，咱们在约会，牵个手不至于上纲上线吧？”

M 小姐似乎意识到自己有些小题大做，慢慢地低下头，不再吭气。过了半晌，M 小姐又缓缓地抬起头，冲 J 先生笑了笑：“不好意思，我这个人有点慢热，你刚刚真的吓到我了。不瞒你说，长这么大，我还从来没和别人牵过手呢！希望你能尊重我，给我一段时间适应一下。”

J 先生爽快地说：“没事儿，可能是我性子太急了。我尊重你，给你足够的时间适应。”

只是 J 先生没想到，M 小姐所需要的时间会如此长。

认识 M 小姐的时候，J 先生已经 29 岁，他对 M 小姐印象不错，本来是打算 30 岁之前结婚的，结果两个大龄青年居然磨磨蹭蹭地谈了 4 年恋爱才结婚。

起初 J 先生的朋友都纷纷取笑他“啥时候变得磨磨叽叽了”，后来他们见到 M 小姐后便开始同情 J 先生。

每次 J 先生带 M 小姐和朋友一起吃饭时，M 小姐总是最后一个放下碗筷的，大家都抽完好几根烟了，M 小姐还在埋头认真地进行光盘行动，边吃还边念叨：“浪费了多可惜，粒粒皆辛苦，我得把它们通通消灭。你们要是有事可以先行撤退，我来收拾残局。”每每此时，J 先生都很无奈地对朋友们说：“勤俭节约，优良传统，我们家领导胃口好，从人前吃到人后。”

朋友们有时会问 J 先生：“你之前不是特别讨厌慢性子吗？工作的时候，一见到慢吞吞的迟缓动作，心中就会蹿起无名的怒火，忍不住大发雷霆。M 小姐那么慢，你怎么忍受得了？你俩不会天天吵架吧？”

J 先生笑了：“难道你们不觉得我们家 M 傻乎乎的很可爱吗？

我不太喜欢太聪明、脾气又太冲的女孩子，总觉得她们有点咄咄逼人。可能有时候女孩子还是笨一点比较可爱吧！”

“其实工作和感情是不一样的，工作中我讨厌慢性子是在追求办事的速度和效率，我冲他们发火也是在帮助他们成长。

“感情就不一样，正所谓一物降一物，我这个人就是吃软不吃硬。我要再找个急性子，像我一样，一擦就着，不点还自燃，针尖对麦芒，硬碰硬，谁也不服软，那两人肯定天天战火不断。慢性子就不同了，她们虽然动作慢，但是脾气好，有耐心，你刚想发火的时候，她们低头不吭气，要不就梨花带雨、我见犹怜，让人都不好意思发脾气了。或许这就是传说中的以柔克刚吧！”

毕竟是截然不同的两种性格，J 先生和 M 小姐磨合的过程中也少不了争执。平时在家几乎都是 M 小姐做饭，她非常喜欢做特别复杂的饭菜。每次做菜之前，M 小姐都会提前把菜放在盐水里浸泡半个小时，然后反反复复冲洗好几遍，最后还得在热水锅里焯一下，要么在油锅里炸一下，这才放油下锅炒。通常 M 小姐做顿饭至少需要 1 个多小时。

饥肠辘辘的 J 先生站在厨房门口不停催促：“到底好了没？快点行不行？我这饿得前胸贴后背，两眼冒金花了。哎呀，不就洗个菜么，整那么麻烦干吗？既耽误时间又浪费水，冲冲不就得了。”

一开始 M 小姐还耐心解释：“只有用盐水浸泡半个小时才可以彻底清除蔬菜上的农药残留，为了健康，一定不能嫌麻烦。”

J 先生继续抱怨：“随便煮个泡面，炒个西红柿鸡蛋，多省事，你非得做那么麻烦的炖菜，等你的菜熟了，我也饿晕过去了。”

M 小姐忍无可忍，没好气地回道：“吃饭坚决不能凑合好吧！每天累得像牲口一样，拼命努力工作，为的不就是能吃得好一点！

你要是再敢嫌我慢，下次你来做饭。”

“做就做！我保证 15 分钟以内让你吃上饭，信不信？”J 先生信心满满地打包票。

J 先生的厨艺很一般，会做的菜也很少，而且他通常喜欢做西红柿炒鸡蛋、尖椒摊鸡蛋、煮泡面、蛋炒饭之类比较简单的饭菜。

既然 J 先生保证 15 分钟以内做好一顿饭，M 小姐打算为难他一下，点名要吃尖椒摊鸡蛋。她心想，光把尖椒剁碎也不止 10 分钟吧！

只见 J 先生三下五除二洗好了尖椒，剥好了葱，在冰箱拿出 6 个鸡蛋放在案板上，然后抄起两把菜刀，挽起袖子就开始飞速剁开。刹那间，刀光剑影，尖椒很快变成了碎末。J 先生边剁边得意扬扬地对 M 小姐说："看咱这速度，这效率，这麻利劲儿，估计你策马难追！"

可能 J 先生动作幅度太大，用力过猛，震得鸡蛋纷纷在案板上滚了下来。看到鸡蛋横尸一地，J 先生不再吭气，默默地蹲下收拾残局。

这下轮到 M 小姐咸鱼翻身了："再给我嘚瑟！说多少遍了，让你不要那么冒失，白瞎了我的鸡蛋！咱以后能沉稳一点么？"

M 小姐唠唠叨叨地净为鸡蛋打抱不平了。J 先生无奈地说："亲爱的，你这又唐僧附体了啊？算了，咱们还是出去吃吧，省得还得刷碗。"

两人吃完饭回来，J 先生热得大汗淋漓，飞奔到卫生间，唰唰唰 5 分钟冲了个澡。M 小姐慢慢地找好换洗的衣服后，也去冲澡。不，M 小姐应该是搓澡，因为她整整洗了半个小时。J 先生躺在床上不停催促："好了没？天天洗，冲冲不就得了，每次都洗这么久，请问你是现发电烧热水吗？"

M 小姐磨磨蹭蹭地洗完后，缓缓地走进卧室，J 先生一个鲤鱼打挺，跳起来把 M 小姐抱到床上，还没等 M 小姐缓过神来，就三下五除二地做完功课，然后呼呼睡去，留下惊魂未定的 M 小姐瞪着两只大眼睛，不停回放刚刚发生的事。

J 先生睡醒一觉，发现 M 小姐还在两眼瞪着天花板，便问她："干吗呢？怎么还不睡？"

M 小姐面露羞涩："那个……人家不都说有'前戏'吗？你每次整得都跟秋风扫落叶一样……忒快了点！"

J 先生睡眼蒙眬："什么'前戏'？你想要什么样的'前戏'？下次我尽量满足你。"

M 小姐一脸憧憬地说："首先得有烛光晚餐吧！玫瑰、香槟、蜡烛、牛排……不行，这些东西太贵了，就买两根蜡烛，我亲自下厨做个美女私房菜，然后……"

这厢 M 小姐喋喋不休地勾画美好愿景，那边却传来了 J 先生如雷贯耳的呼噜声，M 小姐被扰得没了兴致，索性也睡去。

M 小姐和 J 先生就这样一路跌跌撞撞结了婚，还有了爱的结晶。其实一开始 M 小姐就猜中了故事的结局，她一脸严肃地对 J 先生说："不以结婚为目的谈恋爱，都是耍流氓！所以从你牵起我的手那一刻起，咱俩的婚事就板上钉钉了。"

怀孕后，J 先生经常陪 M 小姐散步，别看 M 小姐做其他事儿都慢吞吞的，唯独这走路像小旋风一样，J 先生每次都会使劲拽着 M 小姐的手，让她走慢一点："咱们又不赶时间，走那么快干吗？"

M 小姐不可思议地看着 J 先生："这太阳打西边出来了？你以前干啥事总嫌我慢，这会儿怎么又嫌我快了？"

J 先生笑了笑说："生活嘛，就得有快有慢，劳逸结合。比如说，工作的时候，我们要讲究办事效率，所以要适当紧凑一点；平时吃饭、散步的时候，可以放慢一点，享受美食和生活。你看你每次散步的时候都走那么快，就像竞走运动员，完全失去了散步的意义。”

M 小姐若有所思地点了点头，逐渐放慢了脚步。

J 先生问 M 小姐：“你希望咱们的孩子是急性子还是慢性子？”

M 小姐若有所思地说：“如果是男孩，急性子比较好，如果是女孩嘛，最好还是慢性子。”

“为什么？”J 先生问。

M 小姐认真回答道：“男孩嘛，做大事就应该直爽、果断、雷厉风行，办事不要拖泥带水、优柔寡断。女孩子性格太急会给人感觉不太淑女，就像小辣椒呛人，所以还是性格柔一点，比较可爱。”

“那如果女孩恰巧是急性子呢？”J 先生饶有兴致地继续问道。

“那只好把她培养成女汉子，至少不会被人欺负，对吧？不过，你们爷俩会不会联合起来欺负我？”M 小姐忧心忡忡地问。

“当然不会，我们爷俩会好好保护你的！以后谁要再敢欺负你，先派小辣椒上去呛他们，然后我这老将再出马。老将出马，一个顶仨！”J 先生信心满满地说。

M 小姐幸福得无与伦比，不过她还是有些不自信地说：“你该不会是哄我开心吧？”

J 先生亲昵地戳了一下 M 小姐的额头，温柔地说：“虽然有时候我会嫌你慢，但这并不妨碍我爱你啊！”

爱一个男人最好的方式

在我很小的时候，姥姥经常谆谆教导我：“姑娘家一定要会做饭，这样才能照顾好自己和家人。”

后来总听那些所谓的“过来人”传授恋爱秘籍，要想抓住一个男人的心，首先要抓住他的胃！

24 岁以前，丝毫没有恋爱经验的我，把那些恋爱秘籍当作圣经，苦练厨艺。

我时常幻想着，等有一天，我也遇到了所爱的人，每天清晨，踏着第一缕阳光，为他做爱心早餐，就像温柔贤惠的田螺姑娘一样，心满意足地看他将饭菜一扫而光。

所以当我在寒冷的早晨，一个人孤零零地坐在门口清冷的包子铺，听到刘若英温柔而干净地唱道：

真的想寂寞的时候有个伴，
日子再忙也有人一起吃早餐。
虽然这种想法明明就是太简单。
只想有人在一起，

不管明天在哪里。

那一刻温暖的歌词划破冬天凛冽的寒风，把我感动得一塌糊涂，不禁潸然泪下。

是的！我一直觉得爱情其实很简单，两个相爱的人，每天在一起吃早饭就是幸福的！

而我练就了一身的好厨艺，却始终遇不到那个可以陪我吃早餐的人。

我是一个对爱情有洁癖的人，我幻想着，最好能和那个牵手一辈子的人是彼此的初恋，我们既是彼此的第一，又是今生的唯一，多美好！我沉浸在自己编织的美梦中。

为了能在最好的年华遇到那个对的人，我就像一只骄傲的黑天鹅，严格遵守妈妈“男女授受不亲”的家训，洁身自好，守身如玉，冷眼看着那些青涩的毛头小子在我面前耍酷。

在我 24 岁初的时候，终于等到了那个可以触动我心弦的人，他踏着七彩祥云，来到我的身边。

起初，我是有防备的，始终不敢敞开心扉去接受他。在此之前，我对婚姻和爱情是非常恐惧的，我几乎不相信这世界上有坚贞不渝的爱情和甜蜜美满的婚姻。

这不仅是因为初中和高中的同窗好友，父亲都出轨了，搞得妻离子散，而且我的父母无休止地争吵，也让我对婚姻充满恐惧。

曾经有一次，在他们吵得不可开交的时候，我非常冷静地去厨房拿了把菜刀，啪的一声，放在两人面前，用冷得感觉不到一点温度的声音说：“天天吵烦不烦？要不来点干脆的，一了百了。”

父母不可思议地看了看我，又回头瞄了一眼那把菜刀，欲言又止。

我斩钉截铁，一字一顿地说：“我、以、后、绝、对、不、会、结、婚！如果两个人结婚只是为了天天打得鸡犬不宁，互相伤害对方，那这样的婚姻有什么意义？”

说完，我头也不回地大步走进没有一丝亮光的黑夜中，任由眼泪肆意飘落。走了很长一段时间，我才发现其实自己无处可去。

所以，从我懂事开始到遇见王同学，对于感情和婚姻我一直抱有质疑态度。

偶尔看到甜蜜的小情侣在我面前，你侬我侬、郎情妾意时，我也会无比羡慕地想，将来有一天，我要遇到那个厮守一生的人，一定会乖巧懂事，不作、不矫情、不犯二、不吵架，做一个上得厅堂，下得厨房、大方得体、贤良淑德的好爱人。

当我和王同学第一次见面时，饭后，走在嘈杂而清冷的大街上，突然，他抬起头，指着马路对面的星巴克，目光笃定地说：“如果将来有一天，咱俩要吵架，一定不能在家里吵个天翻地覆。咱们可以到星巴克来，点杯咖啡，坐下来，心平气和地把问题说清楚。你一定要记住，咱俩无论什么原因吵架，都是为了解决问题，为了让我们将来的感情更美好。我希望咱们50年以后还能一起手牵手看夕阳西下。”

王同学的话，令我非常震惊！这世界上居然有人和我对婚姻的态度如此相似。

我一脸崇拜地望着他英俊的侧脸，像小鸡啄米一样，不停地点着头，并不时地说：“咱俩以后不吵架就好了，我胆子特别小，别人冲我大声嚷，我都吓得魂飞魄散。我这人嘴还特笨，不会吵架，也不会骂人！”

王同学亲昵地摸了一下我的头，笑意盈盈地说：“我就是喜欢你的温柔善良、乖巧可爱。”

坠入爱河后，我开始迫不及待地在王先生面前大扮贤惠状，想用我精湛的厨艺牢牢抓住他的胃，进而抓住他的心。

我终于有机会，踏着清晨的第一缕阳光，为心爱的他做早餐，还突发奇想地研究了牛奶粥，煮白粥的时候倒进一盒纯牛奶，顿时觉得厨房里香飘四溢。

主餐准备了中式汉堡，用平底锅煎好了培根和鸡蛋，夹在烧饼里面，抹上老干妈，咬一口，满嘴流油。再配上自己腌制的清爽可口的黄瓜和咸菜，感觉人生简直太完美了。

睡眼蒙眬的王先生，看到如此丰盛的早餐，立马困意全无，顾不得刷牙，狼吞虎咽地吃汉堡，大口喝粥，还不时地称赞我："太好吃了，我都四五年没有吃早餐的习惯了，谢谢你的爱心早餐。"

连续做了几天牛奶粥后，天生热心肠的我觉得，如此美味的东西应该和大家分享。于是我把粥放进保温饭盒，拿到公司去给同事品尝。

没想到，刚打开饭盒，同事们都捂住鼻子问："这是什么味？好腥啊！"

我慌忙说："牛奶粥啊！别看闻着不咋样，喝起来可香了。"

在我的极力推荐下，同事们终于小心翼翼尝了一口，然后，扭头吐在垃圾桶里。

同事不可思议地问我："这就是你连续吃了好几天的牛奶粥？味道好诡异！你们俩咋吃下去的？你的想法还真够天马行空的！"

可能粥已经有些凉了，牛奶的腥味扑面而来，我也试着吃了一口，的确味道怪怪的。

感觉之前和王同学一起喝的粥，就好像被施了魔咒一样，现在魔咒消失，富丽堂皇的马车变回了南瓜。

那天晚上，我无比失落地问王同学："牛奶粥，真的很好喝吗？"

王同学笑眯眯地说："好喝啊！我从来没有吃过如此新奇的早餐。"

"可是，我同事都说很难喝呢！我也尝了一口，好像确实有点腥。"我不好意思地说。

王同学安慰我："其实我们早餐在外面吃好了，我不想你那么辛苦。"

我心满意足地说："我不觉得辛苦，在爱情的世界里，有时，付出比得到要快乐得多。"

当我无比深情地说出这句话时，刹那间觉得自己好伟大。

没想到对方若有所思地说："但是一味地付出不求回报，只怕会宠坏对方。"

沉浸在爱河里的我，并没有细细品味王同学那句话，反而傻乎乎地说："那我就把你宠得无法无天，除了我，别人再也无法忍受你的臭脾气。"

我天真地想，遇到我这样爱得纯粹、毫无保留的傻姑娘，王同学做梦也会笑醒吧！

我依然变着花样地研究各种美食，而我还有一项独门绝技就是改良经典美食，譬如，我会把普通的肉松寿司改造成老干妈培根寿司，再撒上一点咸菜，感觉很像日式卷饼；精美的蔬菜沙拉，我也会改良成乡村气息浓厚的凉拌蔬菜大丰收；我还学着小时候爸爸的做法，研制了王氏芝麻饼、江米条、拔丝地瓜、辣椒煎酿。

我之所以如此偏爱研究美食，除了爱情的促使，还有一个很重要的原因，我是一个骨灰级吃货。不开心的时候，大吃一顿，立马觉得人生充满了希望。

有一次聊天的时候，王同学无意中说起自己以前吃虾的糗事，并回味无穷地怀念几年前吃过的桑拿虾。

说者无意，听者有心，第二天晚上一下班，我就奔向菜市场，买了几斤虾回去，趁着王同学还没回家，开始手忙脚乱地做红烧大虾。

虾是活的，它们不停地在锅里蹦来蹦去，有的都蹦到锅灶上，由于之前没有做过虾，我竟然不知道虾一定要剔除虾线剪掉虾须，这样吃起来的时候才不会牙碜且又方便。

其实我压根不知道做红烧大虾的正确顺序，只是很单纯地想，红烧大虾和红烧豆腐应该是差不多的程序，直接复制好了。

所有红烧的菜都最好用煤气炉而不是电磁炉，大火炒过的菜，更有滋味。

我是一个表面文静、内心狂野的女汉子，虽然很喜欢做菜，但从来不注重细节，也不按常理出牌，随心所欲地做自己想做的菜，经常顺序错乱，偷工减料。譬如，我不喜欢的葱姜蒜，经常自动忽略，而我喜欢的麻椒逢菜必放！

久而久之，我摸索出一套适合自己的做菜顺序，热锅浇油，下麻椒爆锅，加干辣椒，炒至飘香，放入虾炒红，倒入少许啤酒和热水烧开，放入切好的青椒和洋葱，锅铲上下翻腾几下，再放入少量的盐、生抽，尝尝滋味儿，大火收汁，静等出锅。

盛菜的过程，我开始不停地幻想，王先生看到这道红烧大虾时，会是怎么激动和惊喜。

果然不出我所料，王同学推门闻到空气中弥漫着浓郁的虾香，开心得就像个孩子，迫不及待地用手拿了一只大虾塞进嘴里，边吃边说：“天哪！我是在做梦吗？简直太幸福了！”

从来不善于表达爱意的他，居然抱起穿着围裙的我，在屋里转了好几圈，并开心地大喊：“娶个吃货老婆好幸福啊！自从认识你后，我吃了好多以前从来没有吃过的好吃的！我一定要把你娶回家！”

那晚，我们在餐桌前把虾皮堆成小山，从天南聊到海北，王同学第 N+1 次聊起刚毕业时，偷吃桑拿虾的糗事，还回忆起小时候妈妈给做的好吃的。他说，大西北物质匮乏，吃食比较单一，他小时候从来没有吃过鱼、虾、蟹之类的海鲜。我也和他谈起小时候爸妈几乎每周都会给我做各式各样的鱼，炸带鱼、清蒸鲤鱼、清炖鲳鱼、生煎小黄花，并感慨，父母对我们的爱，都埋藏在这些普通的食物里面，暖暖的，填满我们的心。

然后我还不忘肉麻地说：“亲爱的，我对你的爱也都埋在了这些好吃的里面呢！”

我以为王同学会感动涕零，并深情而坚定地对我说：“爱你一万年！”

没想到，他突然一脸严肃，眼神里流露出些许无奈和怜爱，说：“傻丫头，你不要对我太好了，这样会累坏自己，也会宠坏我的！你的世界里不应该只有我，就像我的世界里，除了你还有事业。所以我无法像你一样，如此炙热、毫无保留地去爱一个人。

“你现在之所以不计较我的付出，是因为被爱情冲昏了头脑，当有一天爱情降温，理智回归，你就会觉得很委屈。

“于是你就会计较付出与回报的比例，而你的计较也会让我很失落，觉得你对我的爱变了质。

“所以，你现在应该把一些精力放在工作和兴趣爱好上。女孩子在爱情中，一定不能忘记自己。

“你要知道，一个男人最了不起的事情是把他心爱的女人宠成女王，而并非变成女佣！”

王同学的一席话，让我很失落。

彼时的我尚不懂得如何正确地去爱一个男人，我以为只要不计得失、全心全意地付出，就一定会得到对方的爱。

没想到一百分的爱，毫无保留地付出，竟让对方觉得有负担。

夜深人静，我望着镜子中那个蓬头垢面、穿着邋遢的自己，不禁泪流满面，我才 25 岁，却早早沦为了黄脸婆。

到底如何正确地去爱一个男人？

冥思苦想一夜后，第二天清晨，我把做早餐的时间拿来给自己化了一个精致而自然的妆容。

秉承着“女为悦己者容”的想法，我又买了几条白色长裙。对，那一年《非诚勿扰 2》热播，王同学无数次表达过自己对舒淇同款长裙的喜爱。

当妆容精致、长发及腰、白裙飘飘的我，吻醒王同学，冲他嫣然一笑，say goodbye 时，他惊得下巴都掉下来了。

刚出门没多久，就接到他的电话，只听他支支吾吾地问，裙子是不是太低胸了，让我注意不要走光。

挂掉电话，我才猛然想起，平时都是我一天无数个电话追着找他，而他很少主动打给我。

聪明的他，每次接到我的电话，不等我质问他为什么不给我打电话，就开始抢先说，你看，我刚想给你打电话来着，你的电话就打进来了。

到公司以后，我强忍住自己不再去手欠地点开 QQ 和微博，反复翻看有没有他发来的消息。

我全身心地投入工作，并给自己制定了明确的目标——考级、加薪、升职。

中午吃饭的时候，点开 QQ 看到王同学发来的一连串信息，随手翻了几页聊天记录，我才发现以前都是我不停地抖动窗口找他，经常为了他不回复消息而生一下午闷气。

看到别人在微博上浓情蜜意地晒恩爱，我羡慕得一塌糊涂，几乎每条微博都圈他，积极地在他最新的动态下点赞评论，而他却很少回应。甚至在他的微博和 QQ 空间里，都找不到关于我的照片和只言片语。为此，我经常和他辩论不休，他说，秀恩爱死得快；我说，秀不出的恩爱，是在给别人留机会。

而我竟然为了证实自己的想法，把他几百个互粉好友以及全部微博翻了好几遍，但凡和他有互动的女性好友，又被我通通清理了一遍。

那时候微信还不流行，微博也很小众，QQ 是主战场，我不定期去王同学的 QQ 空间大扫荡，看到女性留言和合影就会醋意大发。

晚上有应酬的时候，只要他超过 10 点不回家，我就会每隔 5 分钟一个连环电话轰炸，等他到家后，又开启甩脸色、耍小性子、质问盘查、吓唬恐吓等一系列的惩罚活动。

每次为此吵架的时候，我就会十分委屈地说：“我对你那么好、那么爱你，你竟然如此对我！你的良心被狗吃了吗？”

有一次王同学被我折腾得欲哭无泪，他一脸崩溃地说：“我求求你不要那么爱我好吗？你可不可以多爱自己一点点。我现在要为了咱俩的未来好好拼搏，没有钱，没有房子，难道我只能用一张嘴来爱你吗？”

看到王同学一脸的痛苦和无奈，我也不知所措地哭了：“我到底哪里做错了？我也不知道该如何去爱你。到底什么是爱情？为什么我全心全意去爱，依然如此痛苦？”

王同学轻轻地为我擦去眼泪，温柔地说：“傻瓜，这就是爱情。它会让你失去理智、胡思乱想，让你开心的时候笑得花枝乱颤，难过的时候哭得肝肠寸断。

“爱情初期会让人觉得很甜蜜，就像掉进了蜜罐里一样，但时间久了，天天黏在一起，就会让人觉得甜得发腻。

“这个时候，我们需要给彼此一点空间，把蜜罐放进更宽阔的容器里，倒入很多的水，你会觉得依然很甘甜。”

我花了很长时间才搞明白，爱情是生活中的调味品，并不是全部。爱得太投入、太用力，最终大家会觉得身心俱疲、心力交瘁。

是的，在爱情里，付出越多的那一方，越容易患得患失。因为全心全意付出，所以更害怕失去。

因为害怕失去，我们紧紧地抓住对方，令对方喘不过气，为了满足所谓的安全感，我们恨不得逼迫对方向全世界宣告“爱你永不变”！

然而，安全感和归属感其实都是自己给的。

只有我们越来越优秀，内心才会越来越平和。

爱一个男人最好的方式，是努力经营好自己，给对方一个优质的爱人。

爱情不是拼命对一个人好，那人就会拼命爱你。爱情是两人互相吸引，而不是委曲求全来的。

因为只有你真正快乐，才能带给别人快乐！只有学会爱自己，才更加有能力去爱别人。

用正确的方式爱对方，这样大家才不会觉得累。世上太多的分离，不是因为不爱了，而是因为累了。

不累的爱情，才能安安稳稳过好这一生！

姑娘，你嫁得不好，不是因为你爸妈

有人说，结婚是女人第二次重生。然而，我并没有把握好第二次重生的机会。

在很多人眼里，我嫁得并不算好，甚至有点糟糕！

我和王同学结婚时是裸婚，赤裸裸的那种。

我们没有房子，哪怕只是一室一厅；没有车子，哪怕只是二手的桑塔纳。

没有钻戒，连半克拉的钻石都没有；没有甜蜜的婚纱照，哪怕只是和心爱的他一起拍张合影。

没有我向往已久的婚礼，哪怕只为穿上洁白婚纱，接受众人的祝福。

是的！我们甚至可怜到没有得到亲朋好友的祝福。

我的妈妈一直希望我回到那个十八线的山东小城，嫁一个条件相对好一点的靠谱对象。

他的妈妈，希望他回到贫瘠的大西北，娶一个当地务实的女人，为他生一窝胖娃娃，守着父母，种好那 100 多亩地。

而我俩偏偏又都属于渴望外面的世界，不安于现状，立志用毕生的精力实现心中梦想的会折腾的孩子。

可能从小过惯了苦日子，我俩在一起，并没有体会到贫贱夫妻百事哀。

我们俩在北京租的第一个房间，不足 10 平方米，位于偏僻的南六环外。好好的三室一厅愣是被隔断成五室零厅，每个房间平均住着两个以上的人。

合租的 90 后小姑娘挺着大肚子，靠着厨房，边惬意地嗑着瓜子，边神秘兮兮地对我说："姐，你知道么？咱们住的房子风水特好，每对住进来的小情侣，不出半年，准怀孕！你们那个房间之前住的小情侣，就是怀孕后，回家保胎去了。我觉得咱们可以在网上登个广告，高价转租给那些不育不孕的人。天哪！这是要发财了。"

我一边洗碗，一边听年轻的准妈妈在我耳边叽叽喳喳说个不停，忽然看到蟑螂爬到了水池子里，不禁有些恶心反胃，干呕不止。

年轻的准妈妈一脸欣喜地问我："姐，你不会也有了吧？"

我慌忙摆手："没有，我大姨妈刚来，厨房里太脏了，这臭味呛得人难受。"

因为合租的人太多，在肮脏的厕所里洗澡、洗衣服都得排队；厨房里永远都是狼藉一片，蟑螂在地上肆意地爬来爬去，有时我俩实在看不下去，打扫干净，没过两天，又脏乱不已。

一个盛夏的晚上，蟑螂竟然爬到了我们床上，我的尖叫声划破了黑夜的寂静。

王同学一脸内疚地抱着我说："可怜的姑娘，跟着我受苦了。等到冬天，租房合同到期，我们就换大一点的房子。"

我们之所以愿意熬到租房合同到期，是担心现在贸然走了，房东不会退回两个月的押金，更何况我们刚交了一个季度的房租。

决定结婚后，我们从一个 10 平方米的单人房，搬到了一个 60 多平方米的两室一厅，让我们欣喜的是，房租并没有因此涨多少，而所付出的代价是，每天要提前 1 个多小时上班，而且要步行 20 分钟到地铁站。

但这一切，仍然让我感动，很满足。

离开的时候，房东毫无意外地不愿意退回租房押金，脾气暴躁的王同学和房东吵得脸红脖子粗，看到他撩起袖子，摆出想要动手的架势，我的脑袋都大了，立马使出浑身的力气，大喊一声："都给我闭嘴！"

然后，我费了好大的劲把倔驴一样的王同学拉出了出租屋。

他一边不情愿地往外走，一边骂咧咧地说："为什么要阻止我？我就看不惯这些人欺负我们，我想保护你啊！"

我眼里含着泪水，用几乎哀求的口气对他说："答应我，从现在开始，不许那么冲动了，好吗？你现在已经不是一人吃饱全家不饿的时候了，以后凡事请为我考虑一下。我不需要你为我拼命，我只要你每天待在我的身边。"

那一夜，在寒冷的街头，王同学一把搂住我，声音哽咽地说："放心吧！姑娘，我一定会努力让你过上好日子的！相信我！"

有你这句话，就足够了！我在心里默默地说。

新租的房子里，几乎没有一件像样的家具，破旧的双人床，中间的腿已经断了，房东拿了几块砖头垫上。老式沙发感觉是上个世纪 80 年代的产物，虽然颜色和款式老旧，但感觉比摇摇欲坠的双人床要结实多了。

没有冰箱，没有洗衣机，没有电视，没有网络。热水器也是坏的，烧了很久水还是凉的，王同学去检查电源是否插好时，竟然一不小心把热水器抠了一个洞，原来是用了太久，已经老化。

但相对宽敞明亮的房间，还是令我们欣慰不已！

我们商量好，不装网线，不买电视，下班后的业余时间都拿来看书、学习，改变穷困窘迫的生活。

没有洗衣机，王同学自告奋勇地承担了手洗衣服的重任，他有些心疼地说："你跟着我受了太多苦，我想多为你分担一点。"

王同学似乎非常喜欢洗刷刷，至少在我看来是这样。因为他洗碗、刷锅、洗衣服和拖地的时候都非常认真，简直就是一丝不苟。

有一次，他洗我俩的白衬衫，猫在厕所洗了整整一下午，把我穿了两年、都穿成米色的白衬衫愣是洗得雪白雪白的。

晾完衣服，我忽然发现王同学的十根手指又红又肿，还有密密麻麻的红色斑点。

我十分心疼地问他："这手是咋了？"

王同学满不在乎地说："没事儿，洗衣服洗的，过两天就好了。"

我一边帮他吹手指，一边气呼呼地说："不是说，不伤手的立白吗？虚假广告啊？"

王同学笑眯眯地说："主要是你的衣服太脏了，我搓得太费劲了！"

第二天早上，王同学的十根手指上都被我贴上创可贴，特别搞笑。

起初他不肯，我安慰他："放心吧！没人知道你是洗衣服洗的。大家都以为，你最近在学弹古筝。"

那段日子虽然清苦，却是我俩相识 5 年来最幸福的时光。

并非是我们有情饮水饱，而是在我看来，现在所住的小两居，比我刚到北京时住的地下室好太多了。

王同学是一个有理想、有野心、有抱负，又肯为之努力奋斗的人，我坚信，我们终有一天，会通过自己的努力过上理想的幸福生活。

然而，在周围的亲朋好友眼里，我很不幸，嫁了一个穷二代。

在我们结婚之前，他们就经常轮番苦口婆心地劝我，有情不能饮水饱，贫贱夫妻百事哀！

每每此时，我都会安安静静甩给他们一段六六精心熬制的爱情心灵鸡汤：

“年轻的时候一定要选择自己喜欢的男人，跟他从零开始享受一段美好的爱情。因为到了 40 岁你会知道结果，那些房子、汽车，只要你踏实过日子努力工作，不论好坏高低总会有；但 20 岁时的两情相悦，年轻时朝气健美的身体，一起挨苦的欢笑与眼泪，那些宝贵的人生经历，过去了，就再也不会回来。”

是的！在孩子出生以前，我一直觉得自己的选择是对的！

我第一次开始质疑自己的选择，是在怀孕 4 个月后，因为我俩都是外地人，在办准生证的时候，吃尽了苦头，我挺着大肚子，从山东到北京来回好几趟。

办完所有手续，赶回到北京时，已是深夜 12 点，我因为过度劳累而感到眩晕，一时间没站稳，一屁股坐在马路边上，胃里翻江倒海。

那一刻我的心情低落到极点，我无比凄凉地望着不远处微弱的灯光，悲观地想，我为什么要让自己这么辛苦，还要连累我的孩子跟着我受苦。

怀孕后，为了孩子出生后过得好一点，我依然坚持每天挤地铁上班。

每次打电话，妈妈都会无比心疼地劝我，北京的地铁，人那么多，要不你别上班了，在家安心养胎吧！

我安慰妈妈：“我的工作很轻松，一点也不辛苦，我可以坚持到生孩子前一个月的，您不用担心啦！”

每每此时，妈妈就会无比伤感地说：“都怪你当初不听话，非要嫁给一穷二白的王同学，搞得现在那么辛苦。你看咱们老家的姑娘，十月怀胎后立马晋升为老佛爷，享尽万般宠爱。哪像你，挺着大肚子，还要挤 1 个多小时的地铁上班。”

被妈妈念叨得多了，我开始有些不耐烦地回应道：“我也想嫁得好一点，但人家不都说，结婚要门当户对，灰姑娘嫁给白马王子，只是童话故事而已，现实生活中，并不见得会幸福！”

妈妈无比失落地说：“都怪我和你爸，年轻的时候，没有好好努力，为你攒下丰厚的嫁妆，以至于你现在嫁得如此落魄。”

妈妈的话深深刺痛到我，我恨不得立刻甩给自己两巴掌，我慌忙安慰妈妈：“我现在很幸福的，我和王同学可是真爱！再说了，我俩如此努力，将来肯定是富二代他爹他娘！”

我不知道，从何时起，我竟然邪恶地把自己嫁得不够好归结到父母身上。

或许是受门当户对的影响太深。我知道，我并不是一个人。

突然想起结婚前，和一个“朋友”的对话。

那时，我和王同学的感情处在分水岭，我在艰难地考虑要不要继续坚守这段因为贫穷而不被众人看好的感情。

朋友听了我的困惑后，很认真地问我：“你结婚，家里有准备嫁妆么？”

我很失落地摇了摇头。

朋友继续说：“那你既然没有嫁妆，为什么要求人家必须有车有房呢？结婚讲究门当户对，你没看电视剧里演的，灰姑娘即使嫁入豪门，也会被嫌贫爱富的恶婆婆折磨死的。”

朋友又瞄了一眼我扁平的身材，意味深长地说：“其实现在的男人也很现实，他们不仅要求女人有丰厚的嫁妆，还得有胸。女人有胸就像男人有房，你都没胸，凭什么要求男人必须有房？”

最后，朋友昂首挺胸，一脸骄傲地和我强调：“亲爱的，你不必羡慕我找了一个有车有房的老公，因为我结婚的时候，家里会准备 10 万块钱嫁妆哦！而且最重要的是咱有胸！”

好吧！我承认我是一个玻璃心的姑娘，“朋友”的一席话，把我的自尊和骄傲撕碎了一地。

只是天生缺心眼的我，并没有意识到，朋友的“良苦箴言”其实是别有用心，她看上了王同学的好哥们儿，那一席话，既可以阻止我俩分手，继续为她所用，又可以巧妙地通过我的嘴，把她家 10 万元的嫁妆告诉给王同学的朋友，果真是一个一石二鸟的好计策。

毫无意外地，我又做了一把好枪，并且理直气壮地把自己嫁得不够好完全归结到家里穷、父母没有给准备嫁妆上。

现在回头想想，我可怜的父母何其无辜？

在那个偏僻、贫瘠而落后的小山村，他们含辛茹苦地供我和弟弟读大学，已经倾尽所有积蓄，他们还未得到一丁点的回报，就因为不正确的三观而扣上了沉重的帽子。

我几乎忘了，当初自己来北京打拼，不仅仅是为了实现心中的梦想，还想赚很多很多的钱，让父母过上好日子。

然而，当我的梦想被现实撞得粉碎时，我首先想到的，不是该如何坚持，而是羡慕那些家庭背景好的朋友，不用那么拼命，就可以嫁得很好，每日不必为柴米油盐而发愁。

慢慢地，我开始相信那些干得好不如嫁得好的谬论，于是乎，我把很多精力放在找男朋友身上，长相一般、身材一般、工作一般的我，高不成低不就，总是抱怨为什么找不到合适的对象。

后来王同学出现时，除了对爱情的极度渴望，我其实更多的是为自己的不够努力而开脱，就这样挺好的，反正都是一穷二白的家庭，至少门当户对。

但屡次被那个有毒的朋友打击后，我的三观岌岌可危，开始邪恶地认为，自己之所以嫁得不够好，都是因为父母既没有给自己生得一副好皮囊，又没有丰厚的嫁妆和强大的人脉关系，搞得自己只能嫁给一穷二白的王同学。

我差点忘记，女孩子嫁得好不好，最重要是自身的综合素质。

没有嫁妆，你可以自己赚啊！

家庭背景不好，没有优秀的人脉资源，你可以通过努力工作，提升自我能力，去结识优秀的人！

长得不好，你可以多读书啊！腹有诗书气自华，有气质可比漂亮高级多了！

是的！姑娘们，只有干得好，才能嫁得好！

如果你自己不优秀，又怎么可能会吸引到优秀的结婚对象？

让我幡然醒悟的是一个靠自己努力嫁入豪门，并生活美满、婚姻幸福的老同学。

前两天，去泰安探望老朋友。

看到昔日的老同学嫁得风光无限，并幸福得像花儿一样，立马联想到自己这些年来所受的苦，不禁潸然泪下。

这位美丽善良的姑娘，紧紧地抱住我，为我擦干眼泪，温柔地说："亲爱的，别伤心，一切都会过去的。其实这些年来我也受了很多苦，家里还遭遇了很大的变故，我一直咬牙坚持到现在。我遭的罪，老天爷一定是看到眼里了，所以才让我遇到这么好的老公。"

朋友断断续续地讲起她这些年来的经历。

初中毕业那年，朋友还是集万千宠爱于一身的校花兼学霸。

那一年，朋友的爸爸做了多年生意，终于发了财，家里买了新房子和漂亮的大汽车。眼看苦尽甘来，要过上幸福快乐的日子了。

然而，好景不长，升入重点高中后，朋友的爸爸出轨了，还和大学生小三有了一个私生子。

爸爸的所有积蓄都被小三严加看管，不允许给朋友和她的妈妈一分钱。

高中毕业那年，朋友以优异的成绩考入某名牌大学的影视表演专业，但因为被爸爸断绝了所有经济来源，交不起高额的学费，而不得不与心仪的学校挥泪告别。

朋友就像一只美丽的白天鹅，为了生活不得不低下高傲的头颅，踏上外出打工的路。

因为只有高中学历，朋友只找到一份通信公司客服的工作。

为了让妈妈和弟弟生活得好一点，朋友就像抓住救命稻草一样，拼命工作。

她每天早上 6 点就上班，一直工作到晚上 6 点。一天 12 小时，每个月只休息 2 天。

在女孩最美的青春岁月里，朋友舍不得买衣服，几乎不施粉黛，每天除了努力工作就是拼命看书。

她始终相信，书是女人最好的化妆品，善良是女人最美丽的容颜。

工作 4 年来，朋友几乎囊括了公司所有的销售冠军，升职加薪，前途无限光明。

在一次同学聚会中，朋友偶遇了高中时期鼎鼎有名的学霸兼富二代。

富二代在同学那里听说了朋友这些年来的经历后，对朋友发起了猛烈的追求。

起初，朋友是拒绝的，她深知双方家庭的悬殊。

更何况，富二代是名牌大学毕业，身边不乏追求者，而自己只是一个高中生，做着普通人不待见的销售工作。

被朋友拒绝后，富二代并没有放弃，反而打起了持久战，他每天都会给朋友打电话，做了朋友 365 天的准时早安、晚安和天气预报后，终于俘获了朋友的芳心。

结婚后，富二代对朋友百般宠爱，为她尽可能地推掉不必要的应酬，拒绝所有女人的示好。

朋友怀孕后，为了让岳母毫无负担、心情愉悦地照顾朋友，他在自家房子对面给岳母买了一套两居室，供老人颐养天年。

现如今，朋友又怀上了二胎，已经俩孩子的她，脸上丝毫看不出岁月的痕迹，依然幸福得像个热恋中的少女。

我知道，其实女人最好的护肤品是爱情！

只有一个男人无限的宠爱，才会让女人青春不老。

朋友说，她结婚那年，正是家里最窘迫的时候。

她这些年来攒的积蓄，都拿来给弟弟筹办了婚礼。

等到她自己结婚的时候，已经拿不出像样的嫁妆。

但是她老公丝毫不介意这些，他说，朋友的温柔、善良和为了家人努力拼搏的样子打动了他。

这样长得漂亮又活得认真的女人，值得他呵护一生！

曾经在微博上看到一句话，一个女人最好的嫁妆就是一颗体贴温暖的心，一个男人最好的聘礼就是一生的迁就与疼爱。

看到这句话，我在想，受中国传统思想门当户对的影响，有多少姑娘，曾经像我一样肤浅地认为自己嫁得不够好，是因为爸妈穷，不仅没有人脉，没有嫁妆，还没给自己生得一副好皮囊！

又有多少人，曾天真地想，干得好不如嫁得好！

姑娘们，醒醒吧！你嫁得不够好，不是因为你爸妈穷，而是因为你自己不够努力。

就像是登山，如果你刚爬到半山腰就因为太累而停滞不前，那你只能与懒惰不努力的同伴一起看到山脚下的垃圾；而只有坚持爬到山顶，才能和同样优秀的小伙伴看到最美丽的风景。

所以，如果你不优秀，根本无法结识到更加优秀的伴侣，这和你的父母根本没有太大关系。

对于一个优秀的好男人来说，姑娘们的家境以及所谓的嫁妆只是锦上添花，并非雪中送炭。他们更在意的是，自己历尽千辛万苦挑选到的姑娘，和自己的三观是否一致，志趣是否相投，姑娘是否有一颗宽容、善良、积极、向上的心。

当然，我们努力工作，并不仅仅是为了嫁得好，还为了有一天当站在爱的人身边，不管他富甲一方，还是一无所有，我们都可以张开手坦然拥抱他。他富有，我不显得是高攀；他贫穷，我们不至于落魄。

那么好的青春，让人忍不住想努力奋斗！只有敢于拼搏奋斗的姑娘，才不会肤浅地认为，所谓嫁得好，就是单纯地嫁入豪门。

对于努力奋斗的好姑娘们来说，真正的嫁得好是二十几岁的时候，选择真心喜欢的男人，和他从零开始一段美好的感情，即使免不了吃苦、受累，但那些欢笑和眼泪，对于青春和爱情，都是最珍贵的回忆。

那样等我们老的时候，还可以一脸自豪地和孙子谈起那些年一起吃苦的幸福，而不是非常懊恼地悔恨，为什么在那么美的青春年华，用所谓的房子、车子和户口，埋葬了自己的爱情！

第二章

我们没有在一起

所有的错过都是命中注定

我们没有在一起

不爱无罪

我不祝你幸福

谢谢你，不爱我

有些人你永远不必等

所有的错过都是命中注定

2010 年 3 月 17 号，我开通了微博，写下了这样一段略显矫情的文字：“很久之后，我才明白这个世界上注定有一个人教你学会如何去爱后微笑着离开。虽然他属于你的时光很短很少，但要忘记却需要一辈子。我终于等到了一个让我可以不再等你的好原因，在我们这个不完美的人生里，多少也需要一些无谓的浪费，但是这些浪费到此为止。那么今生我们只能以亲人的身份再次相遇。”

是的！那天是哥哥林殊大婚的日子，我们终究永远错过。我以为，心中不会再有波澜，没想到心还是像被掏空一样，连呼吸都隐隐作痛。那种感觉就好像小时候自己弄丢了心爱的布娃娃一样，也许那个布娃娃不是最好看的，也不是你最喜欢的，但因为它的失去，久久难以忘怀。

其实我和林殊并没有太复杂的感情纠葛，说到底，我们只是见过几次面的相亲对象而已。

看到这里，也许会有看客说我矫情，一个见过几次面的相亲对象，你就能“心像被掏空一样，连呼吸都隐隐作痛”，那人家那种相恋 10 年却最终分手的情侣，是要去死一万次的节奏吗？你这明显就是无病呻吟，为赋新词强说愁嘛！

但林殊不是普通的相亲对象，他曾经是我心目中最理想的结婚对象。

我想很多姑娘在结婚之前都会对未来的夫婿有一个期许。

而林殊几乎符合了我对未来夫婿的所有要求。

我们俩志趣相同，同样是美术专业特长生，他学摄影，我学形象设计，如果一起工作定会是最佳拍档。

他个头不高，170 厘米左右，和我站一起差不多高。长得也不帅，小眼睛，单眼皮，头发稀疏。唯一的优点就是皮肤很白。好吧！我承认我的审美有些偏执，但这正是我喜欢的类型，有点韩范欧巴的味道。事实上是，我一直很自卑，总觉得太帅的老公 hold 不住。

那我为什么一定要固执地找一个皮肤白的对象呢？因为，我皮肤很黑，我想改善下一代的基因。

当然，最重要的原因是，他家经济条件很好，我会有一个很风光的婚礼，而且婚后可以不会为五斗米折腰。

然而，这最重要的原因却是导致我们最终错过的导火索。

一直信奉门当户对的父母，总担心对方家条件太好，会不会各种欺负我。好吧，我想他们是豪门婆婆折磨穷儿媳妇的电视剧看多了。

他们甚至担心：如果对方家条件那么好，为什么都快 30 岁了，还没有结婚，就为了等着你出现吗？

对，他的年龄也是吸引我的原因之一。我喜欢比我大很多岁的成熟男人。认识他那年，我 22 岁，刚刚大学毕业，而他已经年届 30。

一个才华横溢又温柔体贴的大叔，对一个刚毕业的毛丫头来说，有着致命的吸引力。

他会在深夜的时候打电话陪我聊天，直到我睡着，才小心翼翼地挂掉电话。

爱情毒鸡汤说，一个男人如果真的爱你，一定会等着你挂电话。

是的！他从来不会抢先挂我电话，甚至有一次，我打完电话后内急，马上奔向厕所，磨磨蹭蹭半个小时后出来，发现电话竟然还在通话中，那一刻心里涌起莫名的感动。

当听说我怕黑，不敢走夜路的时候，他曾温柔地说："没关系，以后你害怕的时候就打电话给我，我陪你走夜路。"

他会笨拙而体贴地为我夹菜，并不停地唠叨："多吃点，你太瘦了，我得把你喂胖点。"

他做过的最煽情的事情就是在我的高中旁边开了一家超市和广告公司，通通以我俩的名字命名。

我们俩分开后，他会和后来的相亲对象们提及我，并一脸自豪地告诉她们，我是一个文采飞扬的文艺女青年，然后，那些相亲对象组团成为我忠实的读者。

其实即便如此，我也并不确定，他是否爱过我，而我又是否动过心。

我只知道，他是一个非常理想的结婚对象，我曾无数次幻想，如果我们结了婚，日子会过得怎么样。或许正像他描述的一样，许多年以后，白发苍苍的我们，在一个阳光明媚的午后，围着小孙子晒太阳，我不厌其烦地给孙子讲着童话故事，而他在一边安静地看报纸，时不时抬起头，笑意盈盈地看着我们。我们不说话，相视一笑就十分美好。

又或许，生活依然是鸡飞狗跳，一地鸡毛。

然而，我们终究会永远错过。

而且就像两条平行线一样，永远无法相会。

说到我们错过的最主要原因，是在错的时间遇到对的人。

我们认识的时候，我太年轻，刚刚大学毕业，有梦想，有野心，渴望外面世界的精彩。我不甘心，刚刚踏入社会就嫁作他人妇，窝在一个十八线的小县城，过着一眼能望到底的生活。说到底，我还是一个矫情的女子，对于爱情充满期待，我不确定，我们那种莫名的情愫到底算不算爱情。

我们只是觉得对方特别适合结婚，仅此而已。

已然而立之年的他，在外面打拼过后，厌倦了忙碌而高压的生活，回到了小县城，想靠家里的人脉和经济基础，从此安稳过一生。

他许诺，给我 3 年的时间去打拼，如果累了，就回来结婚。

然后，我信了，心无旁骛地踏上新的征程。

3 年后，回到小县城，他的婚礼很隆重，新娘却不是我。

我们终究输给了时间。也对，我自己在前面拼命奔跑，没有人有义务在原地等着我一辈子。3 年已足矣！

我曾经非常惋惜自己错过了一个非常理想的结婚对象。其实现在想来，只是因为对彼此了解不够深刻，所以把对方美化了而已。

如果真是对的人，不会那么轻易错过。

这个世间所有的错过都是老天爷冥冥之中的安排。

譬如，我心中那个最完美的结婚对象林殊，在我对他念念不忘多年后，竟无意间发现他是一个游戏狂魔，而我平生对玩游戏的人是深恶痛绝的。

我们的错过，从一开始就注定是必然。

他的那些错过——女人不怕吃苦，但怕看不到未来。

和林殊分开 4 年后，我遇到了萧峰。萧峰和我一样，也经历了 4 年的空窗期。与我不同的是，他有一段刻骨铭心的爱情。

我俩第一次约会，他便细致入微地给我讲起了那段令他久久难以忘怀的恋情。

有人说，其实男人最难忘的并不是初恋，而是他的倒数第二个女朋友，那个差点成为他老婆的女人。

白雪就是萧峰在我之前的倒数第二个女朋友，他曾立誓“非她不娶”的女人。

萧峰大学毕业后，进入五星级酒店实习，白雪便是他们那批实习生中最漂亮的，而萧峰则是最帅的。

俊男美女，一见钟情，很快勾搭在一起。

白雪不但长得漂亮，而且业务能力很强，很快被提拔成大厅经理。

当然很多流言蜚语随之传出，白雪之所以提升如此快，是因为老总喜欢她，还多次以工作的名义请她吃饭，甚至偷偷吃她豆腐。

自己的女朋友被潜规则了？萧峰怒不可遏，没完没了地吃醋，最终，为了守住这段爱情，白雪答应萧峰，放弃好不容易争取到的职位，离开繁华的大都市，到西安重新开始。

来到人生地不熟的西安，白雪凭借着姣好的容貌和出色的工作能力，很快又找到了一份薪水可观的工作。

而心高气傲、高不成低不就的萧峰，工作屡屡失败。最终他决定趁着年轻，找个培训班进修一下专业知识。

白雪欣然同意，并为他筹集学费，还担负起养家的责任。

据萧峰回忆，那段时间，他们真的很艰苦，租着一个月 200 块钱的平房，没有暖气，没有家具，只有一张破旧的桌子和一张摇摇欲坠的木床。

最难的时候，清水挂面拌老干妈吃了 1 个月。

因为房子太过潮湿，白雪的皮肤开始过敏，反反复复地起红疹。

看着心爱的女人跟着自己受苦，而自己却无能为力改变这一切，萧峰很痛心。

为了让两人日子过得好一点，白雪拼命努力工作，终于在 3 个月后，升职加薪。随之而来的，还有流言蜚语。

每次萧峰去接白雪下班时，同事们都指指点点，窃窃私语。也有人毫不避讳地说："老板包养了白雪，白雪又在外面包养了小白脸。"

气得白雪号啕大哭。萧峰虽然安慰她说，不要理会别人的闲言碎语，但自己却变得疑神疑鬼。他觉得这世上没有捕风捉影的事，更何况，白雪有前科呢。

萧峰总是偷偷翻看白雪的手机，没事就打电话查岗。他甚至会偷偷跟踪白雪，严厉限制她和异性来往。

刚开始，白雪虽然表面上很生气，但内心深处还是窃喜，萧峰如此在意她。

没想到萧峰越来越变本加厉，他甚至会翘课去跟踪白雪上班，慢慢地，学习成绩一落千丈，这一切，让白雪很绝望，两人开始无休止地争吵。

白雪埋怨萧峰，不信任自己，不思进取，自甘堕落。

萧峰指责白雪，嫌弃自己穷，贪慕虚荣，想要攀高枝，然后找借口甩掉自己。

白雪痛心疾首地说："没想到陪你吃了那么苦，到头来在你心中我却是一个爱慕虚荣的物质女人。我不怕跟着你吃苦，但是我真的害怕在你身上看不到未来和希望。”

第二天一大早，白雪就收拾好行李离开了那个简陋的平房，从此音信全无。

白雪走后，萧峰把自己锁在小屋，在那张晃晃悠悠的破木床上躺了整整一周。

痛定思痛，他终于意识到，自己的确没有给白雪足够的安全感和归属感。

他发疯一样满世界地寻找白雪的踪影，却一无所获。

失魂落魄的萧峰带着满身的情伤，狼狈地逃到北京，脚踏实地地从头开始。

4 年过去了，萧峰已然成为职场中的佼佼者，白雪却依然是他心中难以磨灭的痛。

萧峰说：“我亏欠白雪太多，如果我知道她现在过得不好，一定会竭尽全力帮助她，多少钱都不在乎。”

“你会介意吗？”萧峰问我。

“应该不会吧！你很通情达理。”没等我开口，萧峰自问自答道。

“那白雪的老公会接受吗？”我反问他。

萧峰沉默了。

我叹了口气：“那么多年过去了，那些所谓的亏欠，真的还有意义吗？或许对于白雪来说，你是她始终不愿意再次提及的伤痛。而白雪承载于你的，更是一段不堪回首的过去。其实你之所以耿耿于怀，只是因为你们最终错过。因为错过，所以倍感遗憾。

“男人通常都比女人成熟得晚。25 岁，对女人来说，是非常宝贵的黄金分割点，因为男怕入错行，女怕嫁错郎。结婚对于女人来说堪比重生，所以她们在选择结婚对象时格外慎重。

“你可以穷，但一定要像个男人一样有担当、踏实、积极、努力、上进，只有给她足够的安全感，人家才会心甘情愿陪你吃苦。

“然而 25 岁时的你却依然幼稚得像个孩子，除了吃醋、疑神疑鬼，就是用你的不成熟来无情地伤害身边这个女人。

“女人从来不害怕跟着男人吃苦，却害怕看不到希望和未来。

“所以，从一开始你们的错过就不是偶然。

“是的！这个世界上注定有一个人教你学会如何去爱后微笑着离开。

“我们只有经历过别离和错过，才会慢慢变得成熟，学会如何爱与被爱。”

萧峰若有所思地点了点头。

我微笑着说：“其实世间所有的错过都是为了和对的人相遇。但凡轻易错过的人，都不是对的。

“有时候你觉得对方很好，很适合自己，你很想牢牢抓住，但对方不见得会这么想。

“你认为对方是佳偶，但对方可能觉得你并非良人。

“真正对的人，是彼此都觉得对方特别适合共度一生。

“所以既然那些错过都是必然，那就让往事随风去。”

萧峰一脸迷茫地问：“那到底什么是对的人？”

我微笑着说：“当我们褪去幼稚的外衣，内心真正成熟而强大时，恰巧遇到了一个三观一致、志趣相投、彼此坦诚、相互理解的人。”

“譬如，我和你！”萧峰春风满面地对我说。

我们没有在一起

这是一个悲伤的故事。

和小雅是在广州火车站的候车室认识的，我们一起等开往海口的粤海铁路。候车的时候非常无聊，而且很悲催的是，我没有买到车票，于是打算先上车后补票。

胆小的我非常需要一个有票的乘客掩护我上车。而小雅就是我的最终人选，因为她冲我很友好地笑了笑，这一笑，好似明媚的阳光，驱走了我内心的恐惧和不安。是的！我有救了。

小雅成功地把我“偷渡”上火车，令我感激不已，而我们因此结下了无比深厚的革命友谊。

小雅是一个看起来特别让人心疼的女孩子，瘦瘦小小、柔柔弱弱的，笑起来眼睛弯弯的，灿烂的微笑里却总是有一股说不出来的忧伤。我和小雅无论是性格还是爱好都出奇地相似，所以一见如故，相见恨晚。

毕业实习的时候，小雅放弃众人梦寐以求去澳门工作的机会，不顾亲友的劝阻执意去了青岛。

我到现在都记得，当时小雅非常坚定地对我说：“阿珂，你知道么，我一定要去青岛的。不过去澳门工作的机会真的很难得，全校就只有5个名额，工资还那么高，就这么轻易放弃，真的蛮可惜的！”

“那你为什么非要去青岛呢？”我有些不理解。

“以后我会告诉你的！”小雅神秘地对我说。

“莫非你男朋友在青岛？”

“我男朋友已经有新女朋友了。”小雅故作轻松地说。

“那你还称呼他‘我男朋友’，明明就是陈世美嘛！”我愤愤不平。

小雅一脸认真地看着我：“阿珂，我不怪他，真的！既然我不能在他身边，有个人替我照顾他也好，那我就放心了。

“唉！说一点都不伤心难过，那是骗人的，我那时候经常躲在被窝里偷偷地哭。拼命地学习，让自己忙得像个陀螺，没有时间去想这一切。所以我才得到这次去澳门工作的宝贵名额。说起来还得感谢他呢！”

“可是你放弃了，傻丫头，为了一个背叛你的人真的值得吗？”

“值得！我已经喜欢他整整6年了，不能就这么轻易放弃啊。”小雅非常坚定地说。

小雅和男朋友是高中同学。

高一军训的时候，皮肤黝黑、留着短发的小雅穿着军装，十足假小子一个。

那时候班里有一个特坏特痞的男生随口在她身后吐了一块口香糖。然后，教官一声令下“坐”，小雅准确无误地坐在那块口香糖上。

教官又一声令下“起立”。随着小雅起身，口香糖紧紧地粘在小雅的屁股上，还扯着丝，后面的男生哄笑一团，小雅浑然不知发生了什么，也跟着大笑不止。

站在小雅旁边一个白皙秀气的帅哥拽了拽小雅的袖子：“哎，哥们儿，大家都在笑你呢！你屁股后面有块口香糖。”

小雅回头一看，立马崩溃了。这个时候整个排的人都狂笑不止。而小雅依然笑着、笑着，然后流出了眼泪。

帅哥看小雅又是哭又是笑的，立马惊慌失措了：“哥们儿，你这是哭还是笑啊？”

小雅白了他一眼："我哭笑不得！还有，我是女生好吧！别总哥们儿哥们儿的，怪伤人的。"

帅哥突然转过头冲着哄笑一团的人群大喊："笑什么笑啊！一群大老爷们儿欺负小女生有意思么？"

小雅随着喊声，抬头很认真地看了看帅哥，她发现帅哥的眼睫毛好长，就在那一刹那，小雅突然心动了。

军训完，开课的时候，小雅和帅哥成了同桌。帅哥有个很洋气的名字——欧阳甲，小雅喜欢称呼他"欧阳"。慢慢地，两人成了铁哥们儿。

"你知道和喜欢的人做哥们儿是什么感觉么？"小雅曾经很认真地问我，"就是明明动了心，明明很喜欢，却不敢靠他太近，只能以哥们儿的名义默默地关心他，有时候他豪气十足地拍你肩膀的时候，你却很想转身抱住他。"

高中三年，小雅以哥们儿的名义偷偷地爱慕着欧阳，她每天变着花样给欧阳买早餐，帮他打水、打扫卫生，替他抄作业，还帮他给喜欢的女生传纸条。

高中时，大家都没有手机，没法像现在一样发微信、聊 QQ。同班级的男生女生如果互相爱慕，上课的时候趁老师不注意就偷偷传纸条。欧阳不仅人长得帅，篮球打得好，学习更是顶呱呱，班上好多女生都偷偷喜欢他，悄悄给他传纸条。

大多时候，欧阳只回复班花小米的纸条，其他的通通让小雅回复。小雅一边奋笔疾书地回复那些爱慕之词，一边恶狠狠地说："你如果不喜欢她们，就不要回复了嘛！都快要累死了。"

欧阳笑眯眯地说："礼尚往来嘛！出于礼貌，要不多伤别人的心啊！"

就这样小雅喜欢了欧阳整整 3 年，而欧阳却和小米传了 3 年纸条。班里人都问小雅："欧阳是不是和小米在谈恋爱？"

小雅一脸天真地说："没有啊！欧阳说没有，就是没有！"

于是大家纷纷流传，小雅喜欢欧阳，欧阳喜欢小米，而小米喜欢校草大凯。

唉！又是一个你爱我、我爱她、她却爱着他的多角恋。

高考结束后，欧阳顺利考入青岛的名牌大学，而小雅却发挥失常考到海南一个三流学校。

一想到以后就要天各一方了，小雅心里很失落，一时冲动跑去告诉欧阳这些年来自己一直暗恋他。

没想到欧阳居然说，他一直偷偷喜欢小雅。当时小雅高兴得就像中了六合彩一样。

两个月的假期是小雅最甜蜜的幸福回忆。两个人就像其他的小情侣一样，穿情侣装，手拉手约会、看电影。

大一的时候，两人经常通电话、写信。后来欧阳参加了很多社团，还当选了学生会的干部，随着欧阳越来越忙，两人的联系也越来越少。

大二下学期的时候，已经一个多月没有联系的欧阳突然告诉小雅，他交了新女朋友。他说，一个人在青岛太寂寞，新女朋友对他特别好，会在他打球的时候替他拿衣服，中场休息的时候及时递上水，每天陪他吃饭。虽然还是深深喜欢着小雅，但是他却难以抗拒新女朋友带给他的温暖。

小雅故作轻松地安慰欧阳："没关系，有个人替我照顾你也蛮好，那我就放心了。不过，毕业之后我还是会飞去青岛，把你抢过来哦！"

尽管表现得很轻松，小雅还是非常难过，白天的时候强颜欢笑，努力学习，晚上的时候，一个人躲在被窝默默地流泪。

情场失意，学场得意，小雅拼命学习，屡屡拿得奖学金，还争取到了学校仅有的 5 个去澳门工作的名额之一。

2007 年冬天，为了守卫爱情，小雅放弃大好前程，跑去青岛，一切从零开始。

在青岛小雅只认识欧阳，不过她却一直没有和欧阳联系。小雅一个人在人生地不熟的青岛租房子、找工作。

两个月后，身无分文的小雅在培训学校找到一份招生的工作，平时天天在繁华的地段搭帐篷、发传单、拉人咨询。

有一天，青岛特别冷，小雅在台东发传单的时候，突然看到欧阳，她高兴极了，正想大声叫他时，却发现欧阳身边有个特别漂亮的女生，两人还紧紧拉着手。

小雅的心就像被撕碎一样，特别疼。她很失落地低下了头，眼泪不争气地流了下来。

当天晚上，欧阳给小雅打电话："我今天下午好像看到你了，喊了你几声也没答应，后来就找不到你了。你来青岛怎么也不和我联系啊？"

欧阳叽里呱啦说了一大通，小雅也没有听进去，她只想问问，那个女孩是不是他的女朋友。

后来，欧阳告诉小雅，他周末在台东参加"雪碧飞扬秀"的海选，邀请小雅去观看他比赛。

欧阳询问小雅选什么歌好。

"唱《唯一》吧！"小雅说，"你唱的《唯一》最好听了。"

海选那天，欧阳打扮得特别帅，开唱之前，非常深情地说，这首歌送给他最重要的朋友。当时小雅就在台下傻傻地想：肯定是唱给我的。小雅总觉得欧阳是深情地望着自己唱完整首歌的。欧阳唱歌的时候，小雅扯着嗓子，拼命为他呐喊。青岛人都非常低调，大家都像看怪物一样看着小雅。

欧阳唱完后，小雅去后台找他，想鼓励他一下，却怎么也找不到，后来小雅爬到舞台上努力寻找。

终于，小雅看到在人群里四处张望的欧阳，他是在找我吗？小雅好兴奋，刚想开口叫他时，却看到欧阳紧紧拉着那个女孩的手……

台下很多观众指着小雅笑，小雅就像一个小丑一样站在那里……心灰意冷的小雅走下台，默默地走回家，边走边哭，哭得昏天暗地。

回到家，哭了一晚上，最后小雅决定离开青岛。离别时，小雅和欧阳告别。

欧阳说，他内心深处一直深深地喜欢着小雅，希望能和她从头开始。

傻乎乎的小雅居然稀里糊涂原谅了欧阳，还觉得老天爷特别眷顾她。

2009 年春节小雅和欧阳一起回兰州。

去欧阳家做客时，欧阳的妈妈埋怨小雅："丫头你还真狠心，那么多年都不来看看我。以后要经常来啊，你们俩好好的，在青岛待够了就回来结婚……"

听得小雅幸福得不知所措……

小雅警告欧阳："以后不许随便把我扔下，否则我就永远不理你，让你永远见不到我。"

2009 年 2 月 20 日，欧阳 22 岁生日。小雅由于工作提前回了青岛，没能和欧阳一起过生日。欧阳晚上和父母过完生日后，在回家的路上和一辆越野车相撞，车上的人无一幸免，欧阳和他父母当场死亡。

我是在小雅的 QQ 空间里得知这个惊人的消息的。那时候我和小雅已经有一段时间没有联系，我还埋怨她见色忘友，谈了恋爱就玩消失，没想到她却在独自承受如此巨大的痛苦。

当我再次见到小雅的时候，吓一跳，过度悲伤、整日以泪洗面的小雅居然面瘫了，我紧紧地抱住小雅无语凝噎。

小雅捂住嘴笑着对我说："我笑起来是不是很难看啊？万一治不好，以后不能笑了咋办呢？医生说，我不能再哭了，再哭下去，不仅会毁容，眼睛也废了。"我扭过头强忍着不让眼泪流下来。

陪小雅针灸的时候，我紧紧地握着她的手，每扎一针她都抽搐一下。她的左边脸已经扎得像蜂巢一样，泪水无声地滑过脸庞。我心疼不已，她努力地挤出笑容："今天有你陪着我没哭哎。"

离别时，小雅难掩悲伤："我没做过坏事，老天爷为什么要惩罚我？我喜欢了欧阳整整7年，我们终究还是没能在一起，而且我们今生再也不能在一起了。"

"欧阳说过要带我去天幕城，做我的全职导游玩遍青岛的。他说他会永远照顾我一辈子的……现在他不在了，我一个人该怎么办？"说着小雅泪流满面，泣不成声。

我紧紧地抱着小雅哭作一团。小雅帮我擦泪："阿珂，我们都不要哭了。欧阳说我笑起来最好看了，可是现在我都不能尽情地笑了。"我不知道该怎么安慰她，任何的言语现在都显得苍白无力……

小雅比我想象的要坚强。为了不让我们担心，她总是强忍住悲伤，努力对我们笑，实在让人心疼。每到夜深人静，却一个人无声地哭泣。

亲朋好友都劝小雅离开青岛回老家，省得触景伤情，小雅却执意留下。她说："我总觉得欧阳没有离开，有时走在繁华的街头，总感觉一抬头就可以在人群中看到欧阳的笑脸。每次都是一场梦。"

人们都说时间就是一剂良药，可以抚平所有的伤痛。然而，6年过去了，小雅依旧孑然一身。欧阳走后，6年中小雅没再触碰过感情。

小雅把所有的精力都放在工作上，从公司前台做到中层管理，一副干练的职场女强人形象。

6年了，时间其实无法愈合真正的伤痛，但会使人越来越坚强。

爱不在了，生活还得继续。小雅说："我会好好地活着，把心底最柔软的位置留给欧阳安眠，不去打扰他。终有一个人会来替他爱我……"

不爱无罪

1

大学毕业吃散伙饭那天，正好是郭辉的生日。

一想到毕业后大家将各奔东西，不免有些伤感。

当然，最伤感的还是郭辉。

因为他谈了 7 年的女朋友在毕业前夕，跟着一个黑皮肤的美国留学生去了大洋彼岸。

对此，俏俏非常愤慨，那个黑鬼哪有咱们家郭辉好？许念脑袋被驴踢了么？你想，大晚上睡醒一觉，看到黑鬼露出一排小白牙，冲自己咧嘴一笑，会被吓尿的。

吃完散伙饭，郭辉提出请大家去 K 歌，好多人都表示喝大了，要回宿舍睡觉，只我和俏俏欢呼雀跃。

在昏暗的 KTV 包房里，郭辉喝得烂醉如泥，反复撕扯着嗓子，单曲循环莫蔚文那首《他不爱我》。

我扭过头问俏俏，要不要夺过郭辉的麦克风，让他歇会儿。不料却看到俏俏泪流满面，眼睛直勾勾地看着郭辉，眼神充满了不舍、怜爱、疼惜以及无奈。

突然，俏俏大步流星走到前面，一把夺过郭辉的麦，拼劲全身力气，大声唱道：

我知道他不爱我，
他的眼神说出他的心。
我看透了他的心，
还有别人逗留的背影，
他的回忆清除得不够干净。

我和郭辉被俏俏的好嗓子惊艳了一把。没想到，平时默默无闻的俏俏，竟然深藏不露。

俏俏在唱这首歌的时候，全程一直盯着郭辉，而郭辉则目不斜视地看着大屏幕。

从 KTV 出来时，天已泛白，一阵清风吹来，令人神清气爽。

这时郭辉已经清醒大半，他慵懒地伸了一个懒腰，随手拦下一辆出租车，扭头问我们："你俩去哪儿？我送你们一程。"

俏俏慌忙摆手："你赶紧回家睡一觉！我俩想四处走走，你们都快要离开这座城市了，我想和木木姐多待一会儿。"

说完这句话，俏俏红了眼圈。

郭辉"哦"了一声，面无表情地钻进出租车，连句"再见"都没有。

俏俏终于忍不住，蹲在地上号啕大哭。

我慌了神："天哪？你这是怎么了？"

俏俏边哭边骂："你这个呆子，我喜欢郭辉，你不知道啊？"

我直接就蒙圈了，支支吾吾地说："我倒是察觉到你看他眼神不一般，但是人家郭辉一直有女朋友，我寻思着你顶多就是个单相思。”

我话刚落音，俏俏哭得更厉害了。

2

大学期间，我是出了名的书呆子，两耳不闻窗外事，一心只读圣贤书。不恋爱、不逛街，不参加学校的社团活动。

没有电脑，没有手机，几乎不聊 QQ，偶尔蹭蹭室友的电脑，在新浪博客上写写文章，没事就去图书馆泡着。用现在的流行语就是，青春都被狗吃了。

可能是读书读傻了，我向来都后知后觉，偶尔也有室友和我八卦：“小学妹俏俏是不是喜欢郭辉？”

我一头雾水：“不知道啊？我去问问她。”

然后我就像傻瓜一样，直接去问俏俏：“大家都说你喜欢郭辉，是真的吗？”

俏俏被我羞红了脸：“谁说的？怎么可能！郭辉学长是有女朋友的好吧！”

我回到宿舍，义正词严地对那些八卦的人说：“人家俏俏说了，她和郭辉只是老乡。”

蹲在地上的俏俏突然声音嘶哑地叫我：“木木，扶我一下，我的腿麻了。”

对，那一年王宝强主演的《士兵突击》热播，班里的同学不约而同地给我起了个绰号叫“许木木”。

扶起俏俏坐到旁边的石凳子上，她一脸泪痕地问我：“想不想听听我长达 7 年的暗恋故事？”

我就像小鸡啄米一样，不停地点头，那个长达 7 年，勾起了我尘封已久的八卦心。

俏俏和郭辉是高中同学。

新学期领课本的时候，俏俏抱着一大堆新课本在走廊上艰难走着，突然一个莽撞的毛头小子一路奔过来，撞翻了俏俏的新书，气得俏俏想大声斥责他时，毛头小子就像鞋底抹了油一样，一溜烟没人影了。

正当俏俏想蹲下捡书时，一个阳光、俊朗的明亮少年弯下身帮她捡起了书，并冲她灿烂一笑：“我帮你拿吧！”

那一刻，俏俏就像被电击中一样，幸福得快要眩晕。少年穿着她最爱的白衬衫，身上散发出淡淡的薄荷清香，他的手指修长而白皙，声音温柔而富有磁性，眼睛虽然不大，但是特别明亮，笑起来就像一个弯弯的月牙，浓密的睫毛让他的眼睛看起来格外迷人。

这种男生帮女生捡书的情节，在校园里几乎每天都会上演，但如果男主角是一位英俊潇洒帅气的阳光少年，女主角是情窦初开的少女，那么一场伟大的早恋即将拉开帷幕，当然也可能是一场惊世骇俗的暗恋。

很不幸的是，俏俏属于后者。

少年抱着俏俏的书，走进教室，坐在她座位旁边，俏俏的心里突然像揣了一只小兔子一样，扑通扑通跳个不停。

少年爽朗的声音响起：“你好，我叫郭辉，以后咱俩就是同桌了，请多多关照。”

俏俏不可思议地抬起头，支支吾吾地说：“我叫林俏俏！”

3

喜欢郭辉的女生有很多，她们经常在上课时，捅捅俏俏的后背，让她帮忙递小纸条。

每次郭辉看也不看，直接胡乱揉成一团丢进垃圾桶。俏俏觉得郭辉扔纸条时，抛出的弧线简直漂亮极了。

后来，俏俏发现郭辉也开始写小纸条，她像福尔摩斯一样，侦查很久才知道，纸条是写给隔壁班的班花许念的。

许念长得真是漂亮，无论是气质还是长相都像极了冰清玉洁的小龙女，当然是李若彤版的。

那一年 TVB 版《神雕侠侣》在大陆热播，许念也是小龙女的铁杆粉丝，经常一袭白裙，长发飘飘，神情高冷，迷倒一大片毛头小子。

看到郭辉和许念鸿雁传书，眉来眼去，俏俏的心在滴血。

无奈对手实在太强大，她一个身高不到 160 厘米的丑小鸭，拿什么和万众瞩目的女神相比？

当俏俏看到《神雕侠侣》最后，郭襄目送杨过、小龙女夫妇离开后，无比落寞地吟出那句“相思相见知何日，此时此夜难为情”时，不禁泪如下雨。

或许是由于早恋的缘故，许念的学习成绩一落千丈，为了能顺利地考上重点大学，高二上学期，许念转到了美术特长班。

高冷的女神拿起画笔坐在那里不动，就是一幅精美绝伦的画卷。

没过多久，俏俏也转到了美术班。因为她实在听不懂数学老师的天书，而且不知道为什么，她突然特别想和许念做朋友。老实说，她也很喜欢许念，就像郭襄喜欢小龙女的那种喜欢。莫非是传说中的爱屋及乌?

当学霸郭辉执意转到美术班的时候，整个高二级部哗然了。级部主任狠狠地说：“正所谓近朱者赤、近墨者黑，美术班都是一些不学无术的二流子，你要转过去前途就废了！”

郭辉不顾老师和家长的反对，雄赳赳气昂昂地搬进美术班，继续和许念双宿双飞，而俏俏则成了 1000 瓦的电灯泡，贼亮贼亮的。

三个人一起上学，一起放学，一起去画室画画。更多的时候，俏俏就像少爷和少夫人身边的小丫鬟，无怨无悔地替他俩买饭，去画室抢位置，削一大把从 2H 到 8B 的铅笔，清洗画笔，最后像大力水手一样拎着三小桶清水，晃晃悠悠走进画室。

美术专业考试的时候，三个人商议好一起考山东工艺美院，那一年是山工艺报名人数最多的一年。

俏俏他们凌晨 3 点就去排队等着报名，等了整整一天，也没见报名的队伍有所减少。

下午 4 点多的时候，突然排在前面的人群中有人高喊：“前面有人走后门进去报名。”排了整整一天，又累又渴又饿的考生们愤怒了，他们拼命往前挤，原来井然有序的队伍混乱一片，校方为了防止场面失控，找来大批武警官兵镇压。

正在青春叛逆期的美术考生们看到武警官兵带枪镇压，更加气愤，一边破口大骂，一边拼命往前挤。突然，一大批人群被挤倒，只听见哭喊声、尖叫声以及刺耳的吹哨声混成一片。俏俏被拥挤的人群压得喘不过气，眼镜也不知道被踢到了哪里。

四周一片模糊，心脏快要爆炸的俏俏非常绝望地想：我这下该不会真的死翘翘了吧？郭辉在哪里？他没事吧？

突然一双强劲有力的大手一把拉起了俏俏，并把她推出了拥挤的人群，告诉她，先别报名了，先保命要紧。没等俏俏看清他的模样，他就头也不回地离开了。

惊魂未定的俏俏大声喊着："许念，郭辉。"终于，在一个小亭子旁边，俏俏发现了正在大口吃汉堡的许念和郭辉，两个人一脸惬意地喝着珍珠奶茶，郭辉紧紧地拉着许念的手，爱意浓浓的明媚笑容刺痛了俏俏的眼睛。

那是她从未见过的笑容，特别温暖，却永远不会属于她。

4

高考结束后，许念和郭辉双双考进山工艺，俏俏却名落孙山。

其实她的成绩还可以去读外省的很多名牌大学，但她却执意回去复读，非山工艺不上。

可能那几年上山工艺太火热，也可能山东的美术考生太多，俏俏足足复读了3年才考上山工艺。

那时候的美术考生都执着得非常可爱，有很多人为了考进中央美院复读8年，但为了考山工艺复读3年的，真不多见。

本来最后一年，她都想要放弃的，在朋友那里听说，郭辉和许念分手了，她突然又像打了鸡血一样，一鼓作气考进了山工艺。

开学前夕，俏俏曾无数次幻想自己和郭辉再次相遇的场景。

听说金牛座的男生都喜欢同一种风格的女朋友，开学那天，俏俏按照许念的样子装扮自己，长至脚踝的白裙，垂直及腰的黑色长发，将近10厘米的松糕鞋，尽管眼睛有点炎症，俏俏还是忍着不适戴上了明亮的博士伦隐形眼镜。

当她满心欢喜地期待和郭辉来一次完美邂逅时，却发现前来迎新生的郭辉身边依然站着美艳动人、浅笑盈盈的许念。那一刻，她的心仿佛被万箭射中，鲜血直流。她情不自禁地脱口而出：“你俩不是分手了么？”

许念有些不好意思地说：“前段时间，闹了一些误会，不过都烟消云散了。”

俏俏失落地望着许念和郭辉你侬我侬，不禁黯然神伤。

俏俏读大一的时候，我们已经升大四，除了埋头学习，开始为自己的未来做打算。

许念一直梦想着去美国视觉艺术学院学设计，所以一进大学便结识了很多美国留学生。其中有一个皮肤黝黑的家伙，对许念穷追不舍，为此，郭辉非常气恼，还曾找人暴打了黑鬼一顿，让他远离许念。

当许念听说黑鬼的老家在美国南部有一个特别大的农场庄园，来中国是因为想学习中国的文化，等学业结束，还得回美国继承家族产业时，心中的天平逐渐失衡了。

许念公然脚踏两只船，和黑鬼形影不离，这不仅激怒了郭辉，还惹毛了俏俏。

她随即对郭辉展开猛烈的追求，几乎成为我们班上的常客，教室、食堂、画室和宿舍，随处可见俏俏活泼可爱的身影。没课的时候，俏俏就来我们画室做模特，搞得连我们老师都误认为俏俏是我们班的学生。

那时，郭辉沉浸在许念背叛的痛苦中不能自拔，俏俏没事就把他宿舍的哥们儿叫出来一起吃串喝酒，每次郭辉都喝得不省人事，被哥们儿拖进宿舍，俏俏就像一个无怨无悔的小媳妇，给他擦拭吐出来的污秽物，扶他去厕所，烧好开水，等他安然入睡后，才放心离开。

大家都羡慕郭辉艳福不浅，走了一个高冷美艳的小龙女，来了一个鬼马精灵的小郭襄。

每每大家怂恿郭辉收了俏俏做女朋友时，郭辉都沉默不语，任由大家起哄。

5

大学毕业后，我和郭辉一起考取了本校的研究生。

许念跟着黑鬼飞去了大洋彼岸，去做农场主夫人。

许念走后，俏俏更加疯狂地开始追求郭辉，万念俱灰的郭辉心安理得地享受着俏俏对他的好，不拒绝，也不承诺什么。

俏俏感激涕零地对我说：“木木姐，只要他愿意接受我的好，我就感觉好幸福，我坚信终有一天他会被我打动。”

我俩熟悉以后，我问她：“为什么明知道郭辉喜欢许念，还故意讨好自己的情敌？”

俏俏一脸天真地说：“我只是想让我喜欢的人所喜欢的人喜欢我。”

俏俏对郭辉的执着和痴情，感动了我以及他身边所有的亲朋好友，大家纷纷劝说郭辉尝试接受俏俏，毕竟这世界上除了父母以外，很难再找到对自己如此全心全意付出的姑娘了。

或许是俏俏一片痴情终于得到了回报，抑或是郭辉需要新的恋情治愈自己受伤的心，总之他默认俏俏为自己的女朋友，允许她随意出入自己的出租屋。

俏俏就像献祭一样虔诚地把自己的第一次牵手、第一次拥抱和第一次接吻青涩地献给了这个她暗恋了 7 年的男人。

她天真地以为自己终于守得云开见月明，可以从此牵着心爱的人的手，踏踏实实地过一辈子。

令俏俏崩溃的是，郭辉一直在网络上和许念保持联系。许念几乎每天晚上都会和郭辉倾诉自己与黑鬼的矛盾，并怀念和他在一起的美好时光。

除此之外，郭辉从不在俏俏面前避讳和其他女生嬉戏打闹。

每每俏俏为此生气，吃飞醋的时候，郭辉就会满不在乎地说：“如果你觉得受不了可以离开，我不想欺骗你，也不想欺骗自己，不爱就是不爱！”

俏俏被那句“不爱就是不爱”彻底伤到了。难怪他每次牵手的时候总是漫不经心，拥抱的时候总是不愿靠近，说话的时候总是不够认真，沉默的时候又太用心。因为不爱，所以他从不在意俏俏的感受，公然和前女友藕断丝连。即使知道和其他女孩暧昧会让俏俏心如刀绞，也从不收敛，更不会解释只字片语。因为不爱，俏俏所有的付出，都让他觉得是沉重的负担，他甚至连和她肌肤之亲的欲望都没有。他一直以为感情是可以培养的，毕竟对方是一个痴恋自己多年的好姑娘，但他发现自己错了。原来，不爱真的不可以勉强，至少在他的世界是这样的！

郭辉终于下定决心告诉俏俏，他心中始终忘不了许念，他无法给她完整的爱，哪怕分一点点也不可以。

6

和郭辉分手后，俏俏化悲痛为力量，把所有精力放在学习上，努力考取了梦想的学府——北京服装学院，成为了一名研究生。

离开济南到北京后，俏俏整个人开朗了很多，遇到了真心爱她的男朋友。

毕业后，两人结了婚，在北京买了房，生了一个白胖可爱的小男孩。

虽然眼下的生活很幸福，但俏俏还是会有意无意问起我郭辉的近况，并委托我，委婉地把她现在的幸福告诉郭辉。

俏俏离开后，郭辉一直留在济南，等待许念回来找他，然而几年过去了，许念给农场主黑鬼生了好几个混血宝宝，从来没有露出半点想要回国的念头。只是偶尔和黑鬼吵架后，会和郭辉倾诉，倾诉完，又开开心心做自己的农场主妇人去了。

我故意把俏俏抱着儿子的照片拿给郭辉看，酸溜溜地告诉他，俏俏现在很幸福，找了一个真心爱她的好男人。并埋怨他，不知道珍惜眼前的幸福，错过了痴情的好姑娘。

没想到郭辉随手把照片扔在一边，面无表情地说："你和我说这些干吗？她过得是否幸福和我有啥关系？"

我当时就怒了："俏俏好歹痴恋了你 9 年，你怎么可以对她如此冷漠。"

郭辉冷笑了一声对我说："如果不爱一个人，暧昧才是最大的残忍。我知道俏俏这些年来爱得很辛苦、很痛，但她不能因为一直在爱中疼痛而用道德绑架我，你们都觉得我残忍，而我只是不喜欢一个单恋我的姑娘，这有错吗？

"你们天天劝我感情是可以培养的，让我尝试接受她。好吧，我试过了，真的不行，不爱就是不爱！"

我想很多陷入单恋的人都和俏俏一样，被所谓的爱情毒鸡汤"女追男隔层纱”迷乱了心智，以为交付自尊可以换来爱，倾尽全力付出可以换来爱，交付爱理所当然必须获得爱。

事实上，女追男到底隔层纱还是隔座山，主要看脸的好吗？（看脸、看脸、看脸，重要的事情说三遍！）尤其是当你的男神心中住着一个气质高冷、美艳如神仙姐姐李若彤的女神，你注定会输得一败涂地。

所以，他不爱你，无可厚非。

其实，在爱情里付出与回报是两码事，爱与被爱从来不互为因果。

爱或不爱，都是听天由命的事情，强求不得！

还有一大波姑娘被《一封陌生女人的来信》中那句经典名言所荼毒——“爱是一个人的事，而爱情是两个人的事。所以，我爱你，这是我自己的事，与你无关。”

然而大多数姑娘只肤浅地看到字面意思，却无法体会深层含义——我可以为了深爱的男人飞蛾扑火，但是，我输得起。

因为输得起，我所有的付出不是为了得到男人的爱，只是因为我自己高兴。

因为输得起，所以不会如祥林嫂一般到处哭诉，自己不计得失地付出，而对方的冷漠令人心寒。

因为输得起，才不会纠结，自己惊世骇俗的单恋，为什么感动天感动地却无法感动你？

或许有一天，真的等到云淡风轻，岁月静好，俏俏才会明白，那个不爱她的男人，有多么无辜，他的坚持其实更值得尊重和钦佩。

是的，暗恋无罪。

那么，不爱，莫非倒是天大的罪了？

我不祝你幸福

初恋男友在高中微信群里发了一张婚纱照，并附上简短的文字：2016 年 2 月 1 号大婚，欢迎大家来参加婚礼。

一时间，群里被各种祝福语刷屏。

我默默地点开了照片，那张曾经令我深深迷恋的脸，帅气依然，只不过身材就像被吹鼓的气球，滚圆的大肚腩撑得西装都变了形。我不禁慨叹，岁月果真是猪饲料。

旁边的新娘巧笑嫣然，眉眼中洋溢出一种幸福。不过，最引人注目的，还是那一对傲人的双峰。我不禁低下头看了看自己一马平川的前胸，哑然失笑地合上了照片。

闺密十分八卦地问我："你怎么没有在群里祝福他？"

我沉默了片刻说："我不祝他幸福！"

闺密发来一连串的惊叹号："莫非，你还在恨他？"

我笑了："我干吗花力气去恨一个和我不相干的人呢？"

闺密不解地问道："既然你不恨她，为什么不大度一点祝福他幸福呢？"

我很认真地解释道："对于前任，最好的办法就是不再联系。

你看似云淡风轻地说一句‘祝你幸福’，对方内心可能波涛汹涌，不断猜测，她是不是还惦记着我。同样这句‘祝你幸福’如果被你的现任和对方的现任看到，估计又得掀起一场腥风血雨，不对，应该是酸风醋雨，所以何必假惺惺地祝他幸福呢？”

闺密若有所思地说：“也对！如果我男朋友给他的初恋女友发信息说‘祝你幸福’，我也会打翻醋坛子的！”

对待前任最好的方法就是老死不相往来，所以电影中那些邀请前任来参加婚礼的剧情，在我看来都好假、好狗血、好玛丽苏。

估计现实生活中，没几对新人结婚敢邀请前任参加，即使现任不会打翻醋坛子，你也不敢保证前任砸场子，对吧？好像电影里面都是那么演的，名义上说是去参加我“最好朋友”的婚礼，事实上就是心怀鬼胎的夺爱大战。

老实说，这么多年过去了，我已经忘记了青春年少时的痴恋。所以，他是否幸福真的和我没有一点关系。

曾经我也无数次幻想过收到前男友结婚喜讯的场景，我以为会心如刀割，我以为他们的幸福会刺痛我的双眼，我以为我会假装大度地祝他幸福，我以为，我会哭。

但是，我没有！

我内心平静得没有一丝波澜，不想再和他有任何牵连，所以不想再万般矫情地“祝你幸福”。

这是一种打心底发出的冷淡，没有爱与恨的交织，没有酸楚，没有不甘，不掺杂任何情绪。

当然学会把一切忘记，内心真正做到释然，需要很长的时间。

还记得几年前我们分手后不久，辗转在朋友那里听说，他迅速找了一个比我小 5 岁的小女朋友。

后来两人开始在 QQ 上高调秀恩爱，共用情侣空间，更换高调示爱个性签名，留言板变成了两人发短消息的地方，相册里满满都是两人的甜蜜合影。

那段时间我几乎把他 QQ 空间里所有动态一字不落地反复看了几遍，企图在里面发现一点可能会和我有关的东西。

然而，我悲伤地发现并没有关于我的只言片语。

是啊！在那场卑微的恋爱中，他说秀恩爱死得快，所以从来不会在 QQ 空间和微博公布和我相关的一点信息，而我俩几乎连一张像样的合影都没有，唯一的合影还是高中毕业照片。

我俩甚至都没有牵过手，即使在一起并肩往前走的时候，他也很少扭过头看我，而我却时不时盯着他英俊的侧脸发呆。

我一直以为他只是天生迟钝、不苟言笑或者生性冷淡，却不知他冰封三尺之下，还有另外一副模样。

原来，这世间没有暖不暖，只有爱与不爱，如果他爱你，自然会变成中央空调。

他把他的暖藏在最深的地方，直到遇到对的那个人，才会春暖花开。

那一刻，我才明白，才知道原来心痛不是形容词，是动词。

悲伤、愤怒、怨恨之后，特别小心眼地在博客里写了一篇文章《请不要比我幸福》。

当年正是陈晓东的《比我幸福》红遍大江南北的时候，几乎满大街都在扯着嗓子唱“请你一定要比我幸福，才不枉费我狼狈退出，再痛也不说苦，爱不用抱歉来弥补，至少我能成全你的追逐”。

一时间，几乎所有的影视作品和爱情小说都在争先恐后地告诉大家，真的爱一个人，是无条件地对他好，你会尊重他的选择，即使分开后，你也会真心希望他永远幸福。

曾经觉得“请你一定要比我幸福”，是世间最动人的祝福，因为爱过的人懂得慈悲。

但分手后却发现，这句祝福有多么假、多么违心。

如果曾经深爱过，又怎么能轻易做到如此释怀。能做到的人，可能只是那些没有主角光环的男二号、女 N 号吧！

玛丽苏的特定剧情，要求他们眼睁睁地看着自己深爱的人与新欢你侬我侬、深情相吻时，还要饱含泪水地深情演唱“请你一定要比我幸福”。

分别之后，遗忘之前，你真的希望他比你幸福吗？

你那么狼狈地退出，对自己那么残酷，那么痛，那么伤，那么苦，莫非真的会衷心希望他比你过得幸福？

至少作为一个天生小心眼的女人，我完全无法接受那个最熟悉的陌生人比我幸福。

抱歉，我真的没那么大度，我不希望他过得比我幸福，因为他再也找不到比我对他好的人了。

就算比我幸福，也千万不要让我知道，他们的幸福会深深刺痛我！

我差点忘记了，唱这首歌的是个男人。莫非男人比女人大度？

类似的问题，男人的答案似乎比女人的要冠冕堂皇！如果我真的爱她，我真心希望她可以嫁一个比我好的男人，幸福地生活。

好吧！男人终究是爱面子的！

对心爱的女人说，找个好人嫁了吧！是怎样一种心酸？

正如一个诚实男人所说，如果我不能给她想要的幸福，还是让她找个好人嫁了吧！其实挺伤人的！

试想一下，多年以后你在你们经常约会的咖啡厅前，看到曾经心爱的她挽着一个比你帅气有型的男人，她脸上的笑容幸福得难以形容，你还会那么大度地打心眼里替她高兴么？

除非你是一个圣人！她现在过得比你幸福，只能说明一个问题——离开你是她最明智的选择！

我们曾经深爱过，真叫人心酸！既然给不了你想要的幸福，又何必在一起呢？

在这个请你一定要比我幸福的美丽谎言中，女人们似乎要坦诚可爱许多。

虽然我不是你怀里的那只猫，会任性会撒娇，离开你还能趾高气扬，但是我会在擦干眼泪后，骄傲地仰起头，我一定要比你幸福！

离开你我可以活得更好，曾几何时我还一度励志一定要奋发图强，努力写作，实现梦想，然后找个比他更有型更有能力的男朋友，幸福地在他面前晃来晃去！

我一定会比你幸福，竟然成了我失恋后奋发图强的原动力！

或许有一天，我会忘记，然后变得成熟！

爱的反义词不是恨，而是淡漠！

爱之深，恨之切。如果恨一个人，那么至少心里是在乎他的，而淡漠，则是已经不在乎对方的想法了，对方在自己的心里已经没有地位了，那是一种打心底发出的冷淡，干吗花力气去和一个不相干的人较真呢！

时间是个有趣的东西，你永远不知道它会怎样改变你。

就像我曾经心痛到无法呼吸，久久难以释怀，而现如今，在面对前男友新婚的喜讯时，竟然心里不会再有一丝悸动，云淡风轻地扬起嘴角。

我不会祝你幸福。

不祝你幸福，并不是希望你不幸福，而是你的幸福与我无关。

谢谢你，不爱我

16 岁那年，我喜欢上一个明亮的阳光少年。

少女时代喜欢一个人的原因很简单，你可能只是因为那天下午阳光很好，对方刚好穿了一件白衬衫。

高中时，我是一个外表倔强、内心忧郁、满腹心事的文艺少女。作为一名美术特长生，我因为迟迟不开窍，画得不好，总被美术老师批评。

有一天下午，气急败坏的美术老师咬牙切齿地对我说："我就没见过像你这么笨的学生，无论你再努力，画一辈子也就这样了，甭指望能考上大学。"老师的话犹如五雷轰顶，把我的自尊和骄傲劈了个粉碎。我不知道我是如何上完那堂课的，脑袋里一片空白，时不时会浮现出几个大字："天哪！我完蛋了！"

傍晚放学后，我一个人漫无目的地走到学校操场，我想到父母每天起早贪黑地干农活，辛辛苦苦攒钱让我学美术，就是为了能让我考个好大学。现如今，我却被美术老师判了死刑，我该如何面对父母满怀期待的目光呢？

可是我真的很努力，我把每天上课之余闲下来的所有时间都用在了画画上，却始终没有长进。想到老师对我无比失望的眼神，我忍不住号啕大哭，我边哭边冲着昏暗的夜幕大喊：“我该怎么办？”那一刻，悲观绝望的我甚至想到了死。

就在我无比悲伤、哭得昏天暗地时，一个身穿白色运动衣的男生跑步经过我身边，看到我哭得一把鼻涕一把泪，他停下来问我：“同学，你怎么了？”听到他温柔而清脆的声音，我不禁抬起头，泪眼蒙眬中看到一张清秀帅气的脸，我发誓，那是我所见过的最好看的脸，他的五官棱角分明，却又不失清秀，眉毛粗黑浓密却不松散，他的眼睛细小狭长，微微眯着的时候像弯弯的月亮，他的鼻子像是平原上的一座飞来峰，尖端苍白，他的嘴巴微微张着，嘴角略微向下，流露出忧虑的神情。我痴痴地看着这张好看的脸，竟然忘记了哭。

男生见我呆呆地望着他，迟迟不说话，又急促地问了我一遍：“同学，你怎么了？”

我慌忙擦干眼泪，不好意思地说：“没，没什么，被老师批评了几句而已。”

男生立马咧开嘴笑了，笑得那么纯真无邪，腮帮上露出两个浅浅的小酒窝。他的酒窝没有酒，我却醉得像条狗。

就这样我不可救药地沦陷在他明亮的笑容里，那一天晚上，我忘记所有的忧伤，在梦里，全是他灿烂的笑脸。

第二天一大早，我又在校园门口遇见他，想到昨天晚上哭得一塌糊涂的窘样，我满脸羞愧地低下头，没想到他居然微笑着跟我打招呼：“嗨！”我欣喜若狂却又不知所措，正当我努力在脑海中思索着该如何回答他时，他骑着自行车，从我身边呼啸而过。

不久后的一天下午，我又在画室邂逅了他。那天我正在专心致志地画一个面部狰狞的骷髅头。为了摸清楚人面部的骨骼和肌肉，胆小如鼠、害怕一切和妖魔鬼怪相关的事物的我，居然每天晚上摸着骷髅头的石膏像睡觉。

就在我眯着眼睛拿着铅笔装模作样地测量比例时，坐在我旁边的男生忽然戳了我一下说：“吴晓华，我可以用一下你的橡皮吗？”

我被那个男生问得蒙圈了，他怎么会叫我“吴晓华”呢？我猛然想起，那是一个上课除了睡觉就知道看科幻小说的闷骚男，性格孤僻，独来独往，班上大多数女生他都不认识。有一次他问我叫什么名字，我故意逗他，于是告诉他，我叫吴晓华，他居然当真了。

我拿起橡皮递给他，想要开口解释我并不叫吴晓华时，那个熟悉而清脆的声音再次响起：“这不是你们班的大才女苏小昨吗？你怎么叫她吴晓华啊？”

我扭过头，看到了那张好看的脸，我心花怒放，他居然知道我的名字，而我却对他一无所知。我依然不知道该如何回应他对我的关注，还没等我回过神，他又像一阵旋风消失在我的视野里。

晚上放学回到宿舍，八卦的小姐妹纷纷问我：“小昨，赵依然是不是喜欢你啊？他居然知道你的名字哎！”

“赵依然是谁？”我虽然隐隐约约猜到可能是我喜欢的男生的名字，却不敢确定地问道。

“你别告诉我，你不知道赵依然是谁！就是今天下午在画室跟你说话的那个大帅哥啊！咱们级部的校草！”快人快语的鲁小凤噼里啪啦地说道。

原来，他叫赵依然，那么好听的名字。果然，人如其名。我们那个时代的小女生，冰清玉洁，牵牵小手都害怕会怀孕，天真到被隔壁班的男生叫上来名字，就会认为对方喜欢自己。

从那天深夜起，我开始了漫长的暗恋生涯。暗恋一个人，也许是绵长的苦，可是，欢喜也这样滋生着，一寸寸。

别人对我无意中念到他的名字，我的心就会颤抖，身就会沁汗，只在那有漫天繁星的夜里，我才敢低低地喊他的名字。

学生时代的暗恋，让我不曾错过每一个可以远远观望他的机会。我几乎每节课休息都会去厕所，我们教室在三楼，厕所在学校操场的角落上，为节省时间，我几乎一路小跑，只有路过赵依然的教室时，才会停下脚步，假装不经意地往他的座位上瞄两眼。

有一段时间，他喜欢站在我们教室门前的走廊上，靠着栏杆和我们班几个男生有说有笑地侃大山，于是我坐在靠窗的座位上，一边拿着厚厚的小说，一边假装漫不经心地望着窗外，期待与他眼神交会，却又因为不小心撞上他的目光而不知所措地慌忙低头看小说。

那时的我是一个卑微到尘埃里的灰姑娘，因为自卑，我从未想过要和他表白。文艺而矫情的我，固执地认为喜欢一个人，默默地喜欢时最美，不需要告诉他，只是欣赏，喜欢听他的声音，看他的微笑，迷恋他颈间小小的痣，半遮半掩，欲说还休。

整个高中3年，我们几乎没有说过话。我费尽心思地写好每一篇作文，期待它们被语文老师选中，好在隔壁班级当作范文朗读。无论老师布置什么题目的作文，我都固执地把它写成小说，我知道自己如此偏执的嗜好一定会引来语文老师的称赞，而这些称赞必然会传到他的耳朵。

他是一个不爱学习的坏孩子，几乎每天都会因为迟到早退、上课睡觉而被老师拎到办公室训话。而那段时间我也是办公室的常客，只要一看到他被老师揪进办公室，我就会拿着作业本去办公室问老师问题，大多时候，我根本没有听进去老师耐心的讲解，而是竖起耳朵努力听清老师对他的训斥。每每走出办公室时，他还会冲我没心没肺地咧嘴一笑。

那时我疯狂迷恋茨威格的《一个陌生女人的来信》，一边痴痴念着那句经典台词“爱是一个人的事情，而爱情是两个人的事情。

所以，我爱你，与你无关”，一边在脑海中刻画他的样子。

高中毕业时，大家都欢呼雀跃，迫不及待地冲出教室，而我却满腹心事地收拾书桌，等到同学们都散去后，才慢慢吞吞地走出教室。走到赵依然的班级时，我忍不住停下脚步，我看到他一个人孤零零地坐在最后一排，埋头看小说。那一刻我有一种冲动想跑过去和他打招呼，就打个招呼而已，然而，我在教室门口站了足足 5 分钟，却迟迟没敢迈出脚步，而看小说入迷的他，丝毫没感觉到我的炙热的目光。就这样，我满怀遗憾地离开了。

多年以后，我才知道，那些年轻的岁月，那些暗恋的时光，甚至那些让我疼痛的思念，竟然是一生中最美的时光！

高中毕业后，赵依然留在家乡上了一个三本学校，而我跑去了天涯海角读了一个能让自己变漂亮的冷门专业——形象设计。我期待着，等有一天华丽蜕变后，美美地出现在他的面前，亮瞎他的狗眼。

大一下学期的某一天，天气闷热，有暑气，不一会儿，天气骤变，凉风习习，在淅淅沥沥的雨声中，漂亮的英语老师花了一节课的时间，给我们讲了她从校服到婚纱的纯美爱情。

当时无比羡慕的我痴痴地想，好的爱情，应该是那样吧！我看你是似满月皎洁美丽，你看我是如花似玉为你而开，能够和一个人相爱到老，那才是爱情的真境界，而一个人的相思，的确算不得爱情。

为了给自己整整 3 年的暗恋画上一个完美的句号，我鼓足勇气联系了赵依然，其实当时只是想弥补青春里的遗憾。

赵依然是一个很聪明的男生，他似乎知道一个平时几乎没有交集的女生突然联系他意味着什么。

尽管我清楚地明白他是一个对异性来者不拒的天秤座，但是当他在 QQ 上敲出那句“我好像有点喜欢你”时，我依旧在电脑前高兴得喜极而泣。内心无比激动的我忽略了那两个极为重要的关键词："好像""有点"。

是的！我想当时的赵依然也不确定是不是真的喜欢我，或许他只是喜欢那个在电脑前侃侃而谈、自信勇敢的我。

在我们见面前的那几个月里，因为没有电脑，没有手机，我们只能排队用宿舍的座机打电话，几乎每次都是我主动打过去，简短地聊几句就赶紧挂掉，并不是心疼长途电话费，而是我太紧张了，短短的两三分钟，我居然紧张得语无伦次，甚至结结巴巴，感觉心都要扑通扑通跳出来了。

更多时候，我喜欢用舍友的电脑在 QQ 上和他聊天，他把我们宿舍的电话号码写在自己的 QQ 签名上，我把 QQ 的登录密码设置成他的生日，只有在 QQ 上聊天时，我才能感觉到我们的确是在谈恋爱。

得知我在和高中时的暗恋对象谈恋爱，宿舍里的那些情感大师给我支招："你一定要送他一样东西，让他无论何时看到那件东西就会想起你。"于是乎，一个绣有《向左走向右走》图案的抱枕横空出世了。

那个图案简单、在室友看来一天就能搞定的抱枕，我绣了足足两个月。

那些五彩缤纷的彩线，在我看来就像盘丝洞一样，绣两针就缠线，几乎是绣三针拆两针，绣得我简直要崩溃。当时我在想，幸好没生在古代，否则就我这笨手笨脚的女红，断然是嫁不出去的！

后来室友们看我可怜，这个帮我绣两针，那个帮我缝两下，终于在全寝室齐心协力的帮助下完成了这件精品。收尾这个艰巨而光荣的任务留给了我，据说半个小时就能完全搞定的事，我拆拆补补足足折腾了一个晚上。

清晨6点半的时候，闺密见我还在绣十字绣，非常惊讶地说："天哪！爱情的力量实在太伟大了！天生睡货的你居然一晚上没睡觉！"

本以为这个可爱的小抱枕会被没心没肺的他丢到千里之外，没想到，那东西却成了他的紧箍咒，被他妈妈放在家里最显眼的地方，逢人就说"多好的一小姑娘，臭小子不知道珍惜"，听得他有想跳楼的冲动。

那年暑假，我特意坐了35个小时的火车回去见他，他许诺去车站接我。然而在火车站出口，相遇的那一刻，他竟然没有认出我。

为了见他，我留了及腰的长发，并做了负离子拉直，还穿了白色的吊带长裙，下车前摸索半个小时戴上了博士伦隐形眼镜，差点没把眼睛戳瞎。当我自认为美美地出现在他面前时，他盯着我看了好久，才小心翼翼地问："你是从海南来的吗？"我无比崩溃地说："不是吧！你居然……"没等我说完，他就大步流星地消失在人群中，留下我一个人在风中凌乱。他竟然没有认出我，那我这几个月是在和鬼谈恋爱吗？

后来在回去的路上，他不停地给我道歉，说尽好话，翻来覆去说我变化太大了，他真的没认出来。

那年暑假，我在家里每天都满怀期待地等他约我出去玩，然而，他却告诉我，他妈妈给他找了份兼职，一天工作12个小时，没有节假日，所以他没办法出来找我玩，只能我去他工作的地方找他，而且还不能太频繁。

整整两个月，我就去找了他3次，那时候胆子小，不敢告诉父母自己在谈恋爱，只能编各种谎言偷偷溜出去。大多数时候，我在家里听着江美琪的《亲爱的，你怎么不在我身边》痴痴地发呆。

在那屈指可数的几次见面里，我们已经有了分歧，他觉得小县城很好，轻松安逸，生活节奏慢，没有压力，还能待在父母身边。

而我觉得年轻就应该去大城市闯闯，去努力实现自己的梦想。我们费尽口舌，却谁也无法说服谁，每次见面都不欢而散。

开学后，为了方便和他联系，我买了部手机，期待能和其他小情侣一样，每天都能和心爱的人发好多条短信，互诉衷肠。

我第一时间告诉了他我的电话号码，然而，我却迟迟没有收到他的短信，甚至连他的 QQ 都经常不在线，我给他的留言通通没有得到回复。

我每天恨不得 24 个小时趴在手机面前心甘情愿地被他俘虏，虔诚地等待他的电话和短信，我是那么执着，总以为未接到，或者已经漏掉，所以更加小心翼翼，不敢沉睡。半睡半醒间，我总会拿出手机看两眼，然后在失望中睡去。

后来我鼓起勇气给他打电话，每次都传出冰冷的女声——“您所拨打的电话暂时不方便接听”。

他突然在我的世界里消失，让我非常担心，我甚至怀疑，他是不是出了车祸，躺在病床上无法联系我。

后来在他的铁哥们儿，我的高中同桌那里得知，他和前女友和好如初了。

也就是说我俩在 QQ 谈恋爱的这几个月，他和女朋友刚刚分手，而这个时候我跌跌撞撞地闯进他的生活，填补了他的空窗期。

他在 QQ 和我说过的所有的情话，都是因为寂寞，而并非爱我。

明知如此，我还不甘心，颤颤巍巍地给他发信息：“你到底有没有喜欢过我？”过了很久，收到了他的回信：“喜欢，但那不是爱！”

那一刻，我不禁泪流满面。我努力微笑着对自己说，没关系，因为这个故事，从一开头，我就猜中了结局。再说了，我只是想弥补一下青春期的遗憾而已。

现在，我能听到朝思暮想的男神对我说“喜欢”，我应该很知足不是吗？

然而，此后很长一段时间，我都无法释然。我经常在坐公交车的时候，傻傻地想我们交往过的每一个细节、他说过的每一句话，有几次都因此坐过站。终于有一天，我下车的时候，因为想他精力不集中，走到最后一个台阶时，不慎跌倒。

看着磕破皮的膝盖和红肿的脚踝，我不禁号啕大哭。

在这段感情里，我一直是那个卑微到尘埃里的人，我以为卑微到尘埃里可以开出漂亮的小花，没想到除了一身伤痛，什么也没有。

曾经一度，我以为我永远不会忘记，他带给我的伤与痛。

然而，多年后，当我遇到那个彼此深爱的灵魂伴侣时，方才明白当年那个不爱我的男人有多么慈悲。

年少时，我们总是很痛苦地以为，不爱我们的那个人非常残忍，我们那么好、那么痴情，他怎么会忍心拒绝。

后来，我们才知道，对不爱的人勇敢地说“不”才是最温柔的慈悲。

因为这个世界上最大的残忍是和不爱的人暧昧，明明不爱，却不肯放他走，这才是最残酷的事情。

很久之后，我才明白，无论我有多好，这个世界上总会有人不爱我。

终有一天，我会慢慢变得成熟，会对着过去的伤痛微笑。

我会感谢离开我的那个人，他配不上我的爱、我的好、我的痴心。

他终究不是命中注定的那个人。幸好他不是。

我知道，终有一天，我会感谢他的离去，是他的离去给我腾出了幸福的空间。

谢谢你，不爱我！

有些人你永远不必等

1

30 年前，表姑和姑父相爱了。

在那个父母之命、媒妁之言的年代，自由恋爱是一件很时髦的事情。

姑父是一个一无所有的穷二代，表姑则是镇长家的掌上明珠。

他们的恋情，毫无悬念地遭遇到姑姥爷的反对。

为了和相爱的人长相厮守，还在读高中的表姑，在一个伸手不见五指的漆黑夜晚，离家出走了。

虽然姑姥爷对此非常气愤，扬言要断绝父女关系，但生米已然煮成熟饭，他也无可奈何，只好接受事实。

沉浸在热恋中的人，真的有情就能饮水饱。虽然日子过得很清苦，家里除了一张破旧的木床，再也拿不出什么像样的家具，每天只能吃玉米窝窝头，一日三餐不见油腥，但表姑还是非常幸福，婚后第二年，便生下表哥。

表哥出生后，姑父便和同村的小伙子一起去了北京打工。

临行前，他深情地对表姑说：“放心吧！我一定会好好打拼，让你和儿子过上好日子。”

在北京打拼了十几年后，姑父终于时来运转，发了一笔横财，家里盖了明亮的新房子，买了漂亮的小轿车。

这十几年来，表姑就像当年苦守寒窑的王宝钏，含辛茹苦地把表哥拉扯大，还得下地干农活，岁月在她脸上留下了深刻的印记。

就在大家都羡慕表姑苦尽甘来，可以过上好日子时，姑父却出轨了。

原来，姑父的生意之所以有起色全靠一个女人的帮忙，而这个女人在合作的过程中，对高大威猛、英俊帅气的姑父渐生好感，他们暗度陈仓，明目张胆地过起了同居生活。

表姑毫不知情，依然沉浸在苦尽甘来的喜悦中，直到有一天，身怀六甲的小三找上门，逼着表姑离婚。

这对表姑来说，简直就是晴天霹雳，她不甘心，哭着、闹着，死都不想离婚。

姑父为了讨好情人，把公司的财政大权拱手相让，并断绝了家里的所有经济来源，就为逼表姑离婚。

那一年表哥考入名牌大学。但因为没有钱交学费，不得不与心仪的学校挥泪告别，娘俩在村里没有脸面生活，一起踏上外出打工的路。

后来，姑父遭遇小三的背叛，并被卷走了所有财产。

走投无路下，他在省城找到了正在打工的表姑娘俩，姑父痛哭流涕地给表姑跪下，乞求她的原谅。

或许是因为心中还有感情，也或许是为了表哥今后好成家，表姑最终决定原谅姑父，跟他回到那个鸟不拉屎的小山村，重新开始生活。

故事到这里，还算圆满，一个浪子回头金不换的故事，皆大欢喜。

然而，好景不长，已经习惯大都市灯红酒绿生活的姑父，完全不适应乡野村夫的生活。

他不顾表姑的再三阻挠，又一次踏上去北京打工的路。

由于之前积累了很多经验和人脉，姑父很快东山再起，不过他并没有吸取之前的经验教训，极度膨胀的他又找了一个清纯的大学生小三，并和她生了一个儿子。

这一次，表姑不再像之前那么激动，她天真地以为，姑父在外面玩累了还会再回到她的身边，她在那个小山村半山腰的新房子里痴痴地等着，一等就是 18 年。

18 年间，那个负心的男人，对家里依然不管不顾，连儿子结婚都没有回来，他的心全都系在北京那个小家里，彻底忘记了在那个穷山僻壤的小山村的半山腰上，还住着自己的结发妻子，正在痴痴地等他回来。

18 年后，心如死灰的表姑终于想明白，浪子就是浪子，即使你为他等白了头，他也不会回头。

表姑刚在离婚协议上签上名字，姑父就迫不及待地和小三领了结婚证，还在北京举办了非常隆重的婚礼。

2

堂哥李昂长相阳光帅气，笑起来眼睛弯弯的，还有两个小酒窝和可爱的小虎牙。对！长得神似《东方神起》里面的允浩。

2003 年正是《东方神起》如日中天的时候，长相酷似允浩的堂哥李昂，成为很多姑娘的梦中情人。

十几年前，学生都还很穷，没有手机、没有QQ，喜欢一个人也会很含蓄。

喜欢李昂的姑娘们通常等到夜深人静宿舍熄灯以后，悄悄点上蜡烛，写情书。

第二天，趁天还未亮，再偷偷放进李昂的书桌抽屉里，还有一些姑娘会贴心地准备好早餐。

虽然李昂是一枚脾气超好的暖男，但被人追得多了，也不免有些膨胀，曾经他们班里有个很漂亮的女生给他写了整整10页的情书，他居然连看也没看，随手就扔垃圾桶里了。

那时，女生宿舍每天晚上的深夜论坛，都紧紧围绕着李昂展开，大家都很好奇，如此英俊潇洒却又放荡不羁的暖男，会喜欢什么样的女生，当然呼声最高的肯定是长着芭比脸、拥有魔鬼身材的班花卫青，而且几乎地球人都知道卫青默默喜欢李昂。

卫青和李昂同年同月同日生，从小青梅竹马，在一个职工宿舍大院长大，小学初中都是同班同学，初三的时候，还一起去学了美术。中考后，卫青为了追随李昂，放弃了去重点高中读书的宝贵名额，愣是来到我们这所和蓝翔技校同等水平的艺术高中。

他俩都住在城里，所以不用住校。每天一起上学，一起放学，俨然就是一对小情侣。

每次班里有同学拿他俩调侃时，李昂都会慌忙澄清：我俩只是朋友而已，亲如兄妹。

每每此时，卫青都会非常尴尬地笑笑："对！我是他干妹妹，他是我干哥哥。"

这时，大家就会哄笑一堂，那笑声似乎在说：关系那么亲密无间，装什么单纯？什么干妹妹，干哥哥啥的，不都是带有暧昧色彩的吗？

就在大家以为班花卫青和班草李昂会有情人终成眷属时，李昂做了一件让众人大跌眼镜的事，他居然对班上默默无闻、最不起眼的普通女生蒙芽开启了疯狂的追求。

蒙芽虽然无论长相、气质还是学习成绩都逊卫青一大截，不过异性缘还不错。

蒙芽刚一进高中就和隔壁班的长腿欧巴谈起了恋爱，两人的恋情非常高调，每天都像连体婴儿一样形影不离，为此屡次被级部主任叫去办公室训话。

3

高二上学期时，蒙芽的男友劈腿了，对方是一个比卫青还要漂亮的低年级学妹，蒙芽输得一塌糊涂。

那段时间，阿桑的《温柔的慈悲》红遍大江南北，蒙芽总觉得那首歌就是专门为自己量身定做的，她每天戴着耳机单曲循环那首悲伤的歌，一边听，一边默默地落泪，那梨花带雨的哀伤，真是我见犹怜。

李昂就是在那个时候喜欢上蒙芽的。为了哄蒙芽开心，他每天省下晚上加餐的钱，给蒙芽买一枝玫瑰花，公开示爱。

蒙芽自从失恋后，经常旷课，名义上去网吧打游戏，其实是为了偶遇前男友。

一来二去，蒙芽居然喜欢上了电脑游戏。

得知李昂喜欢蒙芽后，暗恋他的姑娘们都惊呆了。在我们眼里，李昂就是纯洁无邪的小白兔，阳光、乖巧、可爱，学习成绩还名列前茅；

而蒙芽就是不知羞耻的狐狸精，小小年纪，就知道把男生迷得团团转，还不学无术，所以总有一种蒙芽要把李昂玷污的既视感。

当时最气愤的还是卫青，她私下偷偷找蒙芽算账："我和李昂青梅竹马，我偷偷喜欢了他 10 年，你凭啥勾引他？"

蒙芽轻蔑地笑了一声："拜托，是李昂一直追着我不放，我还嫌烦呢！他根本不是我喜欢的类型！你有本事去找李昂啊！在我这儿横啥？"

或许是卫青蛮横的态度刺激了蒙芽，她居然同意和李昂在一起，两人经常手牵手出入教室，在食堂还会上演互喂对方吃饭的甜蜜戏码，抓住一切机会高调秀恩爱！卫青和喜欢李昂的小女生气得头顶冒青烟，恨不得把蒙芽千刀万剐。

最让我们恼火的是，蒙芽居然经常带李昂翘课去网吧打游戏，就这样品学兼优的学霸，愣是被带成了不学无术的学渣。

高二下学期去省城考前辅导班集训美术时，两人竟然在校外租房，偷偷过起了同居生活。

曾经那些喜欢李昂的姑娘捶胸顿足地哭诉："蒙芽不仅毁掉了李昂，还毁了我们的青春。"

卫青曾几次奉劝李昂，以学业为重，回头是岸。无奈李昂中情毒太深，丝毫不理会卫青的劝说。

看到李昂越陷越深，卫青束手无策，只好化悲痛为力量，拼命学习。

高考结束后，品学兼优的卫青毫无悬念地考进北京一所重点大学。

令我们大跌眼镜的是，资深学渣蒙芽居然也考入北京一所不错的学校，曾经的学霸李昂名落孙山。

这不科学，要知道美术特长生，主要是看专业成绩，文化课成绩分数线很低的，李昂虽然谈恋爱以来文化课成绩落下很多，但是他的专业成绩一直在班里名列前茅，考大学是绰绰有余的。

反倒是美术成绩差到令人发指的蒙芽竟然还能考上重点大学，简直太没天理了。

后来小道消息传出，李昂专业考试时和蒙芽报的学校都是一样的，每场考试填学号和姓名时，他都会故意填写蒙芽的名字，而蒙芽则心照不宣地填写李昂的名字。

结果，蒙芽考上了重点大学，而李昂名落孙山，这下把我们感动得一塌糊涂，差点就想原谅蒙芽了。就在我们在心里慢慢接受李昂和蒙芽的恋情时，两人却意外分了手。

原来蒙芽高考时报的每一所学校都是和前男友一样的，她也终于如愿以偿和前男友考进同一所大学，可怜的李昂就这么被甩了。

4

据说两人分手时，场面就跟偶像剧一样，李昂抱着蒙芽的大腿，求她不要离开自己，而蒙芽一脸厌恶地说："拜托，我当初和你在一起只是利用你，刚开始是为了利用你气我男朋友，后来是为了利用你帮助我考上大学。我从头到尾都一直喜欢我的前男友，对你，无非是空虚寂寞冷，找个人玩玩罢了，请你不要当真好吗？"

蒙芽的一席话犹如万箭穿心，深深刺痛了李昂，失恋后，他整日沉浸在电脑游戏中不能自拔。

看李昂整日浑浑噩噩地混日子，甚至要放弃读大学，卫青非常痛心，她找到李昂，对他破口大骂："李昂你这个浑蛋，你这么自甘堕落，蒙芽只会越来越讨厌你。是男人，你就好好复读，明年考到北京，把蒙芽追回来。”

卫青骂醒了李昂，不过，他并没有复读，而是去了蒙芽那所学校读专科，他怕两地分居一年会有太多变数。

大学 3 年间，李昂无比纠结地看着蒙芽走马观花地换男朋友，每当蒙芽换男友时，就会想起李昂，找他一起喝酒，倾诉衷肠。每次喝得酩酊大醉，李昂就会壮着酒胆，去把抛弃蒙芽的男人暴打一顿，因为屡次恶意寻衅滋事，李昂被学校记大过处分，开除学籍。

就这样，李昂悲催地成为了蒙芽的备胎，不对，应该是千斤顶。

每当卫青骂李昂“傻”，劝他不要在一棵树上吊死，多在附近几棵树上试试，李昂都会一脸宠溺地说：蒙芽就是个贪玩的孩子，等她玩累了会回到他身边的。

气得卫青牙根痒痒，心里暗骂，这蒙芽到底给李昂施了什么迷魂术，要长相没长相，要身材没身材，还水性杨花，李昂眼瞎了吗？到底喜欢她啥？难道是那张圆嘟嘟的包子脸吗？

曾经疯狂迷恋李昂的姑娘们纷纷替卫青打抱不平，都觉得李昂不仅眼瞎，心也瞎了，放着痴恋他十几年的西施不要，偏偏喜欢大脸、小眼、蒜头鼻、皮肤还黝黑的东施，关键还是一个不守妇道的东施。

一晃高中毕业已经 10 年了，同学们差不多都已经结婚生子，唯有李昂、卫青和蒙芽还在虐恋，多年过去了，大家依然在彼此备胎的位置上原地踏步。

对于李昂和蒙芽的纠缠我们已经无话可说，只是有些心疼卫青，这些年来白白浪费了大好时光。

不久前的同学聚会后，卫青在微信上联系我：听说你现在是情感专栏作家，能不能帮我分析一下，有没有必要再继续等下去？

我非常坚决地说：没有必要！

卫青一脸纠结地说：可是我已经喜欢了李昂整整 20 年，我总觉得，他终有一天会看清蒙芽的真实面目，会想明白这一切，我希望他一回头时，我能在他身后默默等着他。

我无奈地说：傻姑娘，李昂又不是智障，他能不清楚蒙芽是什么样的人吗？

爱情是世界上最没有道理可讲的事情。

爱与不爱都是听天由命的事情。

在爱情这件事上，男人比女人要理智绝情得多，女人可能会因为感动而爱，而对于男人来说，不爱就是不爱！

所以，你永远无法等到那个不爱你的男人。

那些让你等到天荒地老的人，多半心已经死了，所以，有些人你永远不必等。

5

为爱痴狂的卫青和表姑，总是会让我想起另外一个傻女人，就是当年苦守寒窑 18 年的王宝钏。

有的人一生凄苦，却无福享受美好生活。

可怜的王宝钏在和薛平贵团聚后，承受着夫君变心另娶西凉公主的沉重打击，即使被封为皇后，却也只享受了 18 天的荣华富贵，便匆匆离世。

18 年的苦难生活换 18 天纠结万分的荣华富贵值得吗？

我时常在想，如果当年王宝钏没有等薛平贵，另嫁作他人妇，又会是怎么样的结局？

可能对于王宝钏来说，会终生遗憾。但至少自己能生活得幸福一点，不这么凄苦。而她选择了等待，成全了爱情，便宜了薛平贵，却让自己的一生无比凄苦。

有人说，如果王宝钏不等薛平贵，这世上就少了如此感天动地的千古绝唱。

是的！王宝钏倾尽全部的青春，饱受煎熬，痴心等待，成了一段广为流传的千古佳话。

但又能怎样呢？过了 18 年的苦难日子，薛平贵短暂的 18 天能补偿吗？青春流逝等到人老珠黄能补偿吗？况且，她耗尽一生去等待的男人，最终还是负了他，另娶他人。

她 18 年来的等待终究还是付诸东流了。

人生在等待中磨没了，生命也已经在等待中走到尽头了。

在我很小的时候，每次谈及表姑和那个苦命的王宝钏，我都会恶狠狠地诅咒，像姑父和薛平贵这种不忠于感情的负心汉都该死！

后来长大后，我冷眼看着蒙芽一步步把堂哥这个明亮少年推入不堪的深渊，也理所当然地觉得，像这种玩弄感情的贱女人根本不配得到爱，更没脸活在这个世界上。

长大以后，突然明白，人性的脆弱，感情很容易变，这是没辙的事。

人生路漫漫，谁年轻的时候没爱过几个人渣？爱错人不打紧，重要的是要及时止损。

不要把有限的生命浪费在无谓的等待上。

因为真正爱你人，不会让你等到天荒地老！

有些人，永远不值得我们为之等待！

第三章

如果可以遇见你

好姑娘那么多，为什么你依然单身

好的爱情让人变得更美好

结婚的唯一标准就是遇到对的人

第 101 次相亲遇到你

找一个志趣相投的人谈恋爱很重要

相亲遇到真爱是什么体验

好姑娘那么多，为什么你依然单身

有一远房表哥，毕业后开始走马观花地相亲，据不完全统计，相过的姑娘不下几十个，但而立之年的表哥依然是单身狗一枚。

对此表哥也十分懊恼：为什么见了那么多好姑娘，我还依然单身呢？

“对啊！这是为什么呢？”

表哥很认真地总结道：“我喜欢的，人家不喜欢我；喜欢我的，我又看不上。

“嗯！肯定是，对的人还没有出现。”

我问表哥：“那你喜欢的姑娘，认真追了么？”

表哥说：“我追了啊！我给人家发信息，得到的回复却少得可怜，且清一色地极其简短。打电话约人家出来吃饭，对方要么‘没空’，要么‘没胃口’。”

“然后呢？”

“然后，我就放弃了。”

其实我想说，女人嘛，能有多难追？对于自己喜欢的姑娘，只要玩命地追，最终还是可以抱得美人归的！

什么叫玩命追呢？好吧！讲几个正能量爆棚的真实故事。

1

作为我们家的首席大美女，大姨的美貌是有目共睹的。据家人说，大姨上学那会儿不仅是学霸还是校花，那时候几乎班里所有的男生都喜欢她。

出乎意料的是，大姨大学毕业后，居然嫁给了其貌不扬的大姨父。

大家都在感叹一朵鲜花插在牛粪上，大姨却一脸幸福，而且幸福了大半辈子。

大姨说，之所以选择大姨父，是因为在所有喜欢的她男生中，大姨父追得最拼命。

当年大姨在商场做会计，大姨父每天中午都会骑摩托车转大半个城市带着大姨去吃午饭，早晚接送大姨上下班。只要一有时间，就会到商场等着她下班。

就这样风雨无阻坚持了 2 年多。

当然，这期间也有很多爱慕者来找大姨。每次大姨父都会把他们堵在外面，然后恶狠狠地警告他们："这是我媳妇，如果再敢随便骚扰她，就别怪我不客气了。"

久而久之，大姨的爱慕者们慢慢散去。

3 年后，大姨在众人的质疑声中，和大姨父走入了婚姻殿堂。

现如今，大姨当年的那些爱慕者都相继成为成功人士，唯有大姨父一直默默无闻。

有时我问大姨："后悔么？选择他们其中的任何一个，现在生活都会大不一样。"

大姨一脸坚定地说："不后悔！因为那些所谓的爱慕者，从来没有认认真真追过我，他们只是嘴上说说喜欢而已。只有你姨父真心对我好，从我们认识到现在，26 年了，你姨父从来没有让我做过一顿饭，没有洗过一件衣服。一个男人能做到如此，是任何金钱和地位换不来的。"

"当时家里人都觉得你姨父和我的学历相差甚远，觉得他配不上我，为了拆散我俩，对他百般侮辱，但他依然默默无闻地对家里每一个人好。"

女人其实是很容易满足的，只要这个男人肯掏心掏肺地对你好，对你身边的亲人好，就足够了。

2

小姨比我大 7 岁，非典型 80 后。当年认识小姨父时，正是小姨风华正茂的桃李年华。

那时，小姨父在重点高中实习，而小姨已经在商场做了 5 年生意。用现在流行语来说，小姨俨然一白富美，而小姨父则是穷屌丝。

小姨父是典型的理工男，木讷、无趣、不善言辞。两人第一次见面，小姨就对他丝毫没有好感。可能太过紧张，吃饭的时候，小姨父浑然不知自己腮帮上沾着米粒，门牙上贴着青菜，把小姨恶心得直反胃。

小姨父是小姨众相亲对象中最一穷二白的。其他的几个，有月薪几万的，也有能帮助小姨拿下整个鞋城的，还有在教育局为官的，但只有小姨父踏踏实实追了小姨 6 年。

是的！整整 6 年！

6 年中，小姨父每天都会给小姨发几十条好玩的短信，尽管这些有趣的段子都是小姨父在网上找的。

小姨父工作之余所有的休息时间、周末和假期，都去商场陪小姨。他从来不会给小姨造成困扰，只是默默地站在柜台旁边，等着小姨下班，然后陪她一起吃饭，送她回家。

10年前，小姨父的工资才1000多，但他会在小姨生日的时候，花几百块钱给小姨买化妆品。

学校发的所有福利，小到锅碗瓢盆、面粉、鸡蛋，大到家用电器，哪怕只是一个保温杯，都会给小姨送去。

得知小姨总是在外边吃饭，肠胃不好，不会做饭的小姨父苦练厨艺，终于把小姨喂成了小胖子。

小姨总埋怨小姨父居心叵测，愣是把一个身材苗条的女神，揣成了虎背熊腰的女汉子，而自己依然是帅气十足的韩范欧巴，搞得她似乎已经没有选择的余地。

两人结婚的时候，是小姨买的房。几乎全世界的人都为小姨感到委屈："现在人家结婚都流行男方买房买车，你倒好，不仅自己掏钱买，还全款。你早晚会后悔的！"

小姨一脸认真地说："我不会后悔的。俗话说，日久见人心，6年的时间，足够让我看清楚，身边这个男人是不是真心待我。"

小姨说得没错，一个男人肯踏踏实实、掏心掏肺地追求你6年，有夫如此，夫复何求。

现如今，那些为小姨感到委屈的亲朋好友都在感叹，小姨父简直就是模范丈夫中的典范！

3

电影《101次求婚》中，黄渤饰演的矮穷矬的屌丝成功逆袭林志玲饰演的白富美。

很多人说，这是一部很假的电影。现实生活中，一个干装修的包工头是不可能娶到女神范十足的大提琴家的。

但包工头对女神细致入微的体贴和关心令人动容。他知道心爱的她什么时候开心，什么时候不开心。

他观察到个头比自己还高一大截的她，拉琴的时候坐着一般的椅子很不舒服，于是他每天穿着十几厘米的高跟鞋，不停地测试为她量身打造的椅子。

在很多人看来，那只是一把私人定制的椅子而已，然而对广大女性来说，这却是最简单却又最难满足的要求：安全感。

包工头最大的梦想就是可以让心爱的女人幸福快乐。

最重要的是，他愿意为了这个最大又最小的梦想努力奋斗终生。

这个故事告诉我们，只要你真的能学会如何对一个人好，那么就一定会拥有真正的幸福。

4

心理学中，关于爱情，有个非常经典的案例。

有一个男孩深深地爱上了一个女孩，可是女孩并不喜欢他。

男孩每天坚持在固定的时间给喜欢的女孩打电话、发信息，信息和电话的内容都不长，只是简单的关心和问候。

“你吃饭了么？”

“天冷了记得添衣服！”

“最近感冒的人很多，记得多喝热水！”

就这样男孩坚持了半年了，然后，突然消失。

本来女孩是没有太在意男孩平淡而真切的关心和问候，男孩消失两天后，女孩开始不习惯。

每天只要到了男孩固定发信息打电话的时间，她就开始不停地胡思乱想：为什么他今天还没给我发信息？为什么没给我打电话？难道他生病了么？还是家里出了什么事？

就这样女孩胡思乱想一个星期后，她发现自己满脑子想的都是男孩。

就在这时，男孩再次打来电话。女孩迫不及待地对男孩说：“我想，我已经爱上你了。”

然后，有情人终成眷属。

很多人说，男孩耍心机。

也有人说，女孩是因为习惯，因为条件反射，所以才选择男孩。

但是有一点不可忽视，男孩真的很爱女孩。而且，他为了女孩做了很多努力，即使略施小计，那也是因为爱情。

听我噼里啪啦说了那么多，表哥似懂非懂地问我：“只要我像大姨父和小姨父一样玩命地爱一个姑娘，就一定能追到心爱的姑娘？”

我点了点头，又摇了摇头：“不能百分之百肯定，但至少你不会后悔，不会留下遗憾！”

“不过，当你还没有掏心掏肺真正对一个姑娘好的时候，请不要再期期艾艾、自怨自艾地对我说，好姑娘那么多，为什么我依然单身了好吗？”

“那你赶紧再给我介绍个好姑娘呗！就算我想努力，那也得有个目标不是么？”表哥说。

“那你有什么条件？”我问。

“首先，要瘦；其次，要白；最后，要美。”表哥一本正经地对我说。

我看了看黑成一块煤炭、一脸青春美丽疙瘩痘、胖到200斤的他，一字一顿地说：“那请你，先去减个肥；然后，美个白；最后，祛个痘好吗？”

毕竟，这是你为心爱的姑娘做出的最大努力，不是吗？

好的爱情让人变得更美好

苏严在微信上问我：“陷入爱情的人都会变傻变矫情，丧失理智吗？”

我认真地回复道：“除非不爱，所以不矫情、不死作、不犯二、不无理取闹，永远都那么大方得体。”

苏严发了一个惊恐的表情：“如果爱情真的会让人迷失自我，丧失理智，那我还是不要谈恋爱了。”

我笑了：“别担心，爱情会让人矫情、犯傻，但好的爱情会让人成长，让人变得更加美好。”

苏严随即发给我一个大大的笑脸：“嗯！如果有一天我谈恋爱了，即使我再爱那个男人，也坚决不会像小女生一样嗲嗲地撒娇，各种黏他，没完没了地矫情。那样的女人太恐怖了，我一定要坚持做自己，随时保持高度理智。”

可是姑娘，永远那么理智，就永远不会懂得爱情了。

苏严是我朋友圈里最理性的姑娘。处女座的她，头脑时刻保持高度清醒，动不动就做自我反省和自我批判，真是应了孔夫子那句“吾日三省吾身”。

说来也怪，从未谈过恋爱的她，居然是朋友圈里出了名的“情感专家”。朋友们感情中遇到疑难杂症都喜欢找她倾诉，求其指点迷津。苏严总是能一语惊醒梦中人，令人豁然开朗。

闲来无事，苏严也会在微博和朋友圈发表一些对人生、未来、爱情以及婚姻的感悟，文章分析得非常透彻，条理非常清晰，让人无法反驳，俨然一人生导师。

有时，我也很好奇，如此理智的一个人，谈起恋爱会不会变得很感性。

苏严一直固执地等待那个和她的人生观、价值观和婚姻观相符合的人出现。她说：“两个人的三观相符合，会减少很多不必要的争执和磨合，从而减少分手的概率。”

很快，苏严便等到了她理想中的恋人。确切地说，上次我们聊天的时候，那个 Mr. Right 已经出现，只是当时两个人的关系还没有确定。

起初，苏严真的格外懂事，不矫情、不作、不黏人、不耍小性子、很成熟，依然理智。我知道苏严还没有动情，不曾走心。

慢慢地，苏严改变了穿衣风格。之前她一直很喜欢简洁、干练、大方、有点中性色彩的服装，配上清爽的短发，显得清新怡人。

现如今，最讨厌穿裙子的她，居然穿起了白衣飘飘的长裙，还留起了长发，大有将淑女风进行到底的意思。对此，苏严解释道：“女为悦己者容！”

面对我们惊愕的表情，苏严补充道：“当然我不会一直走淑女路线，过段时间，我会再换风格，森女、中性、性感、熟女、优雅，每种风格我都会尝试，这样会让我男朋友特别有新鲜感。”

是的！我们的苏美女沦陷了。

果不其然，没过多久，苏严的微博和朋友圈变得非常感性，而且多愁善感。她经常会三更半夜更新微博和朋友圈，发一些看起来很理性，其实濒临崩溃的爱情语录和感悟。譬如，“大道理人人都懂，小情绪却难以自控”。又如，“能够说出的委屈，便不算委屈；能够抢走的爱人，便不算爱人”。

后来，苏严终于忍不住找我倾诉，她怀疑有小姑娘偷偷喜欢她男朋友。

“你是怎么知道的呢？”我问她。要知道，陷入爱情的女人总是喜欢疑神疑鬼。

“我翻看了他的手机，那个小姑娘每天都给他发好多信息，提醒他吃早餐，天冷别忘添衣服，出门别忘拿雨伞。各种关心备至，比我这个女朋友还殷勤。”苏严气呼呼地说。

“天哪！你居然偷看他手机，你以前不是特别鄙视这种行为么？”我惊得下巴都掉下来了。

苏严一脸平静地说：“在我还没有陷得难以自拔之前，我必须要完全掌握我们感情的各种动态，一旦有情况，我好全身而退。”

说实话，我也分辨不清，苏严的这种行为和说辞算不算依然理智。感觉有点像婚姻里出现了第三者，在搜集证据，又好像爱到不能自拔，迷失自我。

很长一段时间，苏严就像一个地下工作者，每天翻看男朋友的手机，在他的微博和朋友圈里寻找蛛丝马迹。她竟然还找到了那个爱慕者的微博和朋友圈，把她几万条的微博和朋友圈来回翻看了好几遍，简直就是福尔摩斯上身。

最后，苏严满心欣喜地告诉我，根据她缜密的侦查，完全可以确定那个爱慕者是单相思。她男朋友是个事业型的工作狂，那个小姑娘正好是公司新来的实习生，向来公私分明的他应该不会和自己的女下属谈感情。

本来以为皆大欢喜。很快，却有了新的问题。苏严就像吸烟上瘾一样，总是忍不住去翻看男朋友的手机和电脑，而且她竟然非常神经质地把那些她认为非常危险的女性友人通通删除，每隔一段时间就进行一次大清理。

起初苏严的男朋友对此睁一只眼闭一只眼，有时还会开玩笑地说“何必偷偷摸摸地查看？你想看我手机可以告诉我，我会双手奉上的”。慢慢地，苏严得寸进尺，越来越过分，男朋友终于忍无可忍，全面爆发。他觉得苏严对自己极度缺乏信任和尊重，两人发生了激烈的争吵，甚至闹着要分手。

苏严崩溃不已，跑来和我哭诉：“我原以为在爱情里我会收放自如，可以全身而退，没想到我真是高估了自己。我现在变成了自己最讨厌的那种女人，整天疑神疑鬼，没完没了地矫情，没了自信，迷失了自我。我为什么会变成这样，我好讨厌自己，好害怕失去他。”

我安慰苏严：“每个陷入爱情的女人都是这样的，这就是爱情的魔力。谈恋爱时，似乎喜怒哀乐都不是属于自己的，你以他的心为心，以他的意为意。再理性的人面对爱情也会失去理智，你因他而喜，为他而悲。爱情会让人变矫情，变得多愁善感，甚至智商也会变得低下。但是相信我，好的爱情会让我们成长，让我们变得更加美好。”

那次吵架后，苏严开始淡出微博和朋友圈，也很少和我们这些朋友联系。可能她真的很受伤，需要一段时间静静地疗伤。

再次得到苏严的消息，大概是半年以后，苏严在一家非常火的电台上发布了一篇文章。一篇探讨新欢与旧爱的文章，文章分析得很透彻，条理非常清晰，文笔优美流畅。我仿佛看到那个自信满满、理性十足的心灵导师又回归了。

给苏严表达了祝贺后，我小心翼翼地问起了她的近况。苏严一脸幸福地告诉我，她刚刚领了结婚证，而且已经是个准妈妈了。我大吃一惊，这才半年，苏严的生活怎么发生了如此翻天覆地的变化。

苏严似乎猜透了我的想法，她告诉我："你当时说得很对，好的爱情会让我们成长，让我们变得更加美好。

"半年前，因为我的神经质，我和男朋友每日每夜没完没了地吵架，本以为我们的感情就此走到了尽头。

"没想到，在最激烈的一次吵架后，我男朋友却对我说了一段非常深刻的话。他说，看到我似乎看到了几年前第一次谈恋爱的自己，那时候的他像我现在一样，也总是疑神疑鬼，极度不自信，更不相信自己的女朋友。他也曾偷偷翻看女朋友的手机和电脑，甚至还会偷偷跟踪女朋友，看她有没有和别的异性接触。他爱得很用力、很尽心，也很累，最终两个伤痕累累的人不欢而散。

"他花了很长时间才想明白，爱情是生活中的必需品，但不是全部。爱得太用力、太辛苦，最终会累死彼此以及爱情。我们与其紧紧地抓住对方，令对方喘不过气，不如让自己变得更加优秀，用人格魅力吸引对方。

"每个陷入爱情的人最初都会经历无比矫情、极度缺乏自信的阶段。我们总觉得自己付出得比对方多，爱得比对方深。其实有时候，不是对方不在乎你，而是你把对方看得太重。把对方看得太重，就会看轻自己，容易迷失自我。人只有先学会爱自己，才值得别人去深爱。"

苏严和男朋友敞开心扉，促膝长谈后，豁然开朗。她开始努力地调整自己。白天上班的时候她不再总是盯着手机和电脑，生怕错过男朋友的信息和电话，她把全部精力放到工作上。晚上下班后，她也不再强迫男朋友陪她看无聊的肥皂剧，以此证明他多么在乎自己。她在业余时间捡起自己曾经很喜欢的写作。她惊喜地发现，当她全心全意做好自己时，男朋友竟然比以前更关心她。

几个月后，苏严升了职加了薪，她的文章也开始频频在各大文学平台发表。

这个时候的苏严是快乐的。她的快乐包含了自信、同事和读者尊崇羡慕的眼光、领导心悦诚服的欣赏、男朋友全心全意的照顾。她的世界更宽阔了，也更明亮了，而且感受到从未拥有过的踏实与宁静，还有油然而生的小小成就感。最终苏严做回了自己，找到了属于自己的幸福。

我相信每个一头扎进爱情长河的姑娘，起初都会像苏严一样，有过恐惧、迷茫和对未来的担忧。在学会游泳之前，我们像抓住救命稻草一样，紧紧地抓住身边的男人。殊不知，这样很容易让彼此身心俱疲。如果想要顺利地到达幸福的彼岸，我们必须要学会独立，学会成长，才能和伴侣自由自在地游过爱情长河，到达幸福的彼岸。

很多人都说理性的女人一般不容易得到爱情，但一旦得到了就不易失去。当然最重要的还是选对男人。好的爱情，一定离不开一个好男人。好的爱情是你透过一个男人看到世界，拥抱世界；坏的爱情是你为了一个男人舍弃世界。

结婚的唯一标准就是遇到对的人

石女名叫石语，当然，她并非真正意义上有生理缺陷的石女，只是因为无论穿着打扮还是内心思想，都保守到令人发指，因此常被我们戏称是生活在石器时代的石女。

石女到底有多保守？在这个满大街都争先恐后露胸露腿恨不得裸奔的暴露年代，石女居然从来没有穿过裙子。其实她完全有露的资本，她身高 175，体重不足 100 斤，最重要的是，她有胸。（有胸，有胸，有胸，重要的事情说三遍。）完全打破了“体重不过百，不是平胸就是矮”的魔咒。

无论夏天再热，石女都是清一色白衬衫加牛仔裤，而且白衬衫永远都系到最上面一个纽扣，牛仔裤必须是超高腰。明明拥有魔鬼身材，却非要把自己打扮成修女，我们纷纷可惜石女白白浪费了大长腿和大胸。

每每此时，石女都一脸神秘地对我们说：“我爸说了，女人穿得太暴露，会影响财运的。”

冬天，石女永远只穿白色的高领毛衣，外面套上黑色的长款羽绒服，下面依旧是超高腰牛仔裤，脚上蹬着一双黑色的大头皮鞋，再配上她那帅气十足的超短发和内敛时尚的黑框眼镜，不仔细看还以为是大帅哥一枚！

不过石女这副帅狂跩炫酷屌爆天的打扮真的迷倒了一大片小学妹，还真的有羞答答的小学妹给石女送情书，每次都搞得她非常尴尬。

石女装扮为什么如此特立独行？原来，石女的爸爸是一名中学语文老师，兼初三的级部主任。每年初三年级体检都能查出有几十名女生怀孕，那些女生家长怒不可遏，纷纷把怨气撒到老师身上，怪老师管教不严。

石女老爸每次痛心疾首地看着这些花季少女承受着身体和心理的双重痛苦去做人流手术，而男生们通常吓得惊慌失措，他们根本不知道该如何去承担责任，最终受伤害最深的还是女生。

每年学校体检结束后，石女老爸都会拿这些血淋淋的事例给石女上思想政治课，再三警告她，上学期间坚决不允许谈恋爱，否则断绝一切经济来源，自生自灭。

不仅如此，石女她爸还嘱咐她妈，不能给女儿买太过暴露的衣服，仪容仪表一定要严格按照他的标准去执行。

就这样，在老爸的压迫下，石女一个长相标致的美女，愣是被打造成了一个假小子。正如老爸所愿，石女上学期间，两耳不闻窗外事，一心只读圣贤书，直到大学毕业也没有谈过恋爱。

眼看周围的同龄人都结婚生子，而石女还是一副假小子装扮，这可急坏了亲朋好友。大家纷纷劝说石女："你要想结束单身，必须得改变穿衣风格，你看人家《非诚勿扰》上那些心动女生都是长发及腰，白裙飘飘，一颦一笑都柔情似水，男人都喜欢那种看上去柔弱娇羞、小鸟依人的女生。"

石女笑了："就我这个头往那一戳，估计只能'鸵'鸟依人。"

有时朋友们也会犯嘀咕，石女都二十七八了还不着急找男朋友，还天天把自己打扮得比男人还男人，该不会是同性恋吧？

每次听到这样的质疑声，石女都会一本正经地说：“我的性取向很明朗，我喜欢男人，而且是霸道一点的男人，有点大男子主义也 OK，最起码得 hold 住我！”

“霸道总裁爱上我？言情小说看多了吧！”我们笑她。

石女一脸认真地说：“我本来就思想保守，性格内向，如果再找一个像我一样木讷的闷骚男，整天相敬如宾，那我俩的日子岂不是太无趣了。”

很快，石女如愿以偿遇到一位霸道总监，两人在朋友婚礼上认识的，那天石女应邀当伴娘，霸道总监张扬是临时婚礼主持，婚庆公司的主持人突然急性肠胃炎，张扬本来是伴郎团的，临时救场。

在入洞房、闹伴娘的环节中，石女正愁不知道该怎么脱困，张扬霸气十足地一把拽过石女，搂着她，对大家说：“这是我女朋友，大家都客气点。”

婚礼结束后，张扬问石女要了电话号码，并约她周末一起吃饭。

周末，石女如期赴约，并在家人的软磨硬泡下穿了婚礼那天的白裙子，还化了精致的淡妆，略施粉黛，一袭白裙，留着清爽短发的石女，让张扬小小惊艳了一把。

吃完饭后，突然下起了瓢泼大雨，两人站在餐厅门口，望着门外的大雨发呆。张扬突然指了指远方，对石女说：“你看那是什么？”石女随着张扬手指的方向望去，这时张扬猛地一下把石女拥入怀中，吓得她惊慌失措，拼尽全身的力气推开张扬，并且非常气愤地说：“你有病吧？”

张扬不可思议地望着石女说：“天哪！你该不会第一次和别人拥抱吧？反应那么激烈。”

石女气呼呼地说：“是又怎么样？你也太轻浮了，哪有第一次和女孩子约会就拥抱的。”

张扬笑了：“怪不得你朋友叫你石女，果然是生活在石器时代的石女。抱一下，至于反应那么激烈？那些约炮的人在你这不得判死刑？”

石女非常冷静地说：“人是有思想、有智慧的高级动物，能明辨是非，区分善恶，懂得美丑，知道什么可以做、什么不可以做。如果只是为了宣泄自己的欲望而随便和一个陌生人赤裸相对，那和低级动物又有什么区别？”

张扬被石女语不惊人死不休的言论吓了一跳：“好犀利！其实好多人无非是空虚寂寞冷，寻找慰藉罢了。”

石女冷眼看着张扬：“你该不会也好那口吧？我可事先和你说好，我可是有感情洁癖的，我老爸天天拿孔老夫子那套‘男女授受不亲’‘发乎于情，止乎于礼’教育我，所以我到现在还没谈过恋爱，我希望能和未来的伴侣是彼此的第一，也是唯一。”

张扬讪讪地笑了笑：“我可不是那种随便的人，咱也是一个脱离低级趣味、品德高尚的人，不过，有一点需要坦白的是，在你之前我谈过女朋友。”

石女装作无所谓的样子：“没关系，我也没说和你处对象。”

回去之后，石女纠结了好半天要不要和张扬继续谈下去，她总觉得张扬看上去有点痞，有点油腔滑调。老实说，张扬离石女心目中的理想对象还有一定距离，不过他身上有种说不出来的气质深深地吸引着石女。

自从那次约会后，张扬开始对石女若即若离，几乎整整一周没有给石女打电话，也没有再约她出去，只是偶尔发个微信 say

goodnight。

第一次被人如此冷落，石女非常生气，要知道以前相亲都是她对别人爱搭不理的。

正当石女下定决心删除张扬的电话号码和微信时，却发现张扬在朋友圈发了一张打点滴的照片，石女慌忙打电话过去，才知道张扬上次冒雨送她回家后生病了，扁桃体发炎，喉咙肿得几乎说不出话，一连好几天高烧不退。

石女为自己小心眼感到羞愧不已，随即打车赶到张扬家去看他。看到张扬有气无力地躺在床上，发烧烧得嘴唇又干又裂，还爆着皮，石女的心就像被什么东西蜇了一下。得知张扬还没吃饭，她赶紧去厨房煲了点小米粥，又炒了几个菜。

张扬看着石女清瘦的身影在厨房里不停地忙碌着，心里暖暖的，那一刻他突然觉得娶个这样单纯善良的姑娘做老婆挺好的。

石女把饭菜盛好，端到张扬面前，对他说："你赶紧趁热吃吧，我要回家了。"张扬笑着说："你陪我一起吃吧，吃完我送你。"

石女拎起包边匆忙往外走边说："不行，我回去晚了，我老爸会三堂会审的。"

张扬站起来，用力一把抓住石女，两人双双倒在沙发上，石女想挣脱着起来，却被张扬死死地摁住，石女惊慌失措地看着张扬干裂脱皮的嘴唇慢慢凑近自己，她猛地用力把头扭到一边，并用双手拼命顶着张扬，不让他靠近。

张扬并没有放弃，他试图从左边慢慢亲近石女，没想到，石女又猛地用力把头甩到右边，就这样两人一左一右，就像摇拨浪鼓一样，来回僵持了十几分钟。

石女的小脸憋得通红，不停地嚷嚷："你这是要干吗！拿开你的臭嘴，你都感冒了，靠我那么近传染给我咋办？”

张扬气喘吁吁地说：“姑娘，咱来个浪漫的 kiss，你不要大煞风景好不好。”

石女突然扑哧笑了：“你不觉得咱俩现在这样特别像《大话西游》中，黑山老妖要吸人精气，唐僧和至尊宝转头的情节？”

张扬立马泄了气：“真是服了你，接吻这么浪漫的事，你居然能想到黑山老妖吸人精气。你该不会真是石女吧？”

石女用尽全身力气推开张扬，拎起自己的包，就要往外走，刚走到门口，又回过头非常认真地对张扬说：“大家都笑我太过保守、思想封建，其实我只是觉得有些事应该只能和将来要结婚的那个人做。所以，如果你不打算和我结婚，请不要碰我。”说完石女扭头大步离去，留下张扬一个人目瞪口呆。

石女走后，张扬陷入沉思中，他想，现如今像石女如此单纯而有原则的姑娘，估计是凤毛麟角。

喝着黏稠醇香的小米粥，吃着清爽可口的青菜，张扬的心里暖暖的，他突然做了一个勇敢的决定，一定要不惜一切代价把石女娶回家。

第二天早上起来，张扬突然发现自己的脖子不能动了，估计是昨天想强吻石女没成，把自己的脖子扭到了，真是偷鸡不成蚀把米。

下班以后，和朋友一起喝酒，张扬就像木头人一样，朋友见罢取笑他：“张总，这是落枕了吗？”

张扬苦笑着说：“甭提了，昨天想强吻一姑娘来着，结果，姑娘反抗太激烈，劲也忒大了，把哥们儿脖子扭了。”

朋友们哈哈大笑：“张总这些年来，万花丛中过，片叶不沾身的，没想到也有失手的时候。哪个姑娘，如此不识抬举。”

张扬讪讪地笑了：“石语，就是前段时间，老梁婚礼上的伴娘。”

朋友们不可思议地看着张扬："不对啊，那可不是你的菜。你不是一直喜欢长发及腰、白裙飘飘、身材性感的淑女吗？"

"听说那姑娘平时就是一假小子，思想保守到令人发指，28 岁的老处女，江湖人称'石女'。你小子吃腻了性感尤物，想换小清新玩玩？"

张扬有些生气："我这次可是认真的，我一定要不惜一切代价把她娶回家。"

朋友们笑了："你哪次不是认真的，你和那姑娘明显不在一个频道上，那么保守的姑娘，婚后肯定能把你管得死死的，你能戒了这花花世界收心吗？"

张扬一脸坚定地说："我当然可以，石语说得没错，人必须得对自己和深爱的人忠诚，要脱离低级趣味，要做一个品德高尚、有原则的人。"

朋友们都笑张扬中邪了。

经过 1 年多坚持不懈的努力，张扬终于把石女追到手。爱情的力量真的非常强大，一直酷爱中性装扮的石女，居然也为了心爱的人，蓄起了长发，穿上了白裙子，化精致淡雅的妆容。

朋友聚会再次见到两人时，朋友们惊奇不已，玩世不恭的夜店小王子张扬慢慢变成居家暖男、女友控。大家纷纷感慨，原来，如果真的爱一个人，会情不自禁为他（她）改变。

那天大家都很兴奋，喝了很多酒，石女也迷迷糊糊喝醉了。当她醒来时，惊诧地发现自己居然躺在张扬的床上，两人还紧紧地抱在一起。她惊慌失措地一把推开张扬，赶紧检查自己的衣服。张扬睡眼迷离地说："别担心，昨晚我醉得不省人事，没对你做什么越轨的事情。"

石女急得满脸通红，眼泪都快掉下来了："可是咱俩这衣衫不整的，还抱在一起，万一怀孕了咋办啊？你赶紧起来去给我买点避孕药吃吧！"

张扬立马笑喷了："姑娘，你是不是以为两人抱在一起，搂搂亲亲就可以怀孕？你生理课咋学的？"

石女慌忙说："我知道怀孕是要受精的，可书上说，小蝌蚪是会游泳的，咱俩昨天晚上抱在一起，万一小蝌蚪游我身体里咋办？以防万一，你还是给我买避孕药吃吧。"

张扬非常无奈地说："天哪！我要怎么和你解释，小蝌蚪并不是可以随意进出的，避孕药是不能随便乱吃的，对身体不好。"最终张扬并没有拧过石女，哭笑不得地看她吃下避孕药。

张扬啼笑皆非地问石女："您这都快 30 岁了，还一直守身如玉的，难道真的一点生理需求都没有吗？天天守着这么一帅哥，你都能坐怀不乱，还真是石女。"

石女笑了："米兰·昆德拉说过，同一个人做爱和睡觉是两种互不相关的感情，岂止不同，简直对立。爱情不会使人产生的生理欲望（即对无数人的渴望），却会引起同眠共寝的欲求（只限于对一个人的欲求）。所以，我之所以能够和你手牵手安然睡去，是因为我真的爱你！"

张扬无奈地说："您知识真渊博。"

一年以后，张扬和石女奉子成婚。在两人的婚礼上，我们看着石女微微隆起的小腹取笑她："矮油，没想到铁树也能开花，石女也有奉子成婚的一天。"

石女一脸幸福地笑了："嘿！哪有什么石女？只是没有遇到对的人罢了，等你真的遇到那个对的人，之前所有的条条框框都会瞬间化为三个字：看心情。"

第 101 次相亲遇到你

我相信每个人朋友圈里都有那么一位相亲达人，坊间传说他们相亲次数不低于 100 次。

咦？为什么是相亲的次数而不是人数呢？因为往往在这 100 次相亲中，总有那么几个人会重复见好几次。

我小姨最好的朋友李木子阿姨就是这么一位相亲达人。

别看她俩比我大一辈，但事实上和我是同龄人。同为 80 后，仅比我大 5 岁而已，和小姨一样，李木子也是一位非常独立的女强人。

在同龄女孩描眉画眼、逛街买衣，祈求打扮得漂漂亮亮好觅得金龟婿时，她们却在撩起袖子像男人一样拼命工作，因为她们始终坚信，女人只有干得好才能嫁得好。

18 岁开始做生意的李木子，在 23 岁就赚到全款买车买房的钱。她经常和小姨说："没有什么比二十几岁努力赚钱更让你理直气壮的事了。因为只要有了钱，你就不必为了物质生活而违心嫁给一个自己不喜欢的男人。如果将来有一天我要结婚，一定要找一个特别聊得来的男人，他可以没钱，但一定和我有说不完的话。"

然而 28 岁的李木子，赚了很多很多的钱，却没有等到那个和她聊得来的另一半。这也情有可原，李木子每天一头扎进工作里，一年 365 天，全年无休，哪有时间去谈恋爱。

28 岁的女性，在我们家那个十八线的小县城已经被冠以“剩女”名号，而且还是齐天大“剩”。

为了早点摘掉剩女的帽子，无奈之下，李木子开始了漫长的相亲生涯。

小县城的人通常比较热心，李木子家又有非常强大的亲友团，在亲朋好友的齐心协力下，两年间，李木子竟然相亲了 100 次。

然而，两年过去了，30 岁的大龄剩女李木子却依然单身。

周围的亲朋友心急如焚，纷纷指责她：“你要求太高了，你说你到底想要找啥样的。就你这么挑剔，相 1000 次亲也不见得有结果啊！你得降低要求，两个人在一起过日子，只要看着顺眼就行。”

说的人多了，一向温顺的李木子也恼火了：“我要求哪里高了，我不在乎他的学历、长相和经济条件，只是想找个聊得来的人，这要求过分吗？”

见大家不吭气，李木子继续大倒苦水：“你们总是埋怨我眼光高，可是你们给我找的相亲对象，只注重数量，压根没在乎质量啊！

“我都怀疑你们是不是大马路上看到四肢健全的男人就拉来和我相亲啊！

“我还想自己咋那么倒霉呢，整个县城的奇葩全被我碰到了。

“有的奇葩，一上来就问我这几年来攒了多少钱。

“有的奇葩，贼眉鼠眼，手脚还不老实。

“还有的奇葩，居然第一次见面就要求我的房产证上写上他的名字，否则就不继续往下谈了。

“最令我郁闷的是，有好多奇葩居然还能重复见好几次。拜托，你们再给我介绍对象时，能不能稍微用心点，什么离过婚的、40 岁以上的，就请通通给我筛掉好吗？我这些年来像牲口一样努力赚钱，为的不是嫁一个秃了顶的二婚男。我现在郑重宣布，不再相亲了，我要自己去找个谈得来的人。”

很快地，李木子心心念念的那个聊得来的人就出现了。

依然是通过相亲认识的。本来厌倦相亲的李木子不想再去见面，但那几天里，家里好几路的亲戚都来强烈推荐张晨光，其中有李木子的表姐、他们老家的邻居、李木子妈妈的好姐妹，还有商场的同事。他们个个都跟收了红包似的，把张晨光夸成了一朵花。

不过最终打动李木子的还是张晨光的身份，他是一名光荣的解放军。

李木子妈妈不停劝她：“木子啊！就去见最后一个吧！你看这么多亲戚都来给你介绍他，说明你俩有缘分啊！你不是从小到大最喜欢解放军吗？而且当兵的人，踏实稳重，肯吃苦，妈放心。”

就这样，在妈妈苦口婆心的劝说下，李木子终于同意去见张晨光。

没想到好不容易说服了李木子，张晨光却百般推辞了。

原来就在李木子各种纠结要不要见张晨光时，一个漂亮的中学语文老师抢先和张晨光见了面。

语文老师虽然没有李木子能赚钱，但工作体面，看起来知书达理，两人一见如故，相谈甚欢，张晨光自然没有兴致再和李木子见面。

没想到两人见面后没多久，语文老师就被学校公派到北京去进修，那时候还没有微信，手机 QQ 也没那么普遍，两人只好每天靠发短信、打电话联系。

有一天晚上，张晨光和几个发小一起喝酒，喝到兴起之处，发小拿起张晨光的手机说：“你小子到底有没有女朋友？给兄弟们露个底，没有兄弟们再给你张罗张罗。”

张晨光喝得晕乎乎的，他口齿有些不清晰地说：“谁说我没有女朋友，我这就给她打电话给你们听听哈！声音就跟百灵鸟一样贼拉好听！”

说着张晨光就去摸手机，发小笑嘻嘻地说：“你别忙乎了，我帮你打，你告诉我叫什么名字？”

张晨光头晕脑涨，努力张了好几次嘴，才勉强说出一个“李……”然后倒头睡过去。

发小正好搜到李木子的手机号，然后拨打过去，张嘴就是：“嫂子，你好！我是张晨光最好的哥们儿，以后有事您说话，我张哥走了后，有啥事，一句话的事，兄弟随叫随到！”

李木子被突如其来的一句“嫂子”喊得蒙圈了，后来才发现原来是张晨光的好哥们儿打错了，为了能给张晨光和他的兄弟们留下一个好印象，她非常礼貌地说了一句：“不好意思，您打错了！”然后就挂了电话。

那天晚上，李木子的心情很忐忑，她一直在想，张晨光会不会给她打电话解释一下发生的事儿。

第二天一大早，张晨光酒醒后，一看手机通话记录，居然和李木子有 3 分钟的通话记录，这才猛然想起来，可能是哥们儿昨天晚上打错了。

他慌忙给李木子回电话道歉：“实在不好意思，昨天我哥们儿拿我手机打错电话了。”

李木子按捺住心中的喜悦，满不在乎地说：“没事儿，打错电话嘛！谁还没打马虎眼的时候，可以理解。只不过，你咋有我的电话号码呢？”

张晨光不好意思地说：“本来之前我妈托媒给我介绍对象来着，正好那个相亲对象就是你，那几天好几个亲戚都来撮合我俩，这不我这两天正好在外地有点急事嘛，所以，一直也没抽出时间和你见面，实在不好意思哈！”

李木子笑嘻嘻地说：“哦！原来是这样啊！没关系，等你忙完回来，咱们再见面也不迟，工作要紧！”

从那以后，两人经常打电话、发信息。张晨光觉得李木子比语文老师风趣幽默、活泼可爱。语文老师张嘴就是“之乎者也”，每次给她发信息，不是让他猜对联，就是考他唐诗三百首。语文老师最爱的作家张爱玲，她出差之前，把家里所有关于张爱玲的小说都送给了张晨光看，还让他做读书笔记，等她回来检查。名曰，培养共同的兴趣爱好，有利于以后婚姻关系和谐长久发展。

张晨光打小不爱看小说，一翻书就打瞌睡。语文老师几乎每天都打电话追问他看了多少，无奈之下，张晨光只好把和张爱玲有关的电影、电视剧都恶补了一遍。

自从误打误撞和李木子联系后，张晨光越来越觉得和语文老师在一起非常压抑。

正当他考虑如何和语文老师说分手时，语文老师却提前发来了分手短信，她说：“我觉得咱俩学历和见识相差太多，严重缺乏共同语言，即使勉强在一起也不会幸福的。”

看到那条分手短信，张晨光如释重负，迫不及待地约李木子见面。那时，两人已经在电话里聊了近 3 个月。

两人第一次约会，那天张晨光穿着一身合体的绿色军装，配上帅气的大檐军帽和整齐的武装带，魁梧挺拔、朴实健壮、英姿勃勃。

他白皙的脸庞上，那双大而明亮的眼睛里流露出一种机警、智慧的神采。他的头发和眉毛黝黑而浓密，甚至就连眼睫毛都像两把小扇子一样，忽闪忽闪的，看起来特别迷人。

他脸上始终带着微笑，厚厚的嘴唇因为微微上扬的嘴角而显得灵动可爱。

在李木子眼里，英俊潇洒的张晨光简直比电视剧里的男主角还要帅气。对！他长得酷似黄海冰，就是《武林外史》中朱七七和白飞飞都为之着迷的男一号沈浪。

李木子目不转睛地盯着张晨光看，让他觉得很不好意思，不禁羞红了脸颊。天哪！他居然脸红了。李木子赶紧低下头假装看菜单，她有些后悔没好好打扮就匆忙出门了。

这时张晨光浑厚有力的声音响起："你皮肤好白啊！瞅着有点面熟啊！对了，有没有人说你长得特别像吴倩莲啊？我特别喜欢她演的《半生缘》中的顾曼桢，超有气质！"

听到张晨光夸自己长得像明星，李木子心花怒放，她抬起头有些害羞地说："《半生缘》中演顾曼桢的不是林心如吗？"

张晨光笑着说："林心如演的是电视剧版的《半生缘》，吴倩莲演的是电影，不过我觉得吴倩莲演得比林心如好，而且人长得也好看，关键是有气质！强烈推荐你去看看，你俩长得实在太像了。其实我还是比较喜欢原著小说的名字《十八春》，比《半生缘》听起来有格调。"

见李木子笑而不语地望着自己，张晨光不好意思地挠了挠头说："我是不是特别像一个小话匣子？"

李木子咧嘴笑了："没有啊！我觉得你是一个大话匣子。不过这样挺好的，我这个人平时沉默寡言，正好想要一个每天都能和我说很多话的人。"

那天两人就像久别重逢的老朋友，天南地北地聊了很多。

看到英气逼人的张晨光好看的大眼睛里闪烁着明亮的光彩，侃侃而谈，李木子感动得红了眼圈，她在心里默默地想：终于等到了你，还好没放弃，总算没有辜负自己那 100 次不堪回首的相亲。

两人第二次约会时，李木子正好来例假，肚子疼得直不起腰，但是为了见到朝思暮想的张晨光，她还是忍痛去赴约。

两人一见面，张晨光就发现李木子脸色苍白，嘴唇也没有血色，明明是大冬天，脸上却挂着豆粒大的汗珠，他慌忙扶住她，亲切地问道：“你这是病了吗？”

李木子勉强笑了笑：“没事儿，每月总有那几天。熬过今天就好了。”

张晨光一边脱下自己的羽绒服垫在冰凉的椅子上，一边埋怨她：“哎呀！你不舒服，应该和我说嘛！今天那么冷，你又穿那么少，冻感冒咋办？来给你垫上件衣服，这样坐起来就不凉了。”

李木子慌忙拿起张晨光的羽绒服，摆着双手说：“我怎么能坐你的衣服呢，万一给你弄脏咋办！你这可是新买的羽绒服。而且我们老家有种说法，女人来例假那几天不可以穿男人的衣服，会影响他们的运势，更何况你还让我坐屁股下面！不行，这太不像话了。”

张晨光接过衣服，又固执地铺在李木子椅子上，摁住她坐下来，一脸坚定地说：“两个选择，一、你乖乖坐下，咱们吃完饭，我送你回家；二、你穿上我的衣服，我立马送你回家。”

不等李木子回答，张晨光又招手喊来服务员，非常有礼貌地说：“请问可以给我们煮一锅大枣生姜红糖水吗？我女朋友着了凉肚子不舒服。谢谢！”

李木子一脸感动地望着张晨光英俊的侧面，突然有一种想冲过去拥抱他的感觉。

张晨光回过头看到李木子红着眼圈深情地望着自己，一把抓过她的手说："我来给你暖暖手，女人生理期一定要非常注意保暖，而且不要生气，否则会产生很多毒素，对身体不好。你啊！别在意那些封建迷信，衣服脏了可以洗，但身体要是受了凉、生了病，可是一辈子的事。"

那一刻李木子心里暖烘烘的，她觉得能遇上这么一个知冷知热的男人是她三生修来的福气。

就这样，春节过后，张晨光回部队前，两人订了婚，并约定等 1 年后张晨光复员就结婚。

张晨光走后，李木子又一头扎进工作里，她想多赚钱点，等张晨光复员后，再给他投资开一个他喜欢的店，省得他四处奔波去找工作。

三八妇女节那天，李木子所在的商场搞促销活动，那天人来人往，络绎不绝，一直到晚上 10 点才关门。

晚上回家时，李木子在一个小胡同遇到了一个劫匪，那个小贼看起来年纪不大，拿着匕首指着李木子的脖子恶狠狠地说："别告诉我你没钱，大爷在你们商场蹲了好久，就属你家生意最好！识相的就把身上的现金和银行卡都交出来，否则要了你的小命。"

李木子吓得魂飞魄散，赶紧把自己的手提包交给小贼，自己落荒而逃。

回到家惊魂未定的李木子赶紧给张晨光打电话，语无伦次地把刚刚遇到劫匪的事告诉他。

张晨光非常紧张地问："你没事吧？有没有受伤？要不我提前回去算了，我在部队练过，可以保护你。太吓人了，你这都被劫匪盯梢了，这一次侥幸逃脱，那下一次呢？想想都后怕！”

李木子慌忙安慰他：“没事儿，我没事，以后我和同事一起下班好了，今天都怪我下班时突然拉肚子，蹲了半个小时的厕所。以后我自己注意就好了。你一定得坚持到复员啊！那样可以拿到复员费和就业补助费。”

张晨光非常紧张地说：“怎么又拉肚子了，是不是我走后你又没好好吃饭？我都给你说多少遍了，身体第一，工作第二。真不让人省心，就不能让人好好工作，干脆我回去算了。”

尽管李木子再三劝说，张晨光还是第二天一大早就坐火车回来了。

他看着李木子脖子上的刀伤，一脸心疼地说：“都伤成这样了，还给我嘴硬。”李木子内心无比感动地说：“没事儿，只是轻轻划了一下而已，皮外伤，过两天就好了，放心，不会留疤的！倒是你啊，还有半年，为什么不坚持到复员呢？这么早回来干吗？”

张晨光温柔地摸着李木子的脑袋说：“我这不担心你吗！你要有个三长两短，我还要那个钱有毛线用啊？总之呢，以后我就是你贴身保镖，一天 24 小时，一年 365 天，全年无休。任职期限，你说了算。不过，我希望是一辈子！”

在 32 岁那年，大龄剩女李木子在相亲 100 次后，终于如愿以偿地嫁给了那个可以聊得来的伴儿。

有很多人说，灰姑娘和白马王子步入婚姻殿堂后，不一定会幸福，因为，他们还要面临一系列问题，其中最头疼的就是婆媳关系。

现如今，已经结婚十几年的李木子非常幸福，有一个 9 岁的女儿，正在积极响应国家号召紧锣密鼓地计划要二胎。最令人羡慕的是，她和婆婆相处得很好，几乎没有争执。

因为张晨光是一个非常聪明的男人，他经常对自己的老妈说："妈，你儿子 33 岁才娶上媳妇，太不容易了，你可一定得对李木子好点。咱们家娶到李木子就是八辈子修来的福气啊！你看人家长得漂亮，有能力，会赚钱，还温柔体贴，这样的媳妇打着灯笼都难找啊！如果有一天她真的不小心惹你生气，你也不要当面和她吵吵，你悄悄告诉我，我帮你说她。你知道我们夫妻之间说啥都没事，即使吵了架也是床头吵架床尾和。你就不一样啦，万一你俩要吵吵起来，在中间受夹板气的还是你儿子，不是吗？"

然后，他也会对李木子说："咱妈年纪大了，可能很多想法、生活习惯和咱们不一样，不过老人的心肠都是好的，否则怎么会养出一个这么优秀的儿子对吧！如果哪天妈做了什么事，说了什么话惹你不开心，你看在我的薄面上，一定不要当面冲撞她老人家。你有什么委屈可以告诉我，我帮你去和我妈讲道理。你知道，那是我亲妈，我说她什么，她都会理解，即使生了气，我哄哄也就没事了。你也知道老人都爱面子，你没事就多夸夸她、哄哄她就好了。对吧？"

你还别说，张晨光这招左哄右劝的方法还真管用，结婚十几年来，家里其乐融融，一片祥和。

真是应了家和万事兴那句话，李木子的生意越做越大，而张晨光成为她最有力的左右手，贴身保镖、私人助理、御用大厨，还在网上帮她做网站、开网店，提升品牌宣传度和影响力，简直就是十项全能手。

故事讲到这里，我是羡慕的。我想起前段时间，热情高涨，想要给朋友当红娘介绍对象时，对方却一口回绝了，她说："我不想通过相亲来解决终身大事。婚姻是一辈的事，我不想妥协。爱情是婚姻的基础。漫漫人生路，没有爱情的婚姻就是一种煎熬。"

冰心奶奶都说了：“你不要找男朋友，你要等。”

可是，铁凝等到了 50 岁才等到那个对的人，难道你也要等大半辈子吗?

爱情、幸福都是要我们积极争取的，我知道缘分很重要，但如果你不去找，没有从天而降的林妹妹或宝哥哥。

谁说，相亲就一定不会遇到真爱?

我们不能因为偶尔见过几个奇葩就否定了所有想通过相亲找到另一半的好青年。

如果美好如你的好姑娘想要去相亲，你就要相信，一定也会有和你志趣相同的好男人期待在下一次的相亲中遇到你。

如果可以遇到那个对的人，相亲 100 次又何妨?

找一个志趣相投的人谈恋爱很重要

1

不久前的一个夜晚，我接到了好朋友的电话，她没精打采地问我:“你干吗呢？”

我非常兴奋地说：“我在看《中国好声音》总决赛。”

朋友突然来了兴致：“我咋儿忘了今天是《中国好声音》决赛，你自己在看么？”

这时，王同学在一旁不停催促:“赶紧把电话挂了！扰乱我心智，影响我听歌。”

我讪讪地笑了笑，抱着电话走到隔壁房间：“不好意思，我们家王同学就是事儿妈，听歌还那么多讲究。”

朋友叹了口气说：“你看你俩多好，还能在一起看喜欢的娱乐节目。我们家那位，回到家就坐在电脑前打游戏，你知道，我特别厌恶各种游戏，平时几乎连扑克牌都不碰。

“有时候，我抱怨他只知道玩游戏忽略了我，你猜人家咋说，要不我也教你玩游戏吧，我们游戏群里好多夫妻档呢！我的级别特别高，我可以带你一起升级，一起飞！

“当时，我真想把他的破电脑砸个稀巴烂。

“有时我在想，等以后我俩结了婚有了孩子，孩子突然病了，需要去医院，他会不会也钻到电脑里拔不出来，对我说，等我打完这个通关。”

我安慰她：“不会的，男人虽然成熟得晚一些，但是爆棚的父爱会让他们迅速成长。”

“可是，我俩始终没有共同的兴趣爱好，两个人在一起总觉得特别没意思，这样的日子就像白开水一样乏味。”

“谈恋爱前总觉得，房子、车子和北京市户口很重要，没想到两人真正在一起了，才知道，志趣相投有多重要。”

朋友的一席话，让我陷入沉思！

2

老实说，朋友打电话来之前，我还刚刚因为王同学没有房子抱怨一通。

王同学一本正经地安慰我：“像咱如此努力上进的有为青年，房子和车子不是早晚的事吗？我答应你，明年一定买房子好不好？”

是的！我和王同学的感情从一开始就不被众人看好。有时我也想不明白，我们两家也算是门当户对，都是一穷二白的家庭，为什么大家如此看不上他呢？

我的长辈们总是苦口婆心地劝我，贫贱夫妻百事哀。所以，找一个经济条件优越的对象很重要。最起码可以少奋斗 10 年，不用吃苦受罪。

我有些迷惑，在可以奋斗的年纪，为什么要选择安逸呢？在可以吃苦的年纪，选择逃避，那老了怎么办？

虽然王同学穷困潦倒，但他努力上进，最重要的是我俩的兴趣爱好惊人地相似。

我俩第一次见面约在 KTV 唱了整整一下午，以麦霸自居的他，着实让我惊艳了一把。

我每唱完一首歌，他都会像梦想导师一样，指出我存在的瑕疵，譬如，慢半拍，音准有问题，发声的位置不太对，换气的时候太明显。

偶尔也会称赞我，情感细腻，非常走心。

我俩认识的时候，微信还不流行，大家都喜欢在 QQ 空间写文章，那时的我是一枚文艺女青年，每更新一篇文章，王同学都会第一时间评论，私下里也会给我提出建设性的宝贵意见。

在他的鼓励和指导下，我慢慢摸索出适合自己的风格。

看到我的文章越写越好，他有时也会酸溜溜地说：想当年，我的文章写得也可好了，公司征文每次都拿第一呢！

我笑着安慰他：我在你空间看过你写的文章，虽然没有太多的写作技巧，但是朴实无华的文风和内心真情实感的自然流露最打动人心。

王同学挠了挠头，不好意思地说："那些都是几年前失恋的时候胡乱写的，咱现在文风成熟多了。"

有时候我俩躺在被窝里一起看电视剧，看到狗血的剧情，王同学就会非常愤慨地说：这么弱智的电视剧居然还能热播，太没天理了，我觉得还没你写得好，你也抓紧时间写个长篇小说，改编个剧本啥的，拯救下中国的影视界。

每每此时，我都受宠若惊地说："你竟然如此抬举我，小女子好受感动啊！”

在那些艰苦的岁月里，共同的兴趣爱好和对梦想的执着，让我们一直携手并肩前行！

3

读高中时，我是美术特长生，我们班绘画高手如云。

毕业后，当年班里的专业第一和第二名，历尽千辛万苦，最终有情人成眷属。

现如今，两人的儿子已经3岁。

男同学雕塑专业毕业后，开了一家雕塑工作室，所经手的艺术品，精美绝伦，出神入化，令人叹为观止。

女同学师范毕业后，在一家培训学校教美术，业余时间喜欢画写实国画。她笔下的花鸟虫鱼栩栩如生，山水风景笔触细腻、清新怡人。

周末的时候，有幸去参观男同学的工作室，他们3岁的儿子看到那些精致的雕塑和我一样兴奋，大声喊着："妈妈，我要学雕塑。"

女同学十分温柔地说："那现在先和妈妈好好学画画，等你长大了再让爸爸教给你做雕塑好不好？"

机灵的小男孩高兴地大喊："我要和妈妈学画画，和爸爸学雕塑。"

男同学激动地一把抱起儿子："太棒了儿子！以后爸爸一定会好好教你的！"

看到一家人其乐融融的画面，我羡慕得眼睛都直了。

我故意问他俩："上学那会儿你俩的专业就不分伯仲，这些年过去了，到底有没有分出一二啊？”

男同学扭头看了一眼女同学，一脸得意地说：“我俩根本没有可比性好吧！明显是我更胜一筹！”

女同学亲昵地抱着儿子，温柔而坚定地说：“咱俩根本不是一种绘画风格，就是没有可比性。”

男同学哈哈大笑：“对！我是雕塑家，你是女画家。”

当时，我瞬间觉得自己就像一个 360 瓦的电灯泡，电力十足、光芒四射。

不过真心觉得，志趣相投的爱人在一起，吵个架拌个嘴都如此高大上，着实令人羡慕啊！

4

我的父母自从我懂事以来，一直意见相左，他们经常为了看电视这样的小事争吵不断。

我爸爸喜欢看体育竞技节目，譬如，拳王争霸赛，足球、篮球等各种球类比赛。

而我妈妈喜欢看电视剧，比如年代剧、古装剧、都市情感剧，喜欢追各种剧。

每次到了 8 点黄金档，两人就开始为了争电视频道吵论不休。

我妈看到爸爸切换到中央 5 套，就非常愤慨地说：“两个大男人赤身裸体在那里打来打去有啥好看的？”

看到我妈把频道切换到东方卫视，我爸就一脸鄙视地说：“宫斗剧都是差不多的情节，一大群女人，为了抢一个男人争来争去，有啥意思？天天看也不腻么？”

除了看电视外，两人的兴趣爱好几乎南辕北辙。

我妈妈性格开朗，爱热闹，喜欢到邻居家串门喝茶聊天。

我爸性格内向，好静，没事喜欢宅在家里看看报纸。

不过，我爸特别不喜欢我妈妈好串门这件事，每次我妈妈回来都会叨唠一阵子："一天恨不得见三次面，有那么多话要聊么？女人就是头发长见识短，天天就知道家长里短，烦不烦？"

从我懂事开始我妈妈就不停地和我念叨，找一个兴趣相投、互相欣赏的人过一辈子太重要了。

我妈说，有时她也想陪着我爸看足球或篮球比赛，培养共同的兴趣爱好，但她每次看不懂的时候，爸爸都非常不耐烦地说："这么简单的事都整不明白，看啥篮球，赶紧去做你的饭吧。"

被批评得多了，妈妈也就彻底失去了兴趣。

所以当年我选择王同学时，妈妈坚定不移地选择支持我，她说："两个人在一起，没钱并不可怕，只要你们踏实过日子，努力工作，那些房子、汽车，不论好坏高低总会有的。但是如果没有共同语言和相似的兴趣爱好，那日子实在太煎熬了，简直就是度日如年，恨不得一别两宽，各生欢喜。"

5

姥姥和姥爷都是骨灰级老戏迷。

年轻的时候，家里穷，没有电视。只要镇上办庙会，姥爷就会骑着自行车带着姥姥去听大戏。

姥姥年轻时也是一个文艺女青年，看戏入迷的时候，一天可以不吃饭，边听边小声跟着学。

等到几天后，庙会结束，姥姥学得也差不多了。

每天晚上干完农活，姥姥就在煤油灯前边纳鞋底，边哼唱小曲，姥爷在一旁拍手叫好，随声和。

有时姥爷感慨：“你呀！就是命不好，生在了没爹没妈的穷苦人家，要是生在大户人家，有条件学戏，早就成名角儿了。”

姥姥不好意思地说：“嘿！我要成了名角儿，就没你啥事了。”

后来家里条件好了，买了大彩电，姥姥姥爷最喜欢看的节目就是《梨园春》。

每次只要一有戏曲节目，两个老人就会聚精会神地听戏，偶尔也会你一言我一语，十分得意地给我们年轻人讲述戏里唱的故事情节。

姥姥记忆力好，每次姥爷说得不对的地方，她都会及时纠正。

每每此时，姥爷就会一脸崇拜地望着姥姥说：“哇！你记得那么清楚啊？”然后，又扭过头对我们说，“你姥姥年轻的时候是方圆几个村子出了名的才女，电视里这些名家名段听一遍就能惟妙惟肖地唱下来。”

姥姥在一旁笑而不语。

听到兴起之处，老两口还会跟着音乐轻声哼唱。

那琴瑟和谐的场景令人好生羡慕。

从小到大，每次被爸爸妈妈无休止的争吵搞得心力交瘁，快要对婚姻和爱情失去信心时，我就会去姥姥家住几天，告诉自己，这个世界上还有相敬如宾、执手到白头的恩爱夫妻。

6

有人说，爱情是一种能力，爱情不是要找一个合适的人，而是要找一个好人，和他一起慢慢适应。

有人说，爱情就是要付出，为爱的人慢慢改变，要去融入他的生活，一起磨合。

然而，我想说，找一个志趣相投、三观一致的爱人，磨合起来没那么疼，也没有那么费劲。

当我们成年以后，会发现，为了爱人慢慢改变和去改变爱人一样困难。我们都有自私的心理，都清楚地知道做出改变和妥协的肯定是爱得更深的那个，所以，我们都抱着观望的态度，任性地看着对方是否肯为自己改变，以此来证明你爱我到底有多深。

在这个拉锯战中，少不了无休止的争吵！我们的经典台词是：既然爱我，就应该包容我的一切。凭什么要让我为你改变？

当然也有心甘情愿为对方改变的痴男怨女，结果呢？

你为了爱情，委曲求全，磨掉了棱角，变成了自己都不认识的陌生人，而那个被宠坏的爱人并不领情，觉得你没有主见，缺乏个性。

最后伤痕累累的两个人，一拍而散。

然而两个志趣相投的人在一起就没那么多无谓的争吵，因为志趣相投，我们会彼此欣赏。

正所谓，情人眼里出西施。互相欣赏的两个人，眼里满是对方的闪光点，就算对方缺点多如夜晚的繁星，但只要太阳出来，一切都光芒万丈。

7

铁凝和华生就是学术界鼎鼎有名志趣相投的灵魂伴侣。

在苏州的山塘街，铁凝和华生在雨后边喝茶边一起听评弹，听《杜十娘》，也听《太湖美》，但是真正打动他们的，是根据陆游和唐婉爱情改编的《钗头凤》。

台上一男一女两个艺人，端庄、清雅和凛然，他们的吟唱深切哀婉。

两个心怀柔情的中年人，终于在千百年的爱情绝唱中，感到“内心温湿柔润”，相视一笑。他们又何其幸福，终于能在茫茫人海中找到志趣相投的灵魂伴侣。

相关科学报告显示，所谓的爱情其实就是因为相关的人和事物促使脑里产生大量多巴胺的结果。

可是在多巴胺发挥作用时，请给自己足够的理智和时间，去判断眼前的这个人到底是一个和你的喜好南辕北辙的人，还是和你志趣相投，心灵可以碰撞出火花的灵魂伴侣。

和一个兴趣爱好完全不在一个频道的人在一起，当多巴胺失去作用时，我们总会经历无比痛苦的磨合期，甚至要为了长久在一起，做出一些牺牲、妥协和改变。

然而，改变是痛苦的。除非爱得刻骨铭心，否则很难坚持到最后。

和一个志趣相投的人在一起，即使多巴胺失效，我们也会互相欣赏，惺惺相惜。人生苦短，如果能和深爱的人做知己，该是一件多么美妙的事情！

相亲遇到真爱是什么体验

朋友小温失恋了，她很伤心，痛心疾首地问我，为什么她都 30 岁了，还是遇不到那个对的人。难道那些男人眼睛瞎了吗？

我安慰她："治疗失恋最好的办法，就是开始一段新的恋情。所谓的失恋就是青黄不接，如果你前脚被郭德纲给踹了，后脚被胡歌给接手了，那还心痛个毛线啊？所以，不要伤心，振作起来，我要给你介绍一个比胡歌还要帅很多的文艺男青年，直接秒杀你前男友好几条街。"

小温并没有我想象中那样欣喜若狂，反而像霜打的茄子，一副提不起精神的样子，她神情忧郁地说："对不起，我不想通过相亲来解决终身大事。我都等到 30 岁了，不想凑合。"

我不可思议地看着她："为什么一提到相亲，你第一反应就是排斥、拒绝、不靠谱呢？莫非你是都市情感剧看多了，以为相亲遇到的不是奇葩就是怪癖男？"

"难道不是吗？"小温一脸狐疑地看着我。

"当然不是啦！相亲只是一种结识异性的方法而已，虽然它不够浪漫，但相亲也是可以遇到真爱的好吗？"我非常认真地说。

“那相亲遇到真爱到底是一种什么体验？概率有多高？”小温饶有兴致地问道。

“那我给你讲个我身边的真实故事吧！相亲，而且是闪婚哦，遇到真爱！”我咳了两声，清了清嗓子，开始讲故事。

1

5 年前的夏天，周末，有晚风，有暑气。

闺密小甜因刚结束一段长达 6 年的恋情而悲痛不已，她抱着我，一边哭，一边绝望地说，这段感情耗尽了她对爱情的所有幻想，她的心就像被人掏空了一样，她觉得再也无法爱上任何人了。

我紧紧抱着她，不知道该如何安慰她。我知道小甜是一个对爱情很谨慎的女孩子，她不会轻易爱上别人，一旦爱上，便不会轻易忘记。

在那段令她遍体鳞伤的感情里，小甜竭尽所能地付出，却换来了竭尽所能的嫌弃。为了能和男朋友在一起，一毕业她就去了男朋友的家乡，她以为自己如此妥协，结婚是迟早的事情。

于是跟着男朋友住进了他的家里，每天就像个任劳任怨的小媳妇儿，照顾男朋友和未来准公婆的生活起居。

然而就在她对未来的生活满怀憧憬时，男朋友的父母却以家里马上要办喜事，外人不方便在场为由把小甜从家里赶了出来。

男朋友把小甜送回她家乡的小县城时，信誓旦旦地许诺她，哥哥的婚事一办完，立马就会来接她回去。

没想到，从此男朋友就在小甜的世界里彻底消失了，甚至连句告别的话都没有。

后来小甜从大学同学那里得知，男朋友的父母给他安排了一个比小甜漂亮、家境比小甜好的女公务员。

小甜这才想起来，在男朋友家住着的那段时间，因为她没有稳定的工作，男朋友的妈妈经常含沙射影地讥讽她，之所以横挑鼻子竖挑眼，鸡蛋里挑骨头，只是对她百般不满意罢了。

他们竟然还公开嫌弃168厘米的小甜太矮，然后费尽心思给儿子挑了一个160厘米的女朋友。

这是小甜本世纪听过的最好笑却又最无奈的笑话。

2

那段感情不仅让小甜遍体鳞伤，也摧毁了我对爱情的希望，有很长一段时间，我想不通，曾经那么深爱的一个人，怎么可以突然消失得无影无踪。

2个月后的一天，小甜告诉我，她哥哥给她安排了相亲，她想去试试看，拜托我这形象设计专业的高才生好好为她打扮一下。

为了让小甜在相亲约会中惊艳亮相，我使出浑身解数精心为她打扮了一番。长至脚踝的棉布白裙，衬托得身材纤细瘦长的小甜恬静、优雅，文艺气息十足；细细的眼线和浓密的睫毛让原本就很大的眼睛仿佛会说话一般，顾盼神飞；齐耳的短发是失恋后一时冲动剪的，不过却显得她的脸庞清爽秀气；或许是皮肤白皙、气色红润的缘故，小甜微微有点厚的嘴唇，即使不涂口红，也像玫瑰花瓣一样娇艳欲滴。小甜非常讨厌口红的油腻和厚重感，她说感觉有点干的时候，轻轻舔一舔，然后用力抿一下嘴唇就好，那充了血的唇色，显得她好无辜，让人忍不住想要触摸一下。

小甜出门时妖娆地转了个圈，羞答答地问我：“怎么样？”

我信心十足地对她说：“只要对方性别男，爱好女，就肯定会对你一见倾心的！”

果不其然，晚上小甜回来时，春光满面，嘴里还哼着欢快的小曲，看似心情大好。不仅如此，手里还拎着一个阿迪达斯的袋子。我这才发现，小甜走之前脚上穿的白色高跟凉鞋换成了白色运动鞋。

“哇噻！第一次见面就有礼物，看来这个男人已经拜倒在你石榴裙下了。”我万分羡慕地打趣小甜。

听到我的话，小甜的脸嗖的一下就红了，她满脸娇羞地说：“吃完饭，我俩逛街的时候，他看我的鞋跟那么高，非要给我买双运动鞋换上，当时我一看那双鞋 1000 多块钱，吓得掉头就走，但他还是不由分说地买下了。而且他还蹲在地上亲自为我穿上，好贴心啊！”

天哪！这不就是传说中的暖男吗？我继续非常八卦地追问道：“那暖男长得帅吗？”

小甜有些失望地摇了摇头：“我穿上高跟鞋还没我高呢！小鼻子、小眼睛、小嘴巴，不过耳朵很大，我妈说了耳朵大的人有福！看在他如此真诚的分儿上，我决定和他好好发展一下。女人嘛！找对象不就是想找个对自己好的吗？什么是好？肯为你花钱就是好！不能上升到金钱的爱情都不是真爱！”

最后小甜再三叮嘱我：“亲爱的，将来如果你要谈恋爱，一定不要竭尽全力地付出，你要学会让男人为你付出，为你花钱。在一段感情里，谁付出最多，谁最舍不得放手。不懂得付出的人，一定不会珍惜来之不易的感情。”

3

和小甜相亲的暖男叫大江。

两人第一次见后没多久，大江就被公司派去内蒙出差半年，回来后可以升职加薪。

不过大江不想去，他怕为了事业会错过心仪的姑娘。但小甜却全力支持他，并安慰他“两情若是久长时，又岂在朝朝暮暮”。

含泪送别大江后，我有些不理解地问小甜：“你不是对大江印象不错吗，为什么还放他走？要知道这半年变数太大了。”

小甜若有所思地说：“就是因为喜欢他，想要和他过一辈，才想让他去大西北受点苦。如果我俩连这几个月的分离之苦都吃不消，将来又如何走过几十年的沟沟坎坎呢？你知道，我俩几乎是一见钟情，总觉得心里不踏实，正好通过这几个月的分离，看看我俩的感情是否经得起考验。”

大江走时，北方的小城还是初秋的模样，小甜说内蒙的天气要冷一些，于是从来不擅长针织活儿的她决定学着给大江织条厚厚的围巾。

别看小甜外表文静柔弱，性格却大大咧咧，十足女汉子一枚。要知道小甜最讨厌打毛衣，她总觉得打毛衣和绣十字绣一样，只属于笑不露齿、行不摆裙的超级淑女所为。每次看到别人拿着竹签和一个毛线球，手指翻着各种花样，飞速地打毛衣时，小甜都会目瞪口呆地说：“天哪！我的脑袋都要被绕成中国结了。”

为了让大江早日戴上自己亲手织的围巾，手指不灵活的小甜就像勤劳的织女一样通宵达旦地织围巾，熬得眼睛都红了。我看她织两针就缠成一个死疙瘩，然后再费半天劲拆了重新来，如此反反复复，不免有些心疼她，给她支招，别那么费劲了，干脆买一条算了。

小甜把头摇成拨浪鼓，非常认真地对我说："那可不行，自己亲自织成的围巾才显得情深意重嘛！再说了，我买的毛线可是最好的，特别柔软，跟买的那种根本没法比。"

紧接着，小甜一边乐在其中地继续织围巾，一边甜蜜蜜地说："亲爱的，我对你的爱，一针针的全都织在了这条围巾里，希望你可以感受得到。"

听得我鸡皮疙瘩掉了一地，不过在心里还是非常羡慕小甜和大江的感情。于是，我厚着脸皮央求小甜让大江也给我介绍一个如此贴心的暖男。

1 个月后，小甜的围巾终于大功告成，她迫不及待地空运给大江。

4

据说收到围巾的第二天，大江就风尘仆仆地请假回来了。

为了给小甜一个惊喜，他事先没有告诉小甜。当他拉着行李箱出现在小甜公司门口时，小甜竟然激动得热泪盈眶。

爱情的力量真的很大。仗着自己天生丽质，从来不屑化妆的小甜，居然百般央求我教她化妆。不仅如此，从来不会做饭的她，为了抓住大江的胃，还苦练厨艺。

每次和大江约会的时候，高度近视的小甜都会放弃舒适的框架眼镜，笨手笨脚地戴隐形眼镜。第一次戴隐形眼镜时，小甜居然捣鼓了 1 个小时，差点把眼睛戳瞎，到最后竟然把隐形眼镜片给捏碎了。好在她有先见之明，买了好几副备用。

大江为了回来见小甜，骗领导说，回来和女朋友订婚。领导这才批了一周的假，除去来回路上的3天，两人只有4天时间的短暂相聚。

这4天，小甜和大江几乎把小城里的每一个角落都逛遍了。两人穿着情侣装去游乐场，感受旋转木马的浪漫，去体验鬼屋的惊心动魄和摩天轮的惊险刺激。

临走前一天，两人从电影院出来后，大江突然一脸认真地对小甜说："我是真心喜欢你，想和你过一辈子，我们现在就去领结婚证好不好？等我回内蒙处理完紧急状况，我们就办婚礼。你放心，房子、车子、彩礼、钻戒一样都不少的，我发誓。"

然后，小甜脑袋一热，真的就跟着大江去领了结婚证。

看到小甜满脸幸福地拿着小红本本回来，我惊得下巴都掉下来了。我不可思议地问她："天哪！你俩才认识不到两个月，前后在一起的时间加起来还不到10天，你们这可是闪婚！真够时髦的！等等，不对啊！你俩今天看完电影都下午了，也没时间回家去偷户口本，咋就能把证领了呢？"

小甜白了我一眼："你是不是电视剧看多了，谁说闪婚就一定得回家偷户口本领证。其实自从他告诉我这次回来为了请假骗领导说回来订婚的那一天起，我就悄悄地把户口本放在包里了，时刻准备着他开口向我求婚，没想到，真被我猜中了！"

看到小甜幸福得像花儿一样，我在心里默默为她捏了一把汗。闪婚哎！靠谱吗？

5

第二天，我陪小甜去车站送大江，两人执手相看泪眼，场面分分钟虐哭单身狗。

临上车前，大江塞给小甜一张银行卡，告诉她，里面是他这些年来的所有积蓄，足够一套房子的首付，密码是小甜的生日，让她看着在自己公司附近选套房子，等他忙完急事就赶回来办婚礼。

小甜激动得结结巴巴地说："买……房那么大的事……你……那么相信我？不怕我携巨款潜逃啊？"

大江满脸宠溺地摸着她的头说："傻丫头，咱俩都结婚了，我的就是你的，你的还是你的。你就选择自己喜欢的房子就好，因为你喜欢的就是我喜欢的！"

看到这里，我羡慕得都要哭了，那颗为小甜悬着的心，也慢慢安定下来。

此后的1个多月，小甜每天下班后都奔波着马不停蹄地看房子。奇怪的是，大江明明让她在自己公司附近选房子，而她却总是盯着大江公司附近的楼盘。最终，她选择了离大江公司最近的小区。

交完首付款后，小甜给大江发了条信息："承蒙大王对小女子的信任，我选了离你公司最近的房子，去你公司绝对交通方便，不堵车，所以你以后每天早上睡懒觉都要感谢我的这个决定哦！"

1个月后，大江从内蒙赶回来，两人举行了隆重的婚礼。

在童话故事里，王子和公主结婚后，就开心幸福地生活在一起。至于是否真的开心幸福，我们不知道，讲故事的人也没告诉我们。

但大江和小甜结婚后，真的开心幸福地生活在一起。

现如今，两人已经有了一个 4 岁的可爱女儿。在婆媳关系冰火不相容的今天，小甜却和婆婆相处得如同母女一般和谐。

不久前，我应邀去小甜家做客，看到一家人其乐融融，幸福得冒泡泡，羡慕得口水都要流出来了。

我不停地对小甜说："天哪！你好幸福，你和大江结婚那么多年了，感情依然跟热恋期的小情侣一样。最重要的是，你婆婆待你真的和亲闺女一样啊！简直羡煞旁人啊！"

小甜的婆婆一脸幸福地说："我儿子娶到小甜这么贤惠善良的媳妇，真是几辈子修来的福气。这是我儿子喜欢的姑娘，所以我也会像疼亲闺女一样疼她！"

看到小甜和大江相亲闪婚后，5 年如一日幸福地像花儿一样，我想真爱不过如此。

一见钟情，这个古老的爱情神话似乎不被大家看好，更何况他们还是通过相亲这种不被人轻易接受的方式相识的。

有人说，所谓的一见钟情，不过是见色起意。也有人说相亲就是一场权衡利弊的交易。还有更多的人认为，爱情终究逃不过 7 年之痒，而婚姻就是爱情的坟墓。

而对于真爱，科学研究表明人们找到真爱的概率是 1/285000。或许正因如此，美国诗人曾调侃说："真爱就像鬼魂，所有的人都在谈论它，却没有人见过它。"

但是你没见过并不代表它不存在，不是吗？

爱情是一个调皮的孩子，它来的时候喜欢拐几个弯，绕个路去小河边嬉水；爬进花园和玫瑰花谈谈心，与小蝴蝶捉捉迷藏。然后，才慢慢地踮着脚尖走来。一旦它来了，你是挡也挡不住的。而你需要做的就是要有足够的耐心等它到来。它来了以后，用心真诚对待，哄它开心，不要让它轻易溜走。你要相信，爱有天意！

爱情从来不按常理出牌，所以不管它以什么形式出现，相信它，接受它，这样你就会感受到真爱的幸福。

第四章

因为爱你，所以一切都值得

世界上最动人的情话，不是“我爱你”

异地恋，究竟谁该妥协

这个世界上只有一种男人不玩暧昧

因为爱你，所以一切都值得

这是我所见过的最好的异地恋

终于等到你

世界上最动人的情话，不是“我爱你”

1

白小糖打来电话时，王七七正在对着电脑哭得昏天暗地。吓得白小糖撂下电话，打了个车，飞奔到王七七家。

推开房门，屋里狼藉一片，王七七坐在地上，抱着笔记本，号啕大哭。白小糖赶紧跑过去抱住她，心疼地问：“发生什么事儿了，亲爱的？”

王七七把鼻涕和眼泪都蹭到白小糖胸前，抽泣着说：“他不爱我！”

“谁？冷晓俊吗？你咋知道的？是他亲口告诉你的？”白小糖非常急促地问道。

王七七指了指旁边破旧的相册，一脸痛苦地说：“我今天收拾东西，发现了他前女友的照片，整整一本相册，还有他俩的甜蜜合影。他在我面前霸道冷酷成熟，可是在他前女友面前却开心得像个孩子。他从来都没和我拍过这么亲密的合影。”

“就为了这个？哭成这个鬼样？”白小糖啼笑皆非。

“网上不是说，如果一个男人在你面前不犯二、不犯傻、不犯错、不吃醋、不冲动，永远都那么成熟理智的话，就不是真的爱你吗？”王七七一脸认真地问。

白小糖无奈地说：“拜托，你以后能不能少看点那些爱情毒鸡汤啊？”

“可是，我真的不确定冷晓俊是否真的喜欢我，他从来不在朋友圈、微博和QQ空间中放我的照片，也从来不给我点赞和评论。你看他QQ空间以前的日志，满屏都是他对前女友的怀念。他俩都已经分手5年了，他还是对她念念不忘。邮箱都用他俩名字的缩写命名。”王七七忧伤地说。

“那你应该很庆幸找了一个如此痴情的男人，现在满大街都是玩一夜情、约炮和脚踏几只船的渣男。冷晓俊能为了前女友守身如玉5年，简直就是绝世好男人。捡了那么大一个宝，你就偷着乐吧！别叽叽歪歪地给我矫情了。”白小糖嗤之以鼻地说。

“我俩才认识半年他就和我求婚，我总觉得他只是为了结婚而选择和我在一起。”王七七幽幽地说。

“好吧！我只能说，你想多了。其实在结婚这件事上，男人比女人更加纯粹，女人会因为男人死心塌地对她好而一时感动结婚，甚至有时候会因为一些外在的经济条件，譬如，房子、车子、北京户口，而选择结婚。但男人不同，他们只选择与所爱的人结婚。如果他不爱你，你为他付出再多，都无法感动他，他更不会随便把他的一生幸福交给你。所以，你别胡思乱想了，安心做你的准新娘吧！”

“那这本充满他和前女友美好回忆的相册咋办啊？”王七七问。

白小糖笑了：“交给我，我一会儿走的时候给你丢楼下垃圾桶里。前任的遗产留不得，省得睹物思人！”

扔相册之前，好奇心促使白小糖打开相册看了一遍，5年前的冷晓俊可真帅，他的前女友也美得像个妖孽，那么瘦，胸还那么大，简直太不像话了，难怪七七会那么没自信。白小糖心想，然后恶狠狠地把相册丢到垃圾桶，还找了个小木棍使劲往下捅了两下。

2

周末一起逛街，白小糖一脸神秘地问王七七："冷晓俊没有问你相册的事吧？"

"嗐！估计他早就忘记那本老相册的存在了。我是在储物室柜子最底下翻出来的。"王七七轻描淡写地说。

"那个，明天咱们一起去唱歌呗，把你心中的不愉快大声唱出来。顺便叫上晓俊和温依然。"白小糖有些羞涩地说。

"等等，你是醉翁之意不在酒吧！看来你对温公子动了芳心了！"王七七一脸坏笑。

"你们天天成双成对、你侬我侬的，也得为我们这些千年电灯泡、万年单身狗考虑一下吧！"白小糖没好气地说。

王七七虽然很喜欢唱歌，但却不喜欢 KTV 的嘈杂，更多的时候，她喜欢戴着耳机，安安静静地在手机爱唱 APP 上唱那些伤感的情歌。这一点倒是和冷晓俊有些像，两人都很喜欢捧着唱歌，只不过冷晓俊喜欢在唱吧上唱。王七七曾调侃："世界上最遥远的距离是我在爱唱，你却在唱吧！"

在昏暗的 KTV 包房，白小糖和温依然十分默契，一首接一首地对唱着情歌。

冷晓俊坐在点歌台，不停地点着歌。

突然熟悉的旋律响起，电影《不再让你孤单》的主题曲。王七七脑海里浮现出电影的开头，同样是在嘈杂的KTV包房，刘烨饰演的方振东，看到自己点的《不再让你孤单》是任贤齐版的，他慌忙说：“这不是我的孤单，这个孤单我不会。”

这个电影王七七看一次哭一次，每每想起都不禁热泪盈眶。

泪眼蒙眬中，王七七依稀看到冷晓俊指着自己：“下面这首《不再让你孤单》送给你。”

依然是任贤齐的版本，冷晓俊唱得非常动听，而且还一直深情地望着自己。不知道为何，王七七突然想起旧相册中，冷晓俊和前女友的甜蜜合影。也许，这曾经是她最爱听的歌。

王七七之所以能被冷晓俊打动，是因为两人对婚姻有着同样的憧憬和偏执，希望能和相爱的人不吵不闹，50年以后还能一起手牵手看夕阳西下。

王七七没有告诉白小糖，那天她之所以哭得那么伤心，是因为她在冷晓俊的私密日志中发现，原来那个令她引以为傲的美好愿望是他和前女友一起许下的。想到这里，她不禁泪流满面。

白小糖扭过头看到王七七目不转睛地盯着冷晓俊，脸上挂满了晶莹的泪珠，她惊呼：“天哪！你俩这是在演韩剧吗？不就给你唱个情歌嘛，至于哭成这个鬼样，丑死了。”

王七七哀怨地瞪了白小糖一眼，叹了一口气，低下头无声地擦泪。

“冷晓俊难得秀回恩爱，你咋还叹上气了，有心事？”白小糖关心地问。

王七七思虑再三，小心翼翼地把那天看到的私密日志告诉了白小糖。

白小糖听完一脸鄙视地说：“冷晓俊的前女友要是知道分手5年，仍然被这个男人和他的女友反复谈起，而且还被现女友当成假想情敌，会鼻子一哼：‘loser 就是 loser，被我甩掉，只能找跟他一样 low 的女人。’这下是不是更加心塞了？”

“亲爱的，你这么过分在意前任，是因为太自卑了。因为爱得太深沉，所以太自卑。

“男人的语言意义远小于行动，你不相信他的承诺，你看他的行动就可以。他对你无微不至地关心，要跟你结婚，这就远远胜过 1000 句我爱你。”

王七七若有所思地点了点头。

3

晚饭后，王七七蜷在沙发上，百无聊赖地刷着微博，冷晓俊在厨房刷碗。

突然王七七在微博上看到一句话，判断一个男人是否爱你，有一个很简单的办法，就是看他是否能记得你们第一次见面时你所穿的衣服。

于是极度缺乏自信的王七七赤着脚跑到厨房门口，小心翼翼地问冷晓俊：“你是否还记得我们第一次见面我所穿的衣服？”

冷晓俊不假思索地说：“一件鹅黄色的小棉袄。”

王七七立马心凉了半截，沉落谷底：“明明是一件宝蓝色的棉袄，你怎么记成鹅黄色的棉袄呢？”

冷晓俊认真地说：“蓝色棉袄是第一次见面时穿的，见面前咱俩不是视频过几次吗？第一次视频时，你就穿了一件鹅黄色的棉袄，当时阳光洒在你身上，你微微一笑，让人觉得心里暖暖的！”

听冷晓俊这么说，王七七心里乐开了花，忍不住冲上去抱住他，心满意足地说："原来，你还是爱我的！"

冷晓俊听王七七冷不丁冒出这么一句话，一脸严肃地说："你是不是又在网上看了什么爱情测试考验我呢？

"拜托，王七七，你能不能对我和你自己有点信心？

"我如果不爱你，为什么会费劲巴拉地追你，还给你洗个毛线碗。

"你说你晚上一个人吃饭觉得很孤单，为了你，客户应酬、公司同事聚餐以及哥们儿聚会，我都通通推掉，每天都尽可能地早点回家陪你吃饭。难道这些在你眼里都不是爱吗？"

看到冷晓俊怒气冲天地说了一大堆，王七七有些不好意思地说："可是，我从来没听你说过一句'我爱你'，而且你从来不在朋友圈和微博晒我的照片，也不给我点赞，我给你的评论和留言，你从来不回复。"

冷晓俊啼笑皆非地说："难道你所谓的爱，就是每天腻腻歪歪地和你说 100 遍'我爱你'，然后在朋友圈秀恩爱吗？"

"可是，人家网上都说了，秀不出的恩爱都是在给别人留机会。而且，有些话，你不说人家怎么知道，爱就是要勇于表达啊！"王七七不服气地说。

冷晓俊一脸无奈地解释道："首先，我每天工作很忙，忙得连午饭都顾不上吃一口，哪有闲时间刷微博和朋友圈？你看我朋友圈都好几个月没更新了，微博登录密码也忘了。

"其次，我的朋友圈里都是客户、同事和公司领导，你说我天天腻腻歪歪地秀恩爱，显得多幼稚啊？会让客户和领导觉得我如此感性，难担大任的。

"最重要的是，人家不都说'秀恩爱死得快'，我只想和你安稳平静地过好生命中的每一天，不想做朋友圈里的橱窗人，接受别人的指指点点。”

说到这里，一向冷酷的冷晓俊突然温柔地把王七七拥入怀中：“我不善言辞，也不喜欢做无谓的承诺，但在你需要我的时候，我一定会在你身边。”

4

冷晓俊和白小糖说得没错，男人的爱都是用行动表达的，那些喜欢说甜言蜜语的男人，往往是语言上的巨人，行动上的矮子。

王七七之所以每天纠结于这些表面文章，说到底，还是太自卑了，而且被朋友圈里的花式秀恩爱蒙蔽了双眼，看不到冷晓俊对自己细致入微的关心和体贴。

冷晓俊那么大男子主义的人，居然也会围着围裙在厨房做饭，边做还边念叨：“一个大男人每天围着三尺锅台转，成何体统！”而且他每天还踊跃承包刷碗和拖地的工作。

每天吃完晚饭后，冷晓俊就会特别霸气地支使王七七：“赶紧去床上躺着看电视，我要开始拖地了，不许下来捣乱！”

每每这时候都是王七七最幸福的时候，她在床上趴着，双腿不停地挥舞着，心满意足地看着冷晓俊挥汗如雨地拖地，不时地搭个话：“你确定不需要帮助吗？”

冷晓俊头也不抬地说：“你在床上老老实实待着就是对我最大的帮助了。你近视，看不清楚，所以像拖地、洗碗、刷锅这样的活，交给你我还真不放心。”

王七七不服气地说：“我近视，但是我有眼镜啊！”

冷晓俊说：“你怎么那么傻，让你在床上躺着玩还不好吗？像这种力气活交给老爷们儿干就行了，要不找男人干啥？”

每个月来例假那几天，王七七立马贵升为老佛爷，每天下班后就在床上躺着，冷晓俊化身成“小俊子”，鞍前马后地把饭做好送到嘴边，还贴心地煮了红糖大枣生姜水，逼着王七七趁热一口气喝完后，去给她洗刚换下来的内裤。

冷晓俊看着血淋淋的内裤，倒吸了一口凉气，无比心疼地问：“流那么多血，得多疼啊？”

王七七在床上有气无力地说：“疼得想死。下辈子再也不想做女人。”

冷晓俊笑着说：“那下辈子我做女人，替你来大姨妈、生孩子，你做男人，咱俩还在一起，好不好？”

王七七突然被戳中泪点，哽咽着说：“好。”

王七七猛然间觉得自己挺傻的，每天像跳梁小丑一样，各种作，各种无理取闹，每天恨不得问 100 遍“你爱我吗”，随时挑战着这个男人的耐心和极限，只为了证明他到底爱不爱自己。

每个人表达爱的方式不同，有的人喜欢挂在嘴边，勇于表达；但有的人习惯放在心里，羞于开口表达，却在用实际行动证明一切。

其实，最深沉的爱，往往都埋藏于生活里那些细小入微的关怀和行动中，不是吗？

语言是表达爱的方式，但绝对不是唯一方式，还有一种更为直接的方式叫——支付宝与红包！

如果一个男人每天清晨醒来，不会嫌弃你乱如鸡窝的头发、满脸油光的素颜和磨着牙、打着鼾、散发着阵阵口气的嘴巴，依然忍不住拥你入怀，温柔地亲吻你，那一定是真爱！

异地恋，究竟谁该妥协

在很多人眼里，异地恋是不靠谱的，所以才会有毕业就是分手一说。

这也无可厚非，陷入爱情中的男男女女恨不得分分秒秒黏在一起，没有谁愿意和深爱的人天各一方。然而，现实生活往往无奈，为了生活和工作，很多情侣不得不分隔两地，饱受相思的煎熬。

什么两情若是久长时，又岂在朝朝暮暮，只不过适合思想保守、通信落后的年代罢了。

古代人内心可真够强大啊，古时候的穷秀才上京赶考，一连几年不回家，一朝中举衣锦还乡，孩子已经会打酱油，娘子不仅不会埋怨相公这些年对家里不管不顾，居然还会喜极而泣，终于守得云开见月明。

王宝钏苦守寒窑 18 年，无怨无悔，还不介意薛平贵另娶他人。好吧！王宝钏天生就是来受苦的，她清贫 18 年，却和薛平贵团聚 18 天后含笑离世。

在这个社交网络满天飞的时代，异地恋的男男女女不仅要抵制住诱惑，还得耐住寂寞，更重要的是要有强大的内心来自动屏蔽朋友圈里的各种花式秀恩爱。

每到夜深人静，煲过甜蜜的电话粥和视频后，孤单感蜂拥而至，那一刻，思念像一条在草地上爬行的蛇。正所谓，相思相见知何日，此时此夜难为情。

经常会有读者给我留言："维持异地恋真的很辛苦，心力交瘁，不知道到底要不要放弃。""异地恋到底怎样才能修成正果？""异地恋，男女双方到底谁该妥协？"

关于异地恋如何成功，情感"砖"家、广大妇女之友陆琪曾经总结道："女方抛弃一切远赴外地的恋情，超过 70% 都会分手；而男方抛弃一切跑到女方的城市，最后才有好结果。因为男人的爱是用生活成本表示的，你跑过去，他什么都没做，一点成本都没有，可见他不爱你；他抛弃一切来找你，成本超高，自然是爱你爱疯了。"

很多女人把陆琪的这个理论当作爱情圣经，恭喜陆琪成功地拆散了很多异地恋的情侣。

然而我想说的是，陆琪所言自然有他的道理，但不太现实。

当时陆琪所举的成功案例中，女方家境优越，工作体面稳定，所在的城市人脉广泛，而男方小蔡，在老家时算无业游民，仅仅靠写点专栏赚钱。小蔡只是抛弃了自己并不怎么样的生活，女方却通过自己的人脉关系为男方找了一份非常稳定且有发展空间的编辑工作，女方父母甚至还替他们准备了婚房。最后男方感激涕零，千金小姐和穷小子幸福美满地生活在一起。

请注意，这个异地恋成功案例的关键词：一、男方无业游民；二、女方为他安排编辑工作；三、女方准备婚房。其实在这个真实的故事里，付出成本最多的还是女方，男方只是抛弃了自己并不怎样的生活，他并未付出什么所谓的成本，却空手套白狼，爱情事业双丰收。

试想一下，如果男方在一线城市事业稳定且处于上升期，年薪几十万，而女方在二三线城市，且不说是无业游民了，只是拿着一个月两三千块钱的工资。你觉得男方得多爱女方，才会抛下自己辛苦打拼来的事业，到一个陌生且没有发展空间的城市从头开始。即使这个男人爱女人爱到骨髓里，一时发疯，抛下所有投奔女方，一旦爱的激情散去，他发现在小城市根本无法施展才华，工作生活处处受阻，薪水也不足原来的五分之一，生活质量下降很多，久而久之，他就会埋怨女人成为他的绊脚石。那些诸如“我当初是牺牲自己的事业来陪你的”“如果不是为了你，我不会像现在如此糟糕”的算账话就会随口而出，心理不平衡也就油然而生，到最后感情被生活磨得七七八八了，那离分手也不远了。

贫贱夫妻百事哀，有情不能饮水饱，即使两人爱得再深沉也不会幸福的。

所以对于异地恋到底谁该妥协，并非如陆琪所说，只有男方妥协才能成功，其实这和男女关系并不大，主要跟个人能力有很大关系。

换句话说就是，异地恋分手的概率不来源于男方到女方城市或者是女方到男方城市，而在于，你们在这个城市里发展空间有多大，是否能赚到钱，生活品质能否得到提高，视野是否更加开阔。

所以说，异地恋的情侣们在结束异地生活时，千万不要太过感性，并把这个当作“你到底爱我有多深”的试金石。最好是理性地权衡双方所在城市的发展前景、人脉关系，以及双方的经济收入和事业的稳固性，弱势的一方妥协去强势的一方。这样，一来能够保证两人的经济收入和生活品质，二来事业稳固和人脉广泛的一方还能帮助对方在自己的城市找到更有发展前景的工作。这样的异地恋，不仅能成功，而且会比单纯让男方妥协要稳固得多。

讲两个我身边非常成功的异地恋故事。

小 A 是一个美丽、活泼开朗的重庆姑娘，认识小 B 时，她在重庆一家小公司做人事专员，而小 B 则是北京总部派来培训新产品的销售部经理。两人一见钟情，迅速确立了恋爱关系。鉴于小 B 在北京发展非常稳定，且已经付了首付买好房子，小 A 决定辞掉工作，去北京投奔小 B。

小 A 到北京以后，小 B 通过自己的人脉关系，帮小 A 找到了一份人事工作。很快两人步入婚姻的殿堂。

北京虽然生活压力大，却也能激发人拼搏的斗志。现如今，小 A 通过自己的努力升职为公司人事主管，小 B 也成功坐上公司副总的宝座，两人的薪水都比原来翻了好几倍，生活品质得到大大的提高。最重要的是，小 A 的眼界比原来开阔很多。

对于一个姑娘来说，让她放弃原来的工作、环境、朋友圈子和资源，到一个陌生的城市，是需要非常大的勇气。所以男人要懂得感恩，并肩负起养家的责任，尽可能给予对方更多的安全感和归属感，而且最好是让女方在自己所在的城市有所发展，找到自我。只有两人一起共同成长，这样的婚姻关系才能更加稳固。

小 C 和小 D 是青梅竹马的恋人，高考时两人考入不同的大学，从此天各一方，开始了长达 6 年的异地恋情。起初，上学期间，两人还细心呵护这段纯真的爱情，每年寒暑假，大小长假，都会相约一起出去旅游。

大学毕业后，姑娘小 C 得到了来之不易的去澳门工作的机会，薪水不菲，而小 D 却在父母逼迫下回老家当老师，薪水不足小 C 的五分之一。

起初两人僵持不下，谁都不想妥协。小 C 觉得回老家，没有发展空间。小 D 认为在老家生活安稳，而且守着双方父母，在澳门举目无亲，生活压力大。

僵持一年后，最终小 D 做出妥协，放弃稳定的教师工作投奔小 C。此时，小 C 已然在澳门发展得风生水起，她通过自己的人脉，帮小 D 在自己公司谋到一份不错的工作，薪水是原来的好几倍。

现如今，两人已经结婚 3 年。他们利用所有的节假日，游遍了祖国的名川大河，甚至还出国去旅游，简直羡煞旁人。

小 D 经常说，他非常感谢小 C 能把他带出来，让他看到外面丰富多彩的大千世界。否则，他这辈子可能就像一头拉磨的驴，每天就知道站在原地，重复着单调的工作。

是的！人这一辈子不能只做拉磨的驴，日复一日年复一年地重复着单调的工作。你可以上山、下乡、去城市、去农村，你可以拉白菜，也可以拉萝卜，还可以拉豆腐、卖切糕。等你老了以后会发现，什么财富地位都是过眼云烟，而你这些丰富多彩的经历，足可以让你回味一生。

有一点陆琪说的没错，一个男人肯抛弃他的所有，来到女方的城市从零开始，定是爱这个女人爱到发疯。我想说的是，男人肯放弃一切来投奔自己，定是非常难得，但女人也得确定自己所在的城市能让男人的事业有更好的发展空间，或者你有很多的人脉关系可以帮助他发展得更好。

要知道，嫁给一个怀才不遇的男人，并不是一件幸福的事儿。

“爱我，就来找我”，这样的爱情宣言本身包含了自私的成分。除非，你能让对方变得很好，来找你以后，你有让对方幸福的能力。

真正的爱情并不是以“爱我，就来找我”的自私想法来道德绑架对方做不喜欢的事。子曰：己所不欲，勿施于人。然而我想说的是，己之所欲，亦慎施于人也。

爱情应该是无私的，好的爱情，可以让我们成长，让我们变得更加美好，让我们更加喜欢这个美丽的世界。

在异地恋中，无论男人还是女人，选择妥协的一方，肯定是爱得更深的那个，因为害怕失去，所以选择妥协。

我们一定要懂得珍惜和感恩那个愿意抛下一切来找我们的恋人。因为，那必是除父母之外，世界上最爱我们的人。他在拿一生的幸福做赌注，而我们怎么舍得让他们输？

这个世界上只有一种男人不玩暧昧

1

闺密小茴深夜打来电话，她在电话那头泣不成声：“小昨，我和男朋友吵架了，我一赌气穿着睡衣和拖鞋就跑出来了，连钱包都忘了带，眼下正在大街上喝西北风呢！我今天晚上可不可以住你家里？”

我赶紧说：“好，你赶紧打个车来我家，我现在就去门口接你，车费我帮你付。”

撂下电话，我慌忙从被窝里爬出来，翻箱倒柜地去找那件长至脚踝的宝蓝色羽绒服，随后手忙脚乱地拿起钱包，以百米冲刺般的速度奔向小区门口。

在寒风瑟瑟的黑夜中，等了 15 分钟后，小茴从一辆黄绿相间的出租车上仓皇走出来，满脸泪痕，眼睛都哭肿了。

我赶紧跑过去，把羽绒服披在她身上，付完车费，搂着她的肩膀，慢慢往家走。

一路上，我俩非常默契，谁都没说话。我只是紧紧地握住她冰凉的手，想给她点温暖和力量。

回到家，我直接把浑身冰冷僵硬、嘴唇冻得发紫的小茴送进被窝，给她温了一杯热牛奶，握住热牛奶的那一刻，小茴再也忍不住，泪流满面，黄豆大的泪珠就像断了线的珠子，啪嗒啪嗒掉进装牛奶的杯子里。

我紧紧地抱住她，小心翼翼地询问："到底发生了什么事儿？这不是马上要结婚了吗？"

小茴边哭边说，她不小心看到男朋友老杨的手机短信，他居然给初恋发消息说："对不起，我又忍不住开始想你了。"最恶心的是，那个贱女人还回了信息："我也想你，亲爱的！"然后，她花了一下午的时间，把那俩贱人的微信、微博和 QQ 翻了个底朝天，这对狗男女居然互动得比她和老杨还频繁。这明摆着就是婚前出轨！

我突然打住怒火冲天的小茴："不对啊！老杨的初恋不就是你小茴吗？从高中一直追你追到大学毕业，对你的感情那真的是海枯石烂，日月可鉴，不可能随便出轨吧！"

小茴恶狠狠地说："我也是最近才知道，他在追我之前，还暗恋过一个女的，那女的特别高冷，一直不搭理他，所以才掉头追的我。老杨说自从在高中群里公布我俩结婚的消息后，那女的就开始找各种理由勾搭他。"

我忍不住安慰小茴，估计老杨也就是婚前弥补下青春期的遗憾，玩玩暧昧而已，不会动真格地背叛！

小茴满眼喷火地望着我："你觉得玩暧昧不算背叛吗？这分明就是精神出轨！你不是经常说，外遇就像蟑螂，你逮到了一个，还有千千万万躲在角落里。所以，一次不忠百次不用。"

我叹了口说："老实说，我也非常反感暧昧，但是十几年的感情，你真的轻易放得下吗？平心而论，老杨待你真的跟伺候老佛爷没啥两样。即使你和他分手，再找一个，你就能确定他会对你百分之百忠诚吗？”

小茴瞪着一双无辜的大眼睛，满脸失望地问我：“难道这个世界上就没有对感情绝对忠诚的好男人，为了心爱的女人拒绝所有的暧昧吗？”

老实说，我很难回答小茴这个问题，因为我也不确定这个世界上到底有没有坐怀不乱的柳下惠。

2

最终小茴还是和老杨分手了。

她红着眼圈对我说，她是一个对感情有洁癖，眼里揉不得沙子的倔强女孩。她受不了任何形式的背叛，哪怕只是暧昧。

她相信这个世界上一定有男人会像她一样对感情忠贞不渝。

她发誓一定要等到那个肯为了她拒绝所有暧昧的男人。

但是这个世界上，到底有没有不玩暧昧的男人呢？

我不知道。

我是一个很较真的人，心中有了疑问，一定要想明白搞清楚，才会善罢甘休。

于是带着这个问题，我去问了很多男性。他们纷纷表示，在他们眼里，和姑娘聊聊天不算出轨，因此大多时候，他们会打着“朋友”的旗号和对他们示好的姑娘们谈人生，聊理想，吐露心声。一旦被女朋友发现，便会理直气壮地说：“我们只是朋友，聊个天而已，啥都没有做。”

事实上，男女之间根本没有纯洁的友谊，异性之间的友谊就是友人之上、恋人未满的暧昧状态。

当我把这个问题抛给女性友人时，她们立马开启吐槽模式，口诛笔伐男人玩暧昧的各种恶劣行径。

都说兔子不吃窝边草，但男人暧昧的对象却往往都是朋友圈里的女性或者女同事，而他们惯用的暧昧伎俩通常都是循序渐进。从微博、朋友圈点赞、评论到深夜畅聊，慢慢觉得相见恨晚，互有好感，特别聊得来，到最后，互发照片，语音视频，最后发展成地下情或者炮友。

如果刚开始聊天的阶段被女朋友发现后，他们会非常无辜，朋友圈点个赞、微信聊个天而已，至于大惊小怪，上纲上线吗？

但有的男人就是特别贱，不给自己的女朋友评论点赞，也从不在朋友圈和微博公布女友的照片以及任何信息，却手贱地去给别的女人殷勤地点赞、评论，微信早中晚请安问好。

这不是暧昧是什么？

就像那篇网络热文所说，秀不出来的恩爱都是在给别人留机会。

当男人在朋友圈伪单身时，无非就是给身边的单身女性发出暧昧的信号："我单身，求交往！"

女人是一种天生缺乏安全感的动物，如果真的爱上一个人，她们会变得敏感多疑，触角密密麻麻，爱吃醋，有点作，有点小矫情，她们恨不得把男朋友手机通讯录里的所有女性都当成假想敌，巴不得把她们通通删掉才放心。

但是这个世界上真的有男人为了给对方足够的安全感，而把手机通讯录里的女性通通删掉，变成异性绝缘体吗？

有！估计不在地球上，可以去火星上碰碰运气。

在地球上，10 个男人，7 个傻，8 个呆，9 个坏，还有 1 个人人爱，因此那第 11 个男人肯定就是“火星男”！

幸运的是，兜兜转转，百转千回后，小茴还真的遇到一位“火星男”，而且对方还是一位帅气多金的学霸。

难怪会有心理专家说，智商越高的人对伴侣的值班费、忠诚度越高。研究调查表明：智商在 100 以上的人的出轨率只有 10%，而智商在 96 以下的出轨率则达到了 70% 以上。

因为智商高的男性大多成熟理智，习惯站在对方的角度看问题，所以他们更能抵制外界的种种诱惑。他们看问题全面，目光深远，他们会权衡外遇带来的风险和对生活的影响，因为他们有能更好地控制和约束自己的能力。

3

小茴和她的“火星男”文先生是在朋友聚会中认识的。

那时小茴刚失恋没多久，心情特别低落，为了让她早日走出失恋的痛苦，朋友们一有聚会就叫她出去 happy。

那次朋友聚会是在一家非常有格调的咖啡厅里，大家去了以后才知道，老板文先生原来是她们的高中校友，优质理工科学霸，高中毕业后直接去了加拿大学金融。回国后，开了一家主题咖啡厅。

那天，同行的姐妹们对文先生表现出了极大的兴趣，热情高涨地和他聊起了高中时候的趣事。

唯有沉默寡言的小茴，一直落寞地望着窗外广场上的喷泉痴痴地发呆，她紧蹙的眉间似乎写满了心事。

文先生看到神情忧伤、不施粉黛的小茴时，心里不禁泛起层层波澜。

老实说，小茴并不是那种让人非常惊艳的大美女，但却恬静优雅，知性十足，淡淡的眉眼在白皙的皮肤衬托下显得清新可人，属于那种非常耐看的气质美女。

斜射 45° 的明媚阳光轻轻洒在小茴的侧脸上，这一切，美得像幅画，让文先生为之陶醉。

文先生一边漫不经心地回复着朋友们七嘴八舌的问题，一边假装不经意地用余光注视着小茴。

这一切，小茴丝毫没有觉察到，她的思绪早就飞到高中时期对她紧追不舍的老杨身上，那时候老杨对她可是好得没话说，每到她值日就抢着帮她干活，把写满情话的小纸条塞满她的书桌。

大学时候，两人异地恋，老杨几乎每天都要给小茴打四五个小时的电话，为此他每天都要省吃俭用，把一个月的伙食费压缩到 100 块钱，剩下的钱都拿来和小茴煲电话粥。

大学一毕业，为了能和小茴在一起，老杨去考了小茴家乡的公务员。

后来小茴受不了小城市平淡乏味的生活，想要去北京考研继续深造。老杨二话没说，辞掉公务员的工作，跟着小茴到了北京，每天拼命加班，努力赚钱供小茴读研。

小茴实在想不通，天生老实的老杨，怎么可能会对别的女人说“我爱你”，他那么爱自己，怎么会和别的女人玩暧昧，还发那么恶心的照片。

一想到这里，小茴鼻子酸酸的，不禁红了眼圈。

为了不被别人看到，她赶紧低下头，拿起手机，发了一条朋友圈：我只有离开你的倔强，却没有忘记你的力量。

这一切被文先生尽收眼底。

4

从那以后，文先生经常以各种理由邀请小茴她们去他的咖啡厅参加各种同学聚会。

其实每次只是三四个人的小型聚会而已。

小茴从来没想到，这个帅气任性的富家子弟会和自己有什么纠葛。

直到有一天，小茴发现说好的同学聚会，其实只有他们两个人。文先生仓皇地找借口说：“大家都临时爽约了！”

当文先生小心翼翼地向小茴坦露心声时，小茴义正词严地拒绝了他。

小茴知道，围绕在文先生身边的莺莺燕燕有很多，她们环肥燕瘦，每天打扮得花枝招展，乞求英俊多金的文先生多看一眼，好多一些嫁入豪门的机会。

文先生出于工作的缘故，经常出席一些应酬，免不了要接触一些性感妖娆的姑娘，而且文先生朋友圈里的富家子弟，好多都是后宫佳丽三千，这让小茴非常没有安全感。常言道，近朱者赤近墨者黑。这常在河边走，哪能不湿鞋？

在朋友那里得知被拒绝的原因后，文先生和小茴进行了非常深刻的谈话。

文先生给小茴讲起了他的童年，在他的记忆力里，父亲总是没完没了地应酬，每天晚上都喝得酩酊大醉回家。

独守空房的母亲整日闷闷不乐，经常暗自垂泪。

虽然父亲的事业越来越成功，但陪伴他们的时间却越来越少，这让他非常渴望家庭的温暖。

从懂事开始，文先生就暗自发誓，以后如果结了婚有了孩子，一定要多陪伴家人，给爱人和孩子足够的爱和安全感。

所以，当他第一次见到温柔善良的小茴时，明媚的阳光洒在她的身上，让他心里感到很温暖，就好像看到自己的家在冲自己挥手。也就是在那时文先生在心底认定，这就是与他共度余生的另一半。

关于小茴所担心的被朋友们带坏，文先生信誓旦旦地说，他在朋友圈就是一个异类，从来不会和那些别有用心的人逢场作戏。他非常清楚地知道，真正的好姑娘夜深人静时都在家里躺着看书，或者追追电视剧，偶尔睡个美容觉，谁会和一群大男人在娱乐场所赔笑啊！

这些年来，他看着身边的朋友每天在不同的女人身边来回穿梭，享受左拥右抱的齐人之福，到头来却玩火自焚，老婆情人每天各种撕，闹得鸡飞狗跳，整日不得安宁。最后心力交瘁的他们，把握不好平衡，到头来竹篮打水一场空，就连辛苦经营的生意也受到了影响，从此事业一蹶不振，家道中落。

文先生煞有其事地对小茴说，为了奉劝兄弟们回头是岸，他还特意研究过面相和男女相处的风水。

都说男怕入错行，女怕嫁错郎，其实男人更害怕娶错妻！一个好的女人可以旺三代，当一个男人开始出轨，和坏女人玩暧昧的时候，就是他开始走背运的时候。

最后为了让小茴彻底安心，文先生把手机通讯录里的所有女性都通通删除了。小茴知道后，既感动又惊讶，忍不住问他：为什么要这么做？真的愿意为了她这一棵小树放弃整片森林？

文先生坚定地说：“爱一个人就要给她足够的安全感，既然我下定决心要娶你，那么其他的异性对我就没有任何意义了。既然留着她们只会让你添堵，那倒不如通通删掉，好让你心安！”

小茴非常感动地说：“你真的决定要娶我吗？我的缺点可多了。”

文先生微笑着说：“尽管你身上的缺点多如繁星，但心地善良这一个优点就像明媚的太阳，太阳一出来，星星就都不见了。”

现如今，小茴和文先生已经结婚7年，有了一个5岁的可爱女儿。7年来，文先生为小茴推掉了所有不必要的应酬，专心做好好先生。

文先生的好哥们儿经常打趣地问他：“男人拒绝所有暧昧不会死吗？”

不会。

会活得很好。

因为爱你，所以一切都值得

黄晓明和 Angelababy 的世纪大婚虽然已经过去了，但他们的奢华婚礼以及教主给 Baby 的彩礼，仍然是女性同胞津津乐道的话题。

足足 3838 万的彩礼！直接虐哭那些已婚尤其是裸婚的玻璃心姑娘。

好吧！黄晓明是土豪，Baby 也不差钱，人家爱给多少和我们一毛钱的关系也没有。

不过在很多姑娘心中，好像结婚彩礼这事儿直接和你爱得有多深挂上了钩，所以民间结婚的彩礼芝麻开花，节节攀升，甚至就连农村都飙升到 10 万，再加上买房、买车，没个几十万还真的娶不起媳妇！

不过也有人说了，越是有价值的媳妇，娶起来越便宜，持有成本越低。

事实果真如此吗？

为此我询问了朋友圈里最有价值的媳妇小文。小文绝对是当代独立女性的楷模，说她是最有价值的媳妇一点也不为过。

小文家境优越，在内蒙古大草原有一望无际的农场，还有丰沃的矿场，绝对是优质白富美一枚。

不仅如此，小文工作积极努力，兢兢业业，雷厉风行，从毕业到现在一直踏踏实实待在广州的一家贸易公司，从一名小会计升到财务部长的位置，年薪几十万，是名不折不扣的职场女强人。

要把小文这么优秀的女子娶回家得花多少钱呢？

小文说："我和大东结婚时，只花了31800，寓意'三家一起发'。"

"那么少？"我有些吃惊。要知道那时候小文两个月的工资都不止这些。

小文故作轻松地说："而且我俩结婚后我才知道，彩礼钱并不是大东家出的，而是大东自己偷偷攒的私房钱。"

"也就说，大东娶我他们家压根就没花一分钱。新婚衣服首饰和房子都是我自己买的呢！"

"那你，不会觉得委屈么？"我小心翼翼地问。

小文满不在乎地说："这些事我从来没和大东提过，因为我压根就没计较那么多，所以更不会觉得委屈啦！谁让我真的爱他呢！因为我爱他，所以一切都值得！"

当我完完整整地听完小文和大东的爱情故事后，不禁唏嘘不已！好吧！小文不仅是我所见过的最有价值的媳妇，还是中国好媳妇！

1

2006年2月14日情人节，在银川开往西安的K2585次列车上，小文认识了大东。那时，小文在西安读书，大东在武汉上学，银川没有直达武汉的列车，需要去西安转车。

小文和大东的座位刚好挨在一起。列车开启后，大东就和同行的朋友玩起了斗地主。那时手机还不普遍，无聊的小文看大东和同伴玩斗地主。

那天大东的手气格外好，屡屡得胜，妥妥地做了回大地主。

神采奕奕的大东，浑身上下散发着一种明媚的光芒，让小文颇为心动。

中午吃饭时，由于大东的座位靠近走廊，没法在小桌子上吃泡面，坐在靠窗位置的小文主动站起来把座位让给大东吃饭。

这下可把大东美坏了：莫非这姑娘对我有意思，从刚才打牌就一直盯着我痴痴地微笑，现在又主动邀我去她座位吃饭。嗯！肯定是被我无穷的魅力所折服了。

据小文回忆，其实她当时只是坐累了，腿有点麻，想起来活动一下。

大东这一自作多情，可了不得啦，立马对小文开启查户口模式："在哪儿读书？""学什么专业？""家是哪里的？""电话号码多少？""有没有男朋友？"对！这才是重点。

当得知小文不仅单身，而且从未谈过恋爱时，大东乐得合不拢嘴，殷勤地问东问西，两人互相交换了电话号码，相谈甚欢。

美好的时光总是短暂的，小文在西安的前一站下车，大东主动去下车的车门口送她，火车猛然一停，小文没站稳差点摔倒，大东用他强劲有力的手扶了小文一把。从未谈过恋爱的小文，羞涩不已，小脸蛋嗖的一下就红了，不过心里始终美滋滋的。

小文下车，走了很长一段路后，蓦然回首，大东依然在身后默默地注视着她，眼睛流露出种种不舍。莫非这就是传说中的一见钟情？小文心想。

两人确定关系后，小文问他："你真的不担心火车随时开走，把你丢在西安么？”

大东笑嘻嘻地说：“我当时没想那么多，只想多看你一眼。”

2

回到各自学校后，大东开始每天守在宿舍电话旁边，等着小文给他打电话。下车的时候时间匆忙，大东只给小文留了他们宿舍的电话。

那时，大东还没有手机，他和小文唯一的联系方式就是每天晚上排队等宿舍电话。

“五一”放假时，大东去西安找小文。两人第一次约会，小文格外紧张，上厕所时竟然不慎摔倒，大东把她背到医院，一检查，髌骨骨折，需要卧床休息 1 个月。

小文的腿上打了石膏，学校的上下铺睡着不方便，于是去了表哥女朋友在校外租住的小屋里休养。

大东每天背着小文上厕所，上下 4 楼。从来没做过饭的大东，手脚笨拙地给小文熬粥、炒鸡蛋，还帮小文洗换下来的衣服。

没事陪她聊聊天，给她按摩麻木的双腿。

在大东无微不至的照料下，小文竟然胖了好几斤。

知道大东身上没多少钱，小文慷慨地把自己的银行卡交给他，让他出去取钱。

大东不可思议地看着小文：“咱俩毕竟是第一次见面，你就这么相信我？”

小文笑着说：“从我见你第一眼开始，就相信你是个好人。”

“为什么？”大东问。

“因为我爱你啊！”小文在心底悄悄说。

3

2006 年暑假结束时，大东把小文送到学校后，突然提出要去批发城批发运动袜拿回学校卖。

当时小文一脸怀疑：“在学校能卖出去吗？”

大东非常自豪地说：“咱打小就是做生意的天才，上小学就曾在学校门口卖过苹果，生意巨火爆！”

但当时大东并没有多余的钱去批发袜子，小文毫不犹豫地从自己的生活费里取出 1000 元给他做进货资金，两人一起来到西安最大的批发城，货比三家，最后扛了两大麻袋袜子走回了学校附近的小旅社。

当天晚上两人顾不得劳累，激动地拆开麻袋，取出一部分袜子在西安高校门口摆起了地摊。

当时小文非常害羞，不好意思开口叫卖。于是大东鼓足勇气吆喝：“袜子，10 元 3 双。”结果并不乐观，折腾一晚上才卖了不到 10 双。

第二天一大早大东就像农民工一样，扛着两个大麻袋坐火车回了学校。

每天下午放学后，大东巧妙地躲过宿管科老师的围追堵截，到处串宿舍卖袜子。晚上收工后打电话给小文汇报当天的业绩，不到一周，两大麻袋袜子就被大东卖光了。

小文打心眼里佩服大东，能在大学校园里放下身段去卖袜子。小文悄悄给大东算了一笔账，成本 1000 元，盈利 800 多元，足足

80% 的利润啊！大东惊人的销售天分令小文欣喜不已。

大东拿着赚来的钱给姐姐买了一双普通学生根本消费不起的名牌运动鞋，还请姐姐吃了从未吃过的肯德基。他哽咽地对小文说，他和姐姐从小在农村长大，姐姐从未穿过好衣服，也从未吃过好吃的。他一定要好好赚钱，让姐姐和父母过上锦衣玉食的好日子。

看大东如此疼爱自己的姐姐，小文心里非常感动。如此重情重义的好男人，一定值得托付终身。

4

或许是在火车上相识的缘故，大东和小文从此不停地坐着火车往返两地，为中国的交通事业和通信事业做出了卓越贡献。

2007 年初，小文去广州实习，进入现在所在的贸易公司，成为会计助理。

还在校园里的大东开始有些担心，在广州这种繁华大都市，小文会不会变心。

于是他一到寒暑假就跑到广州照顾小文，心甘情愿地扮演起家庭煮男的角色。

终于熬到 2008 年毕业，大东满心欢喜地提着行李去广州投奔小文。没想到他的工作需要到处出差，他和小文依然像牛郎织女一样，天各一方。

2008 年的冬天，广州格外寒冷，不知道从哪儿突然来了一股冷空气，气温骤降到历史最低点。春节前夕还下起了大雪。小文被千年难遇的雪灾困在了广州过年。

广州的冬天没有暖气，小文租的房子里也没有空调，加上年底工作压力大，小文病倒了，感冒导致高烧不退。

在外地出差的大东听说小文发高烧，马不停蹄地赶回广州。陪小文打针吃药后，他说：“你好好睡一觉，盖好被子捂出一身汗就好了。”

估计感冒药有安眠的功效，小文迷迷糊糊就睡着了。醒来的时候已经是第二天早上，只见大东穿着衣服躺在两床被子上，冻得缩成一团。当时小文鼻子酸酸地问他：“你为什么不盖被子睡觉啊？”

大东揉了揉眼睛，摸着小文的头说：“这不怕你蹬被子，好不容易捂出点汗，见了风不就前功尽弃了！”当时把小文感动得稀里哗啦，就差以身相许。小文暗自下决心，今生今世认定这个男人了。哪怕跟着他上刀山下火海，也认了！

5

小文父母虽然不干涉女儿的恋情，但试问哪个父母不希望自己的女儿能嫁一个门当户对、家庭条件好一点的对象。

那时大东家庭条件一般，自己还是个满世界跑的小业务员，小文的父母怕女儿跟着他吃苦受罪也是人之常情。2010 年底，为了让小文的父母放心地把女儿嫁给自己，也为了证实自己的能力，26 岁的大东毅然决定远赴贵州六盘水创业。虽然只有 15% 的股份，但这却是大东向小文家人证明自己的唯一机会。

纵使小文万般不舍，但为了两人的未来，她也只好含泪送他离开。

六盘水的冬天格外阴冷潮湿，大东因为气候不适应，再加上没有实战经验，生意压力大，心急如焚，一觉醒来竟然面瘫了，眼歪嘴斜，话都说不清楚。

那段时间，大东不敢和小文打电话、视频，怕她知道了担心，只好给她发短信。小文打来电话他也不敢接，发信息推说忙着呢。

慢慢地，小文起了疑心：这小子该不会背着我做了亏心事吧！她决定贵州看看，来个突袭。

广州没有直达六盘水的飞机，要飞到贵阳后再坐四五个小时的火车，等小文风尘仆仆地赶到六盘水时，已经是晚上 10 点多。

当小文推开门看到大东扭曲而狰狞的面部时，她忍不住号啕大哭，她抱着大东说："咱不在这个鬼地方待了，走，现在就走，不管你多穷，无论你变成啥样，我今生都非你不嫁。"

大东一脸痛苦地说："我一定在这里干出点名堂来，好让你爸妈放心把你交给我。别说爸妈了，我也不舍得你跟着我吃苦受累，所以我一定要咬牙坚持下去！"

两个月后，大东神奇般痊愈。2011 年 2 月 14 日，在两人相识 5 周年的纪念日里，大东和小文步入婚姻殿堂。

6

婚后，由于大东的事业刚刚起步，所以两人还是不得不两地分居。每个月小文都会抽时间从广州到六盘水去看大东。

就这样又坚持了 1 年多，直到 2012 年下半年，小文有了身孕，两人才结束了 6 年多的异地生活。

起初，两人因为没有长期生活在一起，免不了争吵、分歧和摩擦。

慢慢地，随着女儿的降生，小文和大东越来越有默契，感情越来越融洽，一家三口幸福快乐地生活在一起。

这是小文人生中最幸福的时光。

然而，好景不长，大东的公司因为股东太多，经常产生摩擦和矛盾。

这时，珠海有一个非常好的创业机会向大东伸出橄榄枝。六盘水因盛产煤矿，空气质量非常差，相对比之下，珠海更加适合居住，事业发展前景也比较可观，大东毅然决定踏上去珠海的新征程。

小文拿出所有的积蓄全力支持，创业初期非常艰难，为了帮大东分忧，担负起养家的责任，小文带着 8 个月大的孩子重新回到广州上班，并请求父母帮忙带孩子。

就这样，小文和大东又开始了异地双城生活。

有时我问小文："你俩认识了快 10 年了，一直分隔两地，你到底是怎么坚持下来的？"

小文笑了笑说："回头想想，这近 10 年来，真的很不容易，我也不知道自己哪来那么大的勇气和力量支撑到现在。如果非得找个理由的话，就是真爱吧！"

"这些年来，你为了大东无怨无悔地付出那么多，心里苦不苦？"我问小文。

小文微笑着说："虽苦犹甜，因为我是真的爱他，所以付出再多都值得！"

"那如果你俩结婚前夕，大东面瘫好不了的话，你还嫁给他吗？"我又问。

"嫁！"小文不假思索地回答，"无论他变成什么模样，我都依然爱他。"

这是我所见过的最好的异地恋

一转眼，高中毕业已经 10 年有余，每次同学聚会的保留节目就是盘点高中时期的情侣现如今还剩了几对。

上大学时，大家都很年轻，有大把的闲暇时间和无法安放的青春，对于高中同学聚会这种事很热衷，基本能保证一年一次，而且人数比较齐全。大家聚在一起，就像久别重逢的老友，互相寒暄，一起狂欢，甚是热闹。

慢慢地，同学聚会的次数越来越少。毕业工作后，大家都在为生计奔波忙碌着，聚在一起越来越难。

最近的一次聚会中，仅有几个女同学带着孩子参加，看上去更像闺密的家庭聚会。看着那些曾经的青葱少女如今已为人母，大家感慨万千。酒足饭饱后，大家依然乐此不疲地八卦着那个经久不衰的话题，当年那些小情侣，如今还有谁，挺过异地恋的考验，排除万难，修成正果。

我们悲伤地发现，当年十几对小情侣，如今有情人终成眷属、步入婚姻殿堂的只有两对。

一对是，专业尖子的学霸组合；另一对是，男才女貌的金童玉女组合。

接下来，我要讲的是，金童玉女大俊和明熙长达十几年的异地恋故事。

大俊和明熙其实早在初中时就已经认识，两人同为音乐特长生，经常一起去琴房拉二胡。

对！去琴房，不是弹钢琴，而是拉二胡。那时候实验中学的音乐特长生主攻的乐器基本都是二胡。

对此，我们都非常不解，为啥你们个顶个都那么喜欢拉二胡呢？一提到二胡，大家总是会脑补瞎子阿炳凄凉地拉着《二泉映月》。

每每此时，大俊和明熙都会非常无奈地说："没办法，我们专业的老师就二胡拉得最好。"

初三时，大家都拼命学习，恨不得头悬梁、锥刺股，秉烛夜读，为的就是削尖脑袋考进全市最好的重点高中，自然是没有闲情逸致谈恋爱的。

中考时，大俊和明熙都没能如愿进入全市最好的高中，两人进了最不被众人看好的音体美特长高中。

一进入高中，走过初三备战中考的紧张阶段，大家都放松了下来，很多同学纷纷谈起了恋爱。

早在初中时，大俊对明熙就颇有好感，只是当时备战中考，学习太紧张，没有顾上谈恋爱。

军训开始，大俊就对明熙展开了轮番轰炸式的疯狂追求。

2002 年正是《我的野蛮女友》在中国红得发紫的时候。

那时的明熙可真漂亮，明眸皓齿，螓首蛾眉，肤如凝脂，比全智贤清纯美丽多了，虽然性格直率，有点小个性，但也不失温柔可爱。大俊对明熙的宠爱比起电影中的车太贤，真是有过之而无不及！

最重要的是他比车太贤要高大威猛帅气 100 倍。

两人每天就像连体婴儿一样，形影不离。当然更多的时候，大俊就像老佛爷身边的“小俊子”，低头哈腰，对明熙百般讨好。

大多时候，男同学们看不惯大俊天生“妻管严”的样子，强烈抗议：你堂堂一七尺男儿，还怕她一个小丫头片子不成？

每每此时，大俊都抬头挺胸，用他那浑厚有力、充满磁性的声音说道：“谁说我怕她，我那是爱好不好？网上都说了，聪明的男人就会把自己的女人宠得无法无天，让别的男人都接受不了她的臭脾气。这是我的策略，你们懂个毛线！”

就这样，大俊依然幸福得像花儿一样宠着自己的明女王。

当然有时候两人也会吵架，明熙和大俊都是一擦就着、不点还自燃的急脾气，不过明熙性格执拗，始终不肯低下高傲的头颅，每次都是大俊妥协让步，他的撒手锏就是唱歌。“你我约定，一争吵马上要喊停……”他总是有办法哄得明熙多云转晴。

高三的时候，音乐班解散，大俊和明熙被分到两个美术班。

就这样两人开始了最早且最短距离的异地恋。

那时候，大俊几乎每节课的课间休息都会来我们班陪明熙说话，逗她开心。

为了能和明熙考入同一所大学，音乐专业考试的时候，大俊选的学校几乎和明熙都是一模一样的，他简直就是明熙的陪考小书童。

面对大家的质疑声，大俊心满意足地搂着明熙说：“我也没什么远大梦想，就想一直陪在我明女王身边。”

然而天意弄人，明熙并没盼到心仪大学的入学录取通知书，陪考的大俊却拿到了录取通知书，而且还拔得头魁，取得宁夏大学他报考的专业第一名的好成绩。

那一幕就好像是陪白云练跑的黑土竟然意外成为奥运会火炬手一样。

明熙的骄傲碎了一地，她哭得昏天暗地，边哭边念叨："我那么努力，平时成绩都是数一数二，考试的时候发挥得也不错，你咋就拿了第一名？这下好了，你风光了，尽情地嘚瑟吧！以后等你飞黄腾达了就会嫌弃我了……"

大俊看着明熙哭得一把鼻涕一把泪，心都碎了，他使出浑身解数安慰明熙："女王大人，我的小心肝，求求你别哭了，不就是破宁夏大学的第一名吗，我才不稀罕呢，我只稀罕你。我永远都不会离开你的。是不是这张破通知书碍你眼，我现在就把它撕了，省得你看到伤心……以后你去哪儿我就跟你去哪儿，大俊永远是女王大人的跟屁虫。"

看到大俊真的手撕通知书，明熙吓得赶紧一把抢过来，边擦眼泪边说："你疯了，这通知书是多少人梦寐以求的，你居然要撕了，我不许你撕！"

"其实我就是一想到即将要和你分开，心里很难过……"那一刻，傲娇的明熙温顺得像只小花猫，梨花带雨，我见犹怜。

大俊一把搂过明熙，温柔地摸着她的头说："分开是暂时的，一毕业咱就结婚，一辈子都不分开。"

从此他俩开始了长达 4 年的异地恋。

和其他异地恋的情侣一样，两人维持感情的方法就是煲电话粥、视频、聊 QQ。

为了巩固感情，大俊和明熙每年"五一"和"十一"都约定去西安旅游。

穷学生没有太多钱，两人就坐绿皮火车，明熙从青岛坐车，大俊从银川出发，那时两人坐的两班车一前一后相差 20 分钟。

每次大俊都怀揣着无比激动的心情等明熙，这 20 分钟对他来说简直太美好了，一想到马上就能见到心爱的姑娘，大俊兴奋得忍不住引吭高歌那首明熙最爱听的《你是我心爱的姑娘》，完全不在乎周围人异样的眼光。

就这样一直单曲循环到明熙下车后飞奔向自己。那时候两人就像《情深深雨濛濛》中的依萍和书桓，在离别的车站，飞奔向对方，拥吻在一起。那一刻，好希望时光停止，永远停留在幸福的瞬间。

2008 年，明熙早大俊一年毕业，思索再三，她决定去银川找份工作，陪大俊一年。

那年，两人就像久别重逢的小夫妻，格外珍惜来之不易的相聚时光，大俊惊喜地发现明熙温柔了很多。

2008 年底，我在老家商场偶遇大俊和明熙。说实话，如果不是看到大俊，我都没有认出明熙。她的变化着实把我惊艳到了！一头漆黑的柔顺秀发垂至及腰，精致的粉色系妆容和修身的桃粉色大衣，让明熙粉面含春。她温柔地挽着大俊的胳膊，巧笑倩兮，美目盼兮。两人时而温柔对视，时而耳鬓厮磨，喁喁私语。

看着眼前的这一对璧人，我突然好想好想谈恋爱。

一直信奉单身主义的我，曾经有两次特别想谈恋爱的冲动。一次是，高考前夕明熙因没有拿到心仪的大学通知书而痛哭流涕，大俊在一旁百般安慰她，甚至要撕通知书的时候。

另一次，就是眼下两人满眼爱意，你侬我侬，羡煞旁人的时候。

2009 年 9 月，明熙得到了去香港工作的机会，薪水不菲。大俊大学毕业后，被父母逼回了山东老家，父母希望他在小县城当一名音乐老师。

彼时，明熙已经飞去香港工作，她想趁着年轻多赚钱，改善家里的经济条件。

大俊在父母的威逼利诱下，通过了教师资格考试，眼看就要成为一名优秀的人民教师。

这时，明熙提出了条件，要么去香港陪她，要么分手。

听到明熙提分手，大俊心都碎了，那一刻他才发现，明熙就是他的氧气，离开她，他活不下去。

大俊非常坚定地和父母摊牌："我不能没有明熙，没有她，我活不下去，我必须得去香港找她。"

为了能和明熙在一家公司工作，去香港前，大俊在小县城的火锅城找了一份服务员的工作，想积累点工作经验，好去了香港能和明熙比翼双飞。

就这样一个风流倜傥的名牌大学音乐系高才生当起了火锅城的跑堂，每天累得像狗一样，浑身弥漫着久久无法散去的火锅味。

对此亲朋好友们都非常不解，放着轻松、舒适、体面、稳定的老师不做，天天把自己累成这样，值得吗?

每次大俊都微微一笑，只要能和明熙厮守一辈子，做什么都值得!

一晃大半年过去了，看大俊迟迟没有来香港找自己，明熙再次提出分手。

大俊挂掉电话，收拾好行李，兜里揣着在火锅城打工赚来的3000 块钱，马不停蹄地飞向香港。

在香港，傲娇的大俊依然从最底层的服务员开始做起，虽然每天工作很辛苦，但他却非常 happy。

每次看他发朋友圈，各种花式秀恩爱，两人甜蜜的身影遍布全国各地，甚至秀到了美国。每张合影大俊都乐得大嘴巴咧耳朵后面去了，依偎在他身边的明熙，依然幸福得就像掉进蜜罐里一样，宛如十几年前那个被爱情宠上天的青葱少女。

是的！对女人来说，甜蜜的爱情是这个世界上最有效的保养品。

2013 年，升职加薪，春风得意的大俊，在同事的见证下，给明熙准备了非常惊喜的求婚仪式。

就像偶像剧里的庸俗桥段一样，西装革履的大俊手捧一大束玫瑰花，单膝跪地，明熙喜极而泣，14 年了，两人历尽千辛万苦终于走到一起。

上周末在珠海，我有幸再次和大俊、明熙小聚。几年没见，大俊瘦了一大圈，明熙胖了，不过依然美丽动人。

那种美丽，是任何昂贵化妆品的精心保养无法达到的，完全是爱情的伟大魔力。

大俊依然像中学时候一样，没心没肺地笑着问我："看我变了没？我瘦了足足 20 多斤，肉全长我家明熙身上了。"

明熙娇嗔道："去，你就是居心叵测，把我喂那么胖。"

大俊笑了："小孩子胖点好看，你现在正在长身体，就应该多吃点。"

看到两人依然和十几年前一样，爱得浓情蜜意，我羡慕得口水都要流出来了。

"好羡慕你俩，十几年了，还和刚谈恋爱的小情侣一样。快点给我传授点爱情保鲜的秘籍。"我一脸羡慕地说。

明熙有些不好意思地说："其实我俩也经常吵架的，我们解决矛盾的方法就是吵架。"

两个人在一起吵架是在所难免的，吵不离、骂不散、打不走的才是真爱！我说：“还有没有其他秘诀？好多人都说异地恋特别煎熬，很难挺过去，成功率特别低。”

大俊一脸认真地说：“异地恋真的特别考验两个人的感情，两个人天天腻在一起，根本无法体会到异地恋那种‘衣带渐宽终不悔，为伊消得人憔悴’的饱受相思的煎熬。其实我认为情侣之间都应该分开一段时间，去体会一下异地恋，因为如果没有分隔两地，你永远不知道自己到底有多爱对方。所以才会有‘小别胜新婚’嘛！不要说什么异地恋很难成功，其实往往是爱得不够深罢了，因为不够爱，所有把异地当作分手的借口。”

明熙羞涩地补充道：“我觉得旅游是异地恋保鲜的秘诀。我俩从上大学到现在，已经把大半个中国游遍了，还去了美国。平时我俩只要一觉得生活平淡乏味，激情快被柴米油盐酱醋茶磨淡时，就背上行囊去旅行。”

旅行真的非常神奇，看着两个人的足迹和身影，走过一座又一座城市，穿越一条又一条陌生街道，那种感觉非常奇妙，就好像两个人一起经历了很多，俨然已经融为一体，再也无法分开。如果说平淡琐碎的生活就像白开水，那旅游就是最好的调剂品。

看着明熙侃侃而谈，大俊心满意足地说：“我现在最大的梦想就是我家明熙能给我生个女儿，这样我的人生就完美了，守着我的两个大宝贝过一辈子，我也别无所求了。”

我笑了：“你就没有什么音乐梦想吗？你外形条件不错，唱功又非常了得，为啥不去参加《中国好声音》？”

大俊笑呵呵地说：“我没啥音乐梦想，我的最大梦想就是一直陪着明熙。我可不能参加《中国好声音》，万一红了，每天忙糟糟的，谁来照顾明女王？”

明熙温柔地对我说：“他唱歌真的蛮好听的，我最喜欢听他唱歌了，其实他在香港很多歌唱比赛中都拿过奖的。”

我看到明熙的眼睛里有亮晶晶的东西不停地闪烁，我知道她眼睛里不经意流露出的明亮神采，是对大俊发自内心深处的爱。

只有真正的爱，才会让一个女人谈起她的男人时，如此神采飞扬。

看到大俊和明熙十几年如一日幸福得像花儿一样，我想这大概是我所见过的最好的异地恋了。

终于等到你

1

1990 年的冬天，对于安好来说，是一个春天不再来的冬天！

那年的第一场雪比以往来得都早一些，当然安好对之前的雪是没有记忆的。

因为 1990 年，她才刚满 4 岁。

深冬时，在安好强烈的要求下，妈妈送她到幼儿园。

安好是一个非常喜欢热闹的小女孩，她几乎每天都在外面大街上，和小朋友们玩耍。

一到冬天，大人和小孩都窝在家里，围着火炕，烤地瓜、烤花生、烤马铃薯吃，谁还冻得鼻涕吸哈吸哈地在外面吹西北风。

偏偏安好就喜欢往外跑，一刻也不愿意在屋里待着。

没办法，妈妈只好每天抱着安好在大街上溜达。

清冷的大街上，灰秃秃的，若是有汽车经过，则烟尘滚滚。冬天下了厚厚的积雪，踩在上面就像是棉花一样，软软的，不过最怕夜晚结冰了。第二天路上就会特别滑，大家走路的时候，都像一只只可爱笨拙的小鸭子一样，一步一步往前挪动脚步，一不留神就会摔个四脚朝天。

安好最喜欢看别人在结冰的路上小心翼翼走路的样子，一旦有人滑倒，她就会笑得前仰后合、花枝乱颤。这时候，安好的妈妈特别尴尬，只好在别人还未起身发现幸灾乐祸者时，赶紧溜之大吉。

每到天放晴，开始回温时，大街上就会变成大泥坑，那泥浆就像是馊掉的大米粥一样，难看又难闻。

这时候要穿着雨靴才能安然蹚过那泥浆，所以一般不是很紧急的事，大家是不愿意出门的。

偏偏耐不住寂寞的安好非要往外跑，尽管她的小脸蛋冻得像紫茄子一样，又好像生活在青藏高原有高原红的小朋友。她的小手也冻得像个小馒头一样，比生冻疮前肿了一半多。

安好的妈妈也没能幸免，她的腮帮上、耳垂上、手指头上、脚后跟上，都长满了冻疮。一到晚上，进了暖和的被窝，就痒得难受，恨不得想拿针把它扎破，放点血出来，还好受一点。

可能是大冬天总往外面跑的缘故，安好特别容易生冻疮。为了治好安好的冻疮，妈妈可谓是煞费苦心收集了各种偏方。

譬如，冬天下了大雪后，割一把绿油油的小麦苗，煮一锅绿绿的热水，泡手泡脚；要么抓一把干辣椒，煮一碗红彤彤的辣椒水，抹在冻疮处。

甚至妈妈还曾把冻死的小麻雀的脑袋打开，取出脑浆抹在安好的冻疮处。但好像都不怎么管用，安好的冻疮依然迟迟不肯好。

2

1990 年冬天最冷的那天，安好依然拽着妈妈在大街上溜达。邻居王大娘看着娘俩冻得瑟瑟发抖还玩得不亦乐乎，非常不解地问：“我说，好她妈，小妮的脸都冻成烂梨了，你咋还让她在外面瞎跑？”

安好的妈妈一脸委屈地说：“这娃娃脾气贼倔，就跟她那死鬼爹一样，一天到晚就喜欢在外面瞎晃荡，我都被这个臭妮子搞得要疯了。”

王大娘笑了：“这好办啊！我看安好也不小了，把她送幼儿园去得了，里面小娃娃多，兴许她就安安稳稳在教室里坐着了。”

王大娘的话提醒了安好妈妈，她第二天就把安好送进了幼儿园。

幼儿园阿姨给安好安排了一个特别秀气的小男生当同桌。

这下可把安好美坏了，她像个小流氓一样盯着小男生看，奶声奶气地问他：“你是男生还是女生啊？你咋长得那么好看呢？”

小男孩吓得低下头，唯唯诺诺地说：“我是男生。”

“那你叫什么名字？”安好继续追问。

小男孩说：“我叫杜子同。”

“啥？肚子痛？哈哈哈！”安好笑得直不起腰。

小男孩不好意思地抬起头，温柔地说：“我妈妈在家叫我‘同同’，你叫啥？”

安好努力憋住不笑：“我叫安好。我妈妈叫我‘好’。”

子同挠了挠头说：“那我叫你‘安安’好吧？”

自从和子同同桌后，安好每天都很期待上幼儿园。

一到幼儿园她就像跟屁虫一样，黏着子同。

两人一起唱歌跳舞、做游戏、玩过家家，甚至就连上厕所也手牵手一起，到了男女厕所的门口，再恋恋不舍地分开。

放学后，两人也是一起做伴回家，每次走到自己家，安好就会想尽各种办法让子同去她家吃饭，当然有时候她也会厚着脸皮跟着子同去他家吃饭。

一来二去，两家就熟了。每次两人一起手牵手回来时，邻居王大娘就打趣："你看你俩腻歪得就像小两口一样。子同，让好长大了给你当媳妇行不？"

子同爽快地说："好啊！"

然后安好伸出小拇指说："那我们拉钩上吊，一百年不许变。谁变，谁是小狗！"

每每此时，安好妈妈都哭笑不得地戳安好的额头："姑娘家家的，也不知道羞羞，才多大就想着嫁人。"

王大娘笑着说："好她妈，小孩子懂啥，再说这么俊的小伙子你还不高兴啊？要是我，肯定乐得晚上做梦都会笑醒呢！"

安好妈白了王大娘一眼说："她大娘，你家没有姑娘你才会那么说，等你有了姑娘，看你舍得不！我就这一个宝贝闺女，可得养着，不能年纪轻轻就被不怀好意的臭小子骗走了啊！"

安好和子同觉得大人间的谈话特别没意思，就知道逗小孩玩，而且同样的问题，天天问，不觉得烦吗？

3

多年以后，安好想起童年的事情，她自己也纳闷，为什么才 4 岁就知道喜欢男生。而且从幼儿园到大学毕业，她一直坚定不移地认为，自己长大后一定会嫁给杜子同。

说来两人也是缘分不浅，幼儿园、小学、初中、高中竟然都在同一所学校，而且还是同班级。

从幼儿园到小学毕业，一直都是安好在罩着杜子同，因为安好不仅个子比子同高一头，而且脾气火暴，就像呛人的小辣椒一样，没人敢惹，就连调皮的男同学都忌惮她三分！

杜子同长得白净瘦弱，内向安静，总是会被班里调皮的男生欺负。

有一次，他被围追堵截到男生厕所，闭上眼睛等着拳林踹雨降临时，突然，安好出现在男生厕所门口，大喝一声："你们想干吗？不许欺负他！爷爷我告诉你们，杜子同是我的人，你们谁都不许欺负他，欺负他就是和我过不去，爷爷我必定不会轻饶你们！我这就去告诉老师，把你们的屁股打开花，打 110，让警察叔叔通通把你们抓走！"

那些男生被安好强大的气场给震住了，他们悻悻而去，留下杜子同一个人惊慌失措地看着安好。

安好一脸淡定地走进男厕所，弯下腰把子同拉起来，在同学们惊诧的眼光下，扶着他走进教室。

从那以后，同学们给安好起了个霸气侧漏的外号"安爷"！

整个小学期间，在安好的庇护下，子同竟也安稳毕业。

升初中后，安好仍然和子同在同一班级，初一下学期，还做了一段时间的同桌。安好表面上调侃子同阴魂不散，其实内心深处却暗自窃喜，莫非这就是传说中的缘分？那么大的县城，十几所中学，竟然还能和子同分在一个学校、一个班级，而且还能有幸做同桌。

"席慕蓉说，前世 500 次的回眸，换来今生一次的擦肩。那我俩如此孽缘，前世肯定啥也没干，光顾着回头望对方了。估计脖子都扭断了吧！”安好嬉皮笑脸地对子同说。

子同抬起头正好看到安好眼睛直勾勾地盯着他看，嗖的一下子，脸红到了脖子根。

安好顿时心花怒放，这小子果然对我有意思。

4

情窦初开的年龄，安好对子同的感情慢慢地发生了化学变化。虽然小时候经常打打闹闹，口无遮拦地开玩笑，但现在开朗外向、大大咧咧的女汉子安好，在谈起子同的时候，居然也会扭捏起来。

是的！安好喜欢上了子同，而她也坚信子同对自己的感情也超越了友谊。安好虽然胆大，无所畏惧，但毕竟是心思细腻的女孩子，感情这种事儿，她还是希望子同主动一些。

然而，子同性格内向，胆小如鼠，一直不敢向安好表白，只是默默地对她好，帮大大咧咧的她整理书桌，买好早餐，偶尔替她抄抄作业，放学的时候，陪她一起回家。

在很多同学眼里，两人俨然是一对小情侣，只是没有人捅开那层窗户纸。

终于有一天，子同在哥们儿的怂恿下，给安好留了张小纸条：放学后，老地方见，我有重要的事和你说。

安好收到那张小纸条，心里就像揣了只兔子，怦怦跳个不停，她心想：莫非这榆木疙瘩终于想开了，要向我表白？

自从安好收到小纸条后就感觉度日如年，她总觉得老师讲课就好像按了缓慢键，急死她了。

终于熬到了放学，安好和子同一前一后走出了校门，一路上，两人非常沉默，没有说一句话。来到每天经过的小树林，子同突然鼓足勇气，停下脚步，转过身，声音急促地对安好说：“安好，我喜欢你很久了，咱俩处对象好不好？”

尽管安好已经做好心理准备，但她还是被子同突如其来的表达吓得低下了头，宛如娇羞的水莲花，白皙的脸庞泛起了红晕：“我……我还小，我妈妈说……我要敢早恋，打断我的腿。”

子同非常失落地“哦”了一声，然后头也不回地大步离开，留下安好一个人，失落地站在原地。

子同走远后，安好忍不住给了自己两巴掌，明明喜欢他那么多年，为什么要拒绝？如果他真心喜欢我，一定会等着我。安好自我安慰。

第二天，一大早，子同没有像往常一样叫安好去上学，害得安好差点迟到。等到她急匆匆赶到学校时，却惊奇地发现子同牵着一个女生的手，大摇大摆地招摇过市。

看到安好向自己走过来时，子同猛地松开女生的手，不好意思地低下了头，没想到那个女生又故意牵起子同的手，一脸骄傲地在安好面前晃了两下。

安好强压住心底的怒火，目不斜视，假装不经意地在两个人面前走过去，心里却在滴血。她不停地问自己：这是为什么？明明昨天刚刚和我表白，怎么今天就和别人勾搭上了？

整整一天，安好都大脑一片空白，她时而目光呆滞地看着黑板，时而扭头看看奋笔疾书不停写肉麻小纸条的子同。

终于熬到放学，安好拿起书包，冲出教室，一路狂奔，一边跑，眼泪止不住地流。

跑到昨天子同向她表白的小树林时，她忍不住蹲在地上号啕大哭。没一会儿，安好的朋友们闻讯赶来，七嘴八舌地安慰她。

“杜子同太过分了，明明喜欢你，为什么要和那个丑女在一起？”

“就是，杜子同眼瞎了吗？那个聂倩有什么好的？无论是身材、长相还是学习成绩，咱家安好都甩她好几条大街好吧？”

“嗯！肯定是聂倩施了狐媚术，勾引的杜子同！”

安好突然擦干眼泪，抬起头，一字一顿地说：“我要追回杜子同，我喜欢了他好几年，不能就这么轻易放弃。”

5

安好几乎一夜未睡，精心谋划了一个惊心动魄的夺爱计划。

当她一本正经地把这个计划告诉自己铁哥们儿并寻求帮助时，那些平时看起来大大咧咧的坏小子突然认㞞了。

他们一个个把头摇成拨浪鼓：“安爷这事咱们要不要从长计议啊？绑架欸！搞不好会坐牢的！”

安好一脸鄙视地望着他们：“平时一个个不是都挺厉害的吗？怎么关键时候掉链子啊！你们不去拉倒，姑奶奶我自己去！誓死捍卫我的爱情！”

估计他们被安好强大的气场震慑到了，立马热血澎湃地表示为安好两肋插刀。

第二天下午放学后，安好和几个铁哥们儿租了一辆面包车，在学校不远处的小树林候着，他们略施小计，把聂倩和杜子同分开。

等到聂倩路过小树林时，安好和朋友们一拥而上，把她拖进面包车里，双手反绑起来。安好一边拿出锋利的小匕首，在聂倩面前晃来晃去，示意她不要乱叫，一边指使司机冲着荒无人烟的后山猛踩油门奔去。

聂倩被安好狰狞的面孔吓得腿都软了，她带着哭腔问：“安好，你想干吗？”

安好冷笑了一声：“识相的乖乖从杜子同身边离开，否则，我就在你小脸蛋上画朵花。我和杜子同青梅竹马，情投意合好几年，你凭啥勾引他？小小年纪不学好，万人嫌！”

聂倩一边吓得花容失色，一边破口大骂：“敢破姑奶奶的相，我咒你俩一辈子无法在一起。我看你古惑仔的电影看多了吧？还学人家绑架，真把自己当安爷了！”

安好强压住怒火说：“好！嘴硬是吧！你还有理了？我现在就下车，让老张他们把你带到沈阳，卖到窑子里去，到那里去大展拳脚吧！”

说着，安好示意司机停车，这就要起身下车。

聂倩吓坏了，慌忙说：“好！我答应你！

“不过，得让杜子同自己选择，他非要死乞白赖和我在一起，我也没办法。”

安好黑着脸说：“成交！现在我们就去找他。”

安好返回到小树林，派老张去请杜子同，并再三嘱咐他不要多嘴。

杜子同慌忙赶来时，聂倩就像抓住了救命稻草，大声喊：“子同哥哥，安好她绑架我，逼我离开你。”

安好粗暴地打断了她：“少废话！”然后又扭头对杜子同说，“今天咱们三个做个了结，你说，我和聂倩，你到底喜欢谁？”

杜子同被安好霸气侧漏的气场震慑住了。老实讲，这是他既爱又恨的地方。

他喜欢安好雷厉风行的做事风格，喜欢她的果断、直爽、坦率，不像聂倩矫揉造作，一张嘴就让人鸡皮疙瘩撒落一地。

但是他还有些忌惮安好一擦就着、不点还自燃的暴脾气。

这不，安好的大嗓门打断了他的思绪："你倒是说话啊！哑巴了？"

杜子同低下头唯唯诺诺地说："对不起，聂倩，我一直喜欢安好，前两天向她表白遭到拒绝，我以为她不喜欢我呢！所以……"

安好一脸得意地望着聂倩，大步流星地走到子同面前，和他深情相拥。

气得聂倩牙根痒痒，她跺着脚悻悻地离开了。

6

因为早恋，安好的学习成绩一落千丈，子同依然是优质学霸，为了能和他一同考入重点高中，安好不顾父母的反对，毅然决然进了美术特长班。

或许安好天生就有绘画天分，她虽然是班里学画最晚的，但中考时却以美术专业第一的优异成绩考进重点高中。

升入高中后，安好和杜子同分别进了不同的班。安好继续在美术特长班，子同则在学霸云集的优等班。

子同没事就往安好他们画室跑，安安静静坐在安好的画架旁边看书。

一看到安好画水粉的水桶和调色板污浊不堪，就赶紧拿去厕所帮她清洗，然后换一桶清水。低头看书看累了，就帮安好削铅笔，从 1H 到 8B 一口气可以削十几支。

安好一说肚子饿了，子同就以百米冲刺般的速度奔向食堂，打包安好最爱吃的炸火烧、炸豆腐和辣椒煎酿，外带一杯热豆浆。

两人爱得如此高调，没少进级部主任的办公室挨训，头顶寸草不生的主任恨铁不成钢地对子同说："杜子同，你是老师最引以为傲的学生，怎么可以和美术班的那群二流子天天厮混在一起？你现在还小，谈啥恋爱，等你考上清华或北大，有多少品学兼优的美女等着你呢！"

尽管老师再三阻挠，子同还是雷打不动地往安好画室里钻，搞得画室里的小姑娘羡慕得口水直流。

高二下学期，安好他们画室到沈阳去考前辅导集训美术，为高考做准备。

安好和子同开始短暂的分离，一到周末，子同就会坐着绿皮火车去沈阳看安好，带她去吃好吃的。

考试前夕，正好赶上子同生日，安好和他煲过电话粥后，突然非常想念他，便买了张火车票赶回去看子同，想给他一个惊喜。

以前安好他们来沈阳进行考前辅导，都是学校给安排的大巴车，干净卫生，又非常舒适。

第一次在拥挤得令人窒息的车厢里站了 12 个小时，她忍受着烟味、屁味、劣质香水味、臭脚丫味和汗臭味交杂在一起的味道，几近崩溃。她想，从小娇生惯养的杜子同是怎么忍受这种一周来回两次的慢车车厢的？

那一刻她非常庆幸，自己当年鼓足勇气从聂倩手里抢过杜子同。

她觉得像自己这种一擦就着、不点就自燃的火暴脾气，碰上好好先生杜子同，简直就是前世修来的福气。

7

不知道是不是早恋的缘故，杜子同和安好高考双双失利。

安好无奈下，去了海南岛的一所专科学校，而杜子同考进了沈阳一个三流大学，两人开始了长达 4 年的异地恋。

和所有的异地恋情侣一样，安好和子同慰藉相思之苦的方法就是煲电话粥。为了能买个电脑，方便和杜子同 QQ 视频，安好大一上学期就开始串宿舍推销雅芳化妆品，终于在大一下学期攒够了买电脑的钱。

安装好电脑，登录上 QQ，迫不及待地点开杜子同的 QQ 头像，安好怅然若失地发现他压根没在线。

突然，安好神秘兮兮地问我：想不想看看我们家杜子同的照片？贼拉帅！

我一脸八卦地凑过去：赶紧点开 QQ 空间让我看看。满怀着激动的心情，点开杜子同的相册，首先映入眼帘的却是一个浓妆艳抹、气质非主流的女孩照片。天生没有眼力见儿的我，还不知死活地指着照片问："这女的是谁？庸脂俗粉啊！"

安好气得脸都绿了，她暴跳如雷，甚至想砸电脑，我赶紧抱住她，不停地劝慰道："冷静点，这可是咱新买的电脑，花了你一个学期的血汗钱啊！"

安好突然坐在地上哭了，边哭边骂："聂倩，你竟然明目张胆地勾引我们家子同，还在 QQ 空间发照片向我示威，气死我了。"

后来，安好拨通了子同的电话，大声质问他："空间照片是怎么回事？"

两个人为这事在电话里吵了一晚上，当时我还在想，有钱就是任性，都不心疼电话费啊！

深夜2点，安好晃醒熟睡的我，声音嘶哑地说："杜子同说，都是聂倩盗了他的QQ密码，偷偷往空间里传的照片。"

我迷迷糊糊地"嗯"了一声。

安好长叹了一口气，转身睡去。

从那天开始，安好和杜子同时不时就在电话里没完没了地吵架。

每次都是因为那个聂倩。

说来这个聂倩还真是脸皮厚，没事就去给子同留言：

"这个男人是我的！"

"我们是彼此的初恋哦！"

"初恋"这俩字惹毛了安好，毫无例外，又是冲着杜子同一阵狂风暴雨。

大学期间，安好和子同分分合合无数次，每次一开学两人就会在电话里没完没了地争吵，然后开始冷战。安好化悲痛为力量，把所有的精力放在推销化妆品上，她人长得漂亮，头脑聪明，口才又好，一个月轻轻松松可以赚几千块钱，对于穷学生来说，安好简直就是小富婆。

读大学时，宿舍里好几对异地恋情侣，对于姑娘们来说，最幸福的莫过于，男朋友在"五一"或"十一"小长假不远万里来看她们。

大学期间杜子同从来没有来看过安好。

或许是聂倩的再次出现，让安好非常有危机感，每次放假都是她坐飞机回去看子同，她的脾气也温柔了很多。

8

大学毕业时，安好和子同为了去哪里发展起了争执。

子同觉得老家人脉广，资源丰富，生活安逸，他想让安好回沈阳，早早结婚生孩子。

安好认为趁着年轻有股闯劲，应该去北京拼搏几年，那时安好的舅舅在北京，是一家外企的副总，他在公司为安好保留了职位。

安好是一个骄傲的姑娘，她不想为了爱情丢掉自己的梦想，于是她去了北京。

去了北京不到半年，安好听同学说，聂倩和杜子同名正言顺地在一起，还同居了。

为了 20 年的感情，安好不顾舅舅反对辞掉了工作，回了沈阳。

安好本以为，她放弃梦想，丢掉骄傲，改掉臭脾气，可以再次夺回杜子同。

这次她发现自己错了，这些年来，聂倩真的修炼成高手了，她根本不是聂倩的对手。

心如死灰、伤痕累累的安好，一个人逃到大连，默默地治愈心底创伤。

舅舅每次打电话都骂她，不就是失个恋吗，至于把自己的前途都搭上吗？

其实我也不理解安好为什么执意留在举目无亲的大连，在北京有舅舅的帮助，她的事业会顺风顺水，干得好了，不愁找不到如意郎君。

安好苦笑着说：大连离杜子同近啊！如果他有一天想开了，很快就能找到我。

安好这一等，就是 4 年。

4 年间，安好就像一只刺猬，拒绝任何男人靠近。

其实第 2 年时，杜子同曾经来找过安好，表示想在大连找份工作。

安好看着这个自己喜欢了 20 多年的男人，突然觉得很陌生，她甚至有些怀疑，身边这个男人到底爱不爱自己，如果真的爱，为什么还和别的女人纠缠不清？

一想到杜子同曾经和聂倩那样的庸脂俗粉赤身裸体地缠绵在一起，安好就像吃了苍蝇一样感到恶心。

后来，安好在朋友那儿得知，杜子同之所以去大连，是因为聂倩勾搭上了官二代，把他踹了，所以他又想起了安好。

一脸骄傲的安好对杜子同说："你还是回沈阳做你安逸的公务员吧！这么多年过去了，我已经不爱你了。"

9

杜子同离开大连后，安好换了份新的工作，想要重新开始生活。

之后的很长一段时间， 差不多有 4 年，安好打定了主意要自己一个人过。

经历了那场长达 25 年的虐恋后，她不愿意再相信任何男人，也不知道该怎么去和一个男人相处。

当铁了心要单身的时候，日子其实过得挺安静，安好每天只想赚足够的钱，过自己想要的生活，买大房子，供妹妹读书，休假时筹划着来一场说走就走的旅行。

4 年过去了，安好升了职，在海边买了大房子，供妹妹读完了大学，出差之余，几乎走遍了全国，还去了好几个国家旅游。

这样的生活让安好觉得很踏实，所有的东西都在自己的掌控内。

曾经一度，安好以为自己会如此安逸地过一辈子单身贵族的生活。

后来一个老实巴交的南方小伙子跌跌撞撞地闯进安好的生活。

温阳是安好的同事，两个人虽然都在公司待了 4 年，但平时工作上很少有交集。

3 年前在公司的年会上，温阳对美丽而落寞的安好一见钟情，在同事那里，温阳知道了安好曾经有一段刻骨铭心却痛苦不堪的过去。

他知道那段感情几乎耗尽了安好所有的力气，她很受伤，以至于不愿意再相信感情。

他一直以朋友的身份默默关心安好，为了引起安好注意，他没事就来找安好借纸借笔；在外地出差的时候，打电话让安好帮他查乘车路线；一回到公司就找各种理由，来安好的部门溜达，假装不经意跟安好说话，想办法在同事那里打听安好的喜好。

听说安好喜欢吃酸的，温阳经常做罐头送给安好，拿手指一个个抠山楂核，然后腌制好了，给安好送去。

为了不让安好觉得有负担，他每次都说：我喜欢你，是我一个人的事情，不求回报，只想默默地对你好。

今年初冬，安好从南方出差回到大连，一直爱美的她，踩着 10 厘米的高跟鞋，腿都要断了。

今年冬天格外冷，大连早早下起了鹅毛大雪，安好出差前还是明媚的艳阳天，她只穿了单鞋，没想到回大连那天，气温骤降，她感觉脚指头都要冻烂了。

下飞机后，安好接到温阳的电话，说在出口等着她。看到安好出来后，温阳递过一双特别土的大棉鞋说：“就知道你没穿棉鞋，赶紧换上吧！外面可冷了。”

那一刻，安好被感动得热泪盈眶。她想，和如此温暖的男人过一生，应该很幸福吧！她决定敞开心扉，尝试接受温阳。

10

经历过之前那段感情，安好突然不知道该怎么去谈恋爱，她总觉得一定是自己脾气太臭，不够温柔，太过强势，杜子同才投入聂倩的怀抱。

她和温阳刚开始的时候，总不停地强调：“我脾气不好，而且是个购物狂，特别败家，你说我要不要收敛一点啊？”

“不用啊，我就是喜欢你的直爽可爱，如果你改变太多，就是我的失败。”温阳一脸温柔地说。

两个人第一次去看电影，看安好已经追了 3 年而温阳一眼都没看过的《饥饿游戏 4》，温阳完全跟不上情节，然后在影院里睡着了。

被安好一巴掌拍醒后，温阳硬着头皮接着看。其实在选片的时候，安好明明再三表示愿意看其他影片，只因这是她的第一选择，温阳愿意陪着。

为了让安好有足够的安全感，自从谈恋爱后，温阳把银行卡以及所有社交软件的密码通通改成了安好的生日，并承诺以后买房买车都只写安好一个人的名字。他一脸天真地说，只要不犯原则性错误，这些东西都还是夫妻共有财产，所以写不写他的名字无所谓。

只要不出差，温阳会推掉所有的应酬，来陪安好。

他们两个住的地方南辕北辙。

温阳每天坐地铁换公交车，穿越大半个城，只为给不爱吃早餐的安好准备好早餐。

初冬，大连第一场大雪，周末安好早早去朋友家做客，晚上温阳去她回家。安好是个路痴，温阳在冰天雪地里被安好来回瞎指挥着走来走去，找了半个小时的路，却毫无怨言。

两人一碰面，满身雪花、冻得瑟瑟发抖的温阳嘴唇哆嗦着对安好说："你咋又穿那么少出门，冻感冒咋办？"说着就要脱外套。

安好摁住他的手，紧紧地抱住他，感动得说不出话。

安好热泪盈眶地对我说："亲爱的，我终于等到了那个对的人。"

"其实我也不懂得到底什么是对的人。

"我只知道，遇到对的人，磨合起来都没那么疼。因为他处处为我着想，以我为先，包容我的一切缺点。

"我们俩在一起虽然时间不长，但特别有默契，人生观、世界观和婚姻观都惊人地相似。

"我俩之前并没有什么轰轰烈烈、刻骨铭心，但我觉得，和他在一起特别安心。以前我最讨厌挤公交，一出门就打车，但现在，我特别喜欢和他在一起坐公交、挤地铁。虽然我们不说话，但只要手牵手，相视一笑，就觉得特别美好。"

真爱就是这样吧，无关年龄，无关恋爱史，毫无保留地接纳所有。你的过去，我来不及参与，你的未来，我一定奉陪到底。

其实幸福来多晚都没有关系，只要它是真的。

感情路不会一直放晴，但还好，风雨之后终于遇到你。

第五章

纵使青春留不住

手脚冰凉的姑娘没人爱

请对最亲密的人保持尊重和耐心

妈妈陪我漂

因为丑过

纵使青春留不住

手脚冰凉的姑娘没人爱

1

冷小暖绝对是我见过的最怕冷的姑娘。

冬天，一般爱美的女孩都是里面穿一件特别漂亮的打底衫或者是打底连衣裙，外面套一件薄薄的短款小棉袄，下面穿着黑色紧身打底裤，脚上蹬着一双时尚的高跟小短靴，整个人看起来纤细性感，美丽“冻”人。

每次在大街上看到这种穿着时尚的美女，冷小暖都会目不转睛地盯着人家，然后不可思议地说：“大冬天的露那么一大截胸，真的不会冷吗？”

我白了一眼穿得像个大企鹅的冷小暖：“你以为人家都像你一样怕冷。我就纳闷了，有那么冷吗？你天天把自己裹得像粽子一样，猴年马月能找到男朋友？”

冷小暖晃了晃自己厚重的无指手套，一本正经地说：“我真的超级怕冷的，每年冬天手脚都会生冻疮。小时候还在脸上、耳朵上生冻疮呢！医生说我是巨寒体质，四肢末端血液循环差，所以容易生冻疮。”

我惊得下巴都掉下来：“你天天穿那么厚，居然还说自己手脚生冻疮，真是一枚不折不扣的冷货。”

冷小暖到底有多怕冷呢？

一到冬天，她就开始不停地往身上加衣服，里面穿着秋衣秋裤，外面穿着三层保暖内衣，毛衣一律都是高领的，外面还得套件毛呢的马甲裙，下面穿着厚得令人发指的黑色紧身棉裤，脚上蹬着笨重的平底雪地棉靴，出门外面还得穿件快到脚踝的黑色长款羽绒服。除此外，棉手套、毛线围巾、棉帽子还有耳暖子，装备可真够齐全的，远远看上像只笨重的大黑熊。

最令我不能忍受的是，她厚厚的无指棉手套里面还要套一双手指分开的毛线手套。对于她的奇葩行为，冷小暖认真地解释道：“无指棉手套太厚重，拿小东西不方便，只戴毛线手套又容易生冻疮。”所以，她想出了个两全其美的好办法。

“是不是被我的聪明才智折服了？”冷小暖居然还得意扬扬，引以为傲。

我嗤之以鼻地说：“难怪你没有男朋友。想和你牵个手都好难！”

突然画风变了，刚刚还乐观开朗豁达的冷小暖，猛然间变成自怨自艾的恨嫁剩女：“不是都说男人喜欢身材骨感、勤俭持家的女人吗？为什么像我这样的好姑娘，偏偏没有男朋友呢？没有恋人的冬天好凄惨，冬天的节假日那么多，进了 12 月，一个接一个的热闹节日，让人觉得越发孤单。”

我笑着安慰她：“亲爱的，虽然你瘦，但看起来很胖啊。谁让你天天穿那么多？男人都有怜香惜玉的心态，那些穿着单薄而美丽，在寒风中冻得瑟瑟发抖的弱女子，会勾起他们的保护欲，让他们情不自禁想要拥入怀中，给予温暖。”

所以，想要在冬天脱单，首先要脱掉几件衣服。

2

经我点拨，冷小暖果断地脱掉了高领毛衣和三层保暖，换上了时下最流行的娃娃领小白裙，外面套上明黄色短款小棉袄，原来臃肿的大棉裤也换上了薄薄的紧身打底裤，笨重的雪地棉靴也被轻巧时尚的高跟小短靴替代。

换装后的冷小暖让我惊艳不已，笨重的大企鹅华丽蜕变成纤细性感的妙龄女郎。看着冷小暖在室内都冻得瑟瑟发抖，嘴唇乌青，那一刻，我真的理解，原来她真的很怕冷。

冷小暖嘴唇哆嗦了好久，颤颤地吐出一句话：“穿成这样出去，我会冻成……冰棍的。”

我握住她冰凉的手说：“小暖，别怕，有了男朋友就不冷了，他会时常牵着你的手，还会绅士十足地把自己的外套脱下来套在你身上，然后温柔地拥你入怀。这就是黎明前的黑暗，只要咬牙挺过去，你就会看到幸福的曙光向你招手。”

就这样，在我的鼓励下，冷小暖穿着这身时尚性感却又不失明媚清新的衣服去见了暗恋多年的男神。

小暖的这位男神，是一位高冷的帅哥。其帅其冷，一点都不亚于“国民上仙”——白子画。难怪冷小暖会暗恋他这么多年，原来每个单身的人心里都住着一个不可能的人。

看着小暖一直饱受单相思的困扰，我气不打一处来，既然喜欢，就去勾搭一下嘛！没准对方也对你有意思呢！

苦口婆心劝说了她好多年，26 岁的冷小暖终于鼓足勇气勾搭了一下男神。

令冷小暖惊喜不已的是，男神居然对自己印象特别深刻。因为高中时期，冷小暖作文写得特别好，经常被语文老师们当作范文朗读。毕业后，冷小暖也经常在微博和微信朋友圈写一些情感小文。

男神居然是冷小暖的忠实读者，两个人在微博和微信朋友圈互动频繁，相谈甚欢。

于是两人毫无悬念地有了一次约会。

那天是正好是元旦，零下 19 摄氏度，天冷得出奇。小暖出门的时候，刚洗了头发，怕男神等得着急，没等头发完全吹干，她就急匆匆出了门。

望穿秋水等了半个小时，男神姗姗来迟，依然是帅气十足的高冷范。可怜的小暖已然冻成一座冰雕，一阵北风刮来，刺骨的寒气从脑仁直入心扉。

男神就这样带着冻得僵硬的小暖在大街上轧马路。有好几次，她都很想说："要不我们找个地方坐会儿喝杯热茶吧？"每次一抬头，看到男神英俊的侧脸，都情不自禁地把到嘴边的话咽了回去。

突然小暖觉得浑身奇痒无比，只见男神花容失色："天哪！小暖，你脖子里怎么了？密密麻麻都是红疹。"

小暖赶紧找了最近的洗手间，掀开衣服一看，满身满腿都是密密麻麻的红疹，吓得小暖哭着给我打电话："我该不会得什么绝症了吧？"

我安慰她："别怕，可能是受了风寒，赶紧去医院看看！"

男神带着惊慌失措的小暖到了最近的医院，医生看着小暖满身的红疹和冻成冰碴的发尾，一脸怒气地问她："来例假了？今天这么冷，你还穿这么少，不知道女性在生理期最脆弱吗？出门前洗了头发也没吹干？你看都冻成冰碴了，不感染风疹病毒才怪呢！你们这些小姑娘家家的，就知道要风度不要温度，等老了就等着浑身净是病吧！”

男神小心翼翼地打断喋喋不休的医生：“医生，她这到底怎么回事？这些疹子怎么才能消下去，能彻底治好吗？以后会不会遗传给孩子？”

医生白了一眼男神：“你是她男朋友？你怎么能让她穿这么少出门呢？她本身就是巨寒体质，天生怕冷，还穿那么少，你看手指头都冻肿了。我先给开点药看看吧！如果明天红疹还不消，再来找我打点滴。回去给她煮点生姜红糖水，趁热喝下去，出点汗，排排风毒。至于以后的事么，谁也说不准，这就要看她自己的体质变化了。”

那天男神把小暖送回家以后，就玩起了失踪，电话不接，微信和短消息也不回。

小暖不死心，一遍又一遍地拨打男神的电话，每次都是冰冷的声音——“您所拨打的电话暂时不方便接听”。

小暖非常失落地问我：“你说男神是不是把我加入黑名单了？”

我有些愧疚地对她说：“死心吧姑娘，男神显然是被你的风疹吓到了，担心你以后遗传给孩子呢。世上好男人千千万，别在一棵树上吊死了，可以到附近的树上试试。”

3

失恋后的小暖，一直很颓废，风疹竟然反反复复也不见好。小暖非常担忧地问我：“我这风疹该不会真的无法痊愈吧？万一以后所有的男人都嫌弃我咋办？”

我安慰她：“别怕，真正爱你的男人是不会嫌弃你的，你那么好，一定会遇到真心爱你的男人。”

我一直觉得小暖的风疹和失恋与我有脱不开的干系，我居然出馊主意，让天生怕冷的她穿那么少去约会。

我们只有在爱情面前勇敢地表达真实的自己，才有可能收获真正的爱情！如果一开始就为了讨好对方，委曲求全，那么这样的爱情必然不会长久。

为了弥补自己的过失，抚慰小暖受伤的心灵，我把身边的优质暖男夏焱介绍给小暖认识。

小暖和夏焱起初一直在 QQ 上聊天，那时候微信还没有如此发达，念旧的小暖还用着老牌诺基亚，就是键盘小得像米粒的那款，还不能连接 WiFi，每个月 10 块钱 70 兆流量，小暖都用它拿来聊 QQ。

经过和男神刚一开始就夭折的恋爱后，小暖变得有些神经兮兮。她始终不肯和夏焱见面，还不停地在 QQ 上揭自己的短。

小暖：我皮肤特别黑，你别看照片上挺白的，那都是 PS 的。

夏焱：没关系，我也挺黑的，再说了，皮肤黑了健康嘛！现在流行小麦色。

小暖：我胸可小了，江湖人称“太平公主”。

夏焱：胸大胸小无所谓，只要能生孩子、喂奶就行，再说我是“美腿控”。

小暖：我的脚巨大，巨丑无比，还有大脚骨，穿 41 码的鞋，所以我是穿不了高跟鞋的。

夏焱：脚大走四方嘛！我觉得女孩子冬天穿毛茸茸的雪地棉靴特别可爱，最好再穿上窄窄的紧身牛仔裤，简直就是绝配！

说到这里，小暖已然被夏焱莫名地感动到了。是啊！一个丝毫不嫌弃自己缺陷的人，应该值得托付终身吧！

对！就像心灵鸡汤说的一样：如果你不能接受最差的我，你就不配拥有最好的我！

她一直纠结要不要把自己经常起风疹的事告诉夏焱。她鼓足勇气，话到嘴边却情不自禁地变成：我超级怕冷的，一到冬天手脚就容易生冻疮。

夏焱：怕冷，手脚容易生冻疮，都是因为四肢末梢血液循环不好，只要你跟着我经常锻炼，一切都会好起来的。

就这样冷小暖被夏焱的一席话感动得一塌糊涂，终于答应了他第一次约会的邀请。

4

两人见面时正好是大年初五，天气已经逐渐暖和，在我的建议下，小暖还是穿着和男神第一次约会的衣服去了。

虽然小暖很怕冷，但那样的穿着打扮真的很吸引男人，就连男神都赞不绝口。

小暖和夏焱都超级喜欢唱歌，两人第一次见面约在 KTV，竟然唱了整整一下午。

看小暖穿得单薄，KTV 的暖气不够热，夏焱又把空调打开并调到 28 摄氏度。出来的时候，外面已经黑天，一阵寒风吹来，小暖不禁打了个喷嚏。夏焱赶紧把自己的外套脱下来披在小暖身上，而他自己里面只穿了一件白衬衫。

到了饭店，一推开门，一股热流袭来，小暖突然觉得浑身一阵瘙痒，她心想，坏了，该不会乍冷乍热的，这风疹又犯了吧！

果不其然，只听夏焱惊呼："你脖子里怎么了，有密密麻麻的红疹子。"

小暖努力挤出一丝微笑说："没事儿，那是风疹，吃点药就好了。可能刚刚一冷一热的，皮肤有些敏感。"

夏焱非常着急地说："那我带你去看医生！"

小暖慌忙说："不用了，以前也起过，回家吃点药就好了。"

小暖执意不肯看医生，夏焱只好把她送回家去。

回到家，小暖一照镜子吓得哇的一声就哭了，红色的疹子密密麻麻长满了全脸。

小暖哭着赶紧给我打电话，我撂下电话飞奔到她家，带她去打点滴。

小暖忧心忡忡地问："夏焱该不会被我满脸的红疹吓跑了吧？"

我安慰她，如果他对你一见钟情，应该不会嫌弃你的。说完我就后悔了，一见钟情的概率多小！

那天晚上夏焱也没有给小暖打电话询问病情，小暖非常失落。为了安慰她，我留下来陪她。

第二天一大早，夏焱顶着俩大黑眼圈，怀里抱着一个保温食盒来敲门。

一进来就像放鞭炮一样噼里啪啦地说："小暖，你没事吧？别担心，这个风疹就是体质太弱，身体抵抗力差，所以才容易对寒风过敏，只要经常锻炼身体，饮食上多加注意，就会痊愈的。我在网上看了，小米粥特别有营养，这不给你熬了一点，你赶紧趁热喝。"

小暖看到夏焱，先是惊讶，听他说完这席话后，感动得一时间竟然说不出话来。

夏焱像变戏法一样从口袋里拿出两根跳绳：“以后每天下班后，我来陪你跳绳，给你熬小米粥好不好？”

小暖眼里含着泪水，努力点了点头。

就这样在夏焱的陪伴下，小暖每天开始锻炼身体，早上夏焱陪她晨跑，晚上陪她打羽毛球或者跳绳，小暖手脚上的冻疮很快痊愈了，手脚也不再像以前一样冰凉。春天风大，且天气干燥，是最容易过敏的季节，她的风疹竟然也没复发。

夏焱每天变着花样熬各种粥，搭配上清爽可口的青菜，骨感的小暖逐渐变得圆润起来。

冬天的时候，小暖依然穿得像企鹅，只是不再戴两层手套，因为她的手始终握在夏焱温暖的大手里。从那年冬天起，小暖的手脚没再生冻疮。

都说手脚冰凉的姑娘没人疼没人爱，其实只是还没有遇到那个对的人而已。

请对最亲密的人保持尊重和耐心

前段时间朋友和我吐槽："你知道吗？这几天我的小心脏特别受伤。我费尽人力、物力、财力帮了好朋友一个特别大的忙，结果，你猜怎么着？这丫的，从头到尾连个'谢'字都没说。居然还开玩笑说我办事拖字诀。我顿时就觉得我那火热的小心脏被泼了一盆冰水，瞬间结冰，透心凉。好歹，咱也是自掏腰包，动用各路人脉关系，费劲巴拉地帮了他那么大一个忙，不求他感恩戴德，最起码得冲我说声'谢谢'吧！"

我安慰他说："可能他觉得和你关系很铁，说'谢谢'太见外了吧！你不也说，是开玩笑说你拖字诀吗？"

朋友一脸委屈地说道："可弗洛伊德说过，没有所谓玩笑，所有的玩笑都有认真的成分。再说那句'谢谢'是对我最起码的尊重，也是对我这么些天来不辞辛苦地东奔西走的一个肯定啊！他倒好！一个拖字诀，就否定了我这几天的辛苦劳动。一句'谢谢'而已，既不费事，又不费钱，张张嘴而已，为毛要这么吝啬啊！你要知道，一句'谢谢'就可以让我的心暖暖的，现在倒好，把我憋成内伤。你说，到底是我太矫情，事儿太多，还是我那个朋友太不懂事儿啊？"

我继续安慰他："可能你的朋友犯了我们大家都很容易犯的一个错误，就是对陌生人太客气，而对亲密的人太苛刻。

"譬如，我们平时不顺心的时候，不也会对父母大声嚷嚷，不停抱怨，甚至发脾气吗？比起你对朋友的帮助来，父母可是含辛茹苦地把我们养大成人，可是我们又有谁会在父母做好饭的时候说声'谢谢，您辛苦了'？大多数时候都抱怨，菜炒咸了，油放多了。试想一下，父母听了这些抱怨该多伤心啊！如果不骂我们两句，不也得憋成内伤，气到吐血啊！"

朋友若有所思地点了点头。

不久前，一个经常在朋友圈晒幸福的女性朋友，突然淡出朋友圈，偶尔也会在凌晨两三点发出"上钩的鱼不用喂诱饵，结婚的男人不献殷勤"这样的感慨。

再次和她联系时，朋友却大倒苦水说想要离婚。我大吃一惊："为什么啊？你老公对你那么好，为什么要离婚啊？"

朋友一脸诧异地问："他对我哪儿好了？"

我如数家珍地和她一一道来："你喜欢吃苹果，他会洗干净，去皮，切成小块，插上牙签，送到你的嘴边；你俩认识这几年来，你连手机充电器都不知道放哪儿，但手机始终满格电；他会在你们结婚纪念日的时候，把你们的合影和发过的短信息及 QQ 聊天记录打印出来，装订成书，送给你当礼物……这么好的男人，看得我们各种羡慕嫉妒恨，你怎么还舍得和他离婚呢？"

朋友惊得下巴都掉下来了："这些事你怎么知道的，有些我都不记得了，你咋还记那么清楚？"

我微微一笑："你啊！以前可是喜欢晒幸福刷屏的。我嘛！不好意思职业病，看书向来一目十行，过目不忘！"

朋友叹了口气："你不提以前这些事还好，一想起以前那些种种，就觉得我老公现在特别浑蛋。当初追我的时候，诚心诚意、体贴入微，不惜时间、金钱，使出十八般武艺，只要能用的全都用上了——竭尽所能，拼命讨好我。现在倒好，就知道挑我的刺。嫌我天天打电话发信息太黏他，动不动就抱怨我洗的衣服不干净、炒的菜太咸、做的饭太硬，真是气死我了。结婚前还假惺惺地说：'我会让你做高高在上的女王，绝对不会让你做洗衣煮饭的女佣。'"

我安慰她说："男人都是这样的，你自己不也悟明白了，'上钩的鱼不用喂诱饵，结婚的男人不献殷勤'。"

"可是最令我不能忍受的是，他现在对我居然还不如他的女下属好，他会亲自为女下属煮咖啡，还请她去吃法国大餐。和女下属在一起就各种活跃健谈、风趣幽默，回到家，就成了自闭症患者，整天捧着手机划拉，把我当成空气，对我的话充耳不闻，或斥喝闭嘴。他肯定是出轨了，爱上了女下属，我一定要和他离婚！"

当然朋友的老公也很委屈："结婚前，她那么温柔体贴，现在动辄就河东狮吼，居然还偷偷翻看我的手机，查看我的微信聊天记录，简直不可理喻，无理取闹。我们团队的女同事拿了公司销售冠军，直接帮助我升职加薪，我请人家喝杯咖啡，吃顿饭，不是人之常情吗？她至于上纲上线地说我出轨，还要死要活地离婚吗？"

"那你想要和她离婚吗？"我问他。

"当然不想，鬼才想要离婚。"

"那你就应该改变对她的态度。你回想一下，是不是因为你对她失去了最初的耐心和尊重，她才会无理取闹的。其实爱情、婚姻和女人一样，就像一朵娇艳的花，你用心呵护她，不断地给她浇水、施肥、剪枝、晒太阳，她才会盛开得美丽动人；如果你对她不管不问，懒得搭理，她自然就会枯萎，不是吗？”

我们最大的错误就是把最差的脾气和最糟糕的一面都给了最熟悉和最亲密的人，却把耐心和宽容给了陌生人。对待最亲密的人，我们习惯成自然地不懂礼貌，不会温柔，忘记感恩，不是大呼小叫，不停抱怨，就是懒得搭理。因为太过熟悉了，不知珍惜，而慢慢失去了应有的耐心和尊重。这实在是极为错误的心态。

对！即使对最亲密的人也要保持应有的尊重、礼貌和耐心。这是一个人成熟的标志。

突然想起一对七八十岁的老夫妻，虽然儿女们都非常孝顺，每个月都会给他们不菲的赡养费，但是他们却坚决不和儿女们住在一起。起初他们会说，人老了，跟年轻人的很多想法和生活习惯都不一样，住在一起麻烦，还是分开住比较舒服自在。

有一天，老人不经意间吐露真情：“儿女们都很好，也很孝顺，但是总觉得在他们面前就像犯了错误的孩子，总害怕他们会像教育孩子一样教育我们‘为什么睡觉之前不刷牙，嘴都臭死了’‘为什么不爱洗澡，衣服领子都成黑的了’‘老年人不能吃太多肉和甜食，容易引起三高’。虽然我们都知道，孩子们是为了我们好，但是有时候看，像训孩子一样教育我们，就是心里不舒服。”其实老人的儿女们的初衷都是好的，只是有时候失去了应有的尊重和耐心，在沟通的时候忘记了照顾他们的自尊。

其实老人渴望得到爱的返养，不仅仅是丰厚的赡养费、价值不菲的衣服，他们还渴望得到子女的尊重和耐心对待，渴望你把他们当作拉着衣角不愿离开的小时候的你自己。如果可以，只有 10 年、20 年也好。

我们之所以会把最差的脾气和最糟糕的一面都给了最熟悉

和最亲密的人，是因为我们总觉得，最亲密的人，永远不会离开我们，即使我们犯了错，惹他们生气，他们也不会怪罪我们。事实上，不管是亲情、友情、爱情还是婚姻，都是易碎品，一旦出现过裂缝，便很难恢复原貌。即使最亲密的人，也会因为我们的不尊重和缺乏耐心而受到伤害。我们生命中每一个最熟悉、最亲密的爱人都值得我们用心去呵护。所以，无论如何，我们都应该对他们保持应有的尊重、礼貌和耐心。这不仅是高情商的表现，更是成年人的处世法则！

妈妈陪我漂

从小到大家里人一致认为，我长大后一定会走得很远。因为我不仅爱吃鸡翅膀，而且筷子还拿得很高。

在农村有个不成文的说法，那些喜欢吃鸡翅，拿筷子位置又很高的女孩，将来一定会嫁得很远。

可能是被大家说得多了，我似乎也认定了自己长大后一定要走出大山，看看外面的世界。

只是当时的我，没有想过，我走远后，妈妈怎么办？她想我时，电话是否能慰藉相思之苦？

那时我年轻，文艺且矫情，向往外面世界的精彩，自命不凡，心比天高，拼了命也要出去闯一闯。

考大学时，我选择了千里之外的海南岛。毕业后，满腔热血的我又马不停蹄地北漂，到处走南闯北，满脑子都是野心勃勃的梦想，居然没有想家的念头。

每次打电话，妈妈都说特别想我，想让我回家，她说只有我待在她身边她才安心。

终于 2010 年，我被妈妈逼回了小县城。妈妈使出了撒手锏，如果我执意在外面漂，那好，她陪我漂。

在那个生我养我的县城，日子虽然舒服安逸，但我似乎能看到自己四五十年以后的生活，这样的人生单调又乏味，不是我想要的。

我不快乐，依然渴望外面的世界，这一切妈妈都看在眼里，有时她会懊悔，为什么要把我逼回来。

2011年年初，认识我家先生时，除了妈妈外，几乎全家人都反对，大家反对的理由无非是，两家离得太远。小姨给妈妈列举了N条远嫁的代价。其中最令妈妈揪心的就是“嫁那么远，以后再想看到你宝贝闺女可就难喽”。

妈妈依然坚定不移地支持我，她不停地和家里人解释：现在交通那么发达，距离不是问题，他们小两口真要忙得没时间回来，我和她爸可以去看他们。遇到一个彼此喜欢的人不容易，我不想闺女遗憾终生。

和先生确定恋爱关系后，我决定去他的城市。当我做出这个决定后，家里炸开了锅。大姨再三告诫我：“情感专家陆琪说，异地恋只有男人放弃事业到女方城市，两个人才会有好的结局。只有这个男人甘愿放弃所有来找你，才能证明他真的爱你。”

可陆琪的话也并非爱情圣经。我在小县城，而先生在北京，明显是北京的发展机会比较多。而且，当时的我除了因为爱情，还有一个特别矫情的理由，我不想有一个一眼能望到底的人生。

我喜欢生活在别处的感觉，酸甜苦辣五味俱全。在路上的感觉，永远比在家的感觉要沧桑。尽管如此，我依然认为，行走比停留更有生命意义。

我走后，妈妈开始后悔。大姨说，妈妈每天晚上都辗转反侧，难以入眠。为了安慰妈妈，我经常给她打电话。

每次打电话，妈妈无一例外地谴责我先生把她宝贝闺女拐跑了，然后唉声叹气：跑那么远干什么，回来一趟那么难。在我身边多好，我可以天天见到你。

后来，我索性就不往家打电话了，省得尴尬。

有一天早上不到 6 点，我接到妈妈的信息：你最近怎么也不给我打电话？我都想你了。你是不是生我的气了？

我赶紧回拨电话，妈妈在那头叹息：我并不是故意针对他，其实谁娶你我都不放心，我多想让你一辈子陪在我身边。我不禁泪如雨下。

后来为了安慰妈妈，我想了一套自诩天衣无缝的说辞，我和先生之间的缘分是命中注定的，否则，天各一方的两个人怎么会相识相恋呢？如果我们是上天注定的缘分，即使全世界反对，我们依然会在一起。如果有缘无分，即使全世界都支持，我们仍旧会分手。

妈妈似乎想通了，不再纠结我是否远嫁的问题。

2012 年五一，先生带我回老家，妈妈和小姨一起随行。那是妈妈有生以来第一次出远门，第一次去遥远的大西北。为了给我们省钱，妈妈和小姨执意要坐火车。

看着妈妈紧紧地蜷缩在又窄又小的硬卧上，我心里就像打翻了五味瓶，特别不是滋味。妈妈似乎看透了我的想法，不停地安慰我，长那么大，也没出过小县城，真是托闺女的福了，可以出来看看外面的世界。

在先生家，语言不通，吃和住都极为不习惯。每天先生都偷偷带我出去吃好的，妈妈和小姨则在先生家火炕上翻来覆去地睡觉。

有一天，我和先生刚出大门，一回头我就看到妈妈趴在窗户上眼巴巴地看着我俩，眼里满是羡慕和不舍。那一刻我的心仿佛被什么东西刺了一下，隐隐作痛。

是啊！沉浸在热恋中的我，满眼都是先生，恨不得分分秒秒和他黏在一起，却看不到远在异乡做客的妈妈更需要我的陪伴和关心。

在回去的路上，妈妈再三告诫先生："不管你将来有多难，都不许把我闺女一个人扔在老家。无论是享福还是受罪，你都必须把她带在身边。"

先生慌忙不迭地点头："我肯定不会把她一个人扔在老家的，我也非常希望她能时刻陪在我身边。"

2013 年年初，我和先生有了爱的结晶。怀孕三个月的时候，我被查出患有中耳道胆脂瘤。胆脂瘤虽然是良性肿瘤，但是它会侵蚀耳骨，进而侵蚀脑颅骨。如果手术打麻药肯定会对孩子有影响。如果生完孩子再做手术，我有可能会失聪，甚至会有生命危险。

虽然我无比纠结，但还是坚定不移地选择保护孩子。妈妈一再劝我先做手术，孩子以后再要。我非常痛苦地告诉妈妈，这是我的孩子，他已经三个月了，我不想伤害他，一丝一毫都不想。

妈妈听了后非常难过，她说："可你是我的孩子，我也不想你受到一点伤害。"

第二天，妈妈一个人坐动车从老家赶到北京。那是她第一次一个人坐车出远门。

我问她："第一次，一个人坐车出远门害怕吗？"

妈妈笑着回答："不害怕，只要一想到马上就能见到我的宝贝女儿，我就一点也不害怕了。"

可能老天爷怜悯我，一直积德行善，老实巴交，没做过坏事，谢天谢地，最后确诊是外耳道胆脂瘤，可以不打麻药直接取出。当时疼得我哇哇大哭，看着我如此痛苦的样子，妈妈在一旁紧紧地攥着我的手，不禁泪眼婆娑。

做完手术后，妈妈见我瘦得皮包骨头，便决定留下来照顾我。那时我依然在上班，白天我和先生走后，就妈妈一个人在家。我很担心在人生地不熟的北京，妈妈会不会觉得无聊和无助。妈妈安慰我：“怎么会无聊呢？我白天去菜市场买买菜，给你们洗洗衣服，然后做好饭菜等你们下班，可充实呢！现在每天都能见到你，甭提有多高兴了。”

每天早上送我上班时，妈妈都无比心疼地望着我说：“我闺女好辛苦，挺着大肚子还得去上班赚钱，干脆我去替你上班吧！把你的工作都教给我。”

有一天晚上加班，工作刚做到一半，我接到妈妈的电话，妈妈在那头特别兴奋地说：“你快走到窗户前，往楼下看，我在你公司楼下等你呢！”

随着妈妈的声音，我看到妈妈瘦弱的身影艰难地穿梭在拥挤的王府井大街上。

我鼻子一酸，埋怨她：“大晚上的，你一个人跑王府井来干吗！万一迷路了咋办？”

妈妈笑着说：“我一个人在家无聊，出来转转，转着转着就转到你们公司楼下了。”

妈妈在说谎，她分明是担心我，因为从我们住的地方到王府井，坐地铁也要将近两个小时，而且要来回换好几次车。我难以想象，这一路走来妈妈用她那蹩脚的普通话问了多少人，才找到我们公司。

平时我妈妈最害怕坐地铁，因为她来北京第一次坐地铁下车的时候就被上车的人群又给堵了回去。还有一次下车时，我和先生费了九牛二虎之力才把妈妈从拥挤的人群中拽出来。

后来妈妈给小姨说，在北京坐地铁真是体力活，特别减肥！

整个孕期，妈妈对我呵护备至，每天给我变着花样做饭，在家什么活都不让我做。为缓解孕期脚肿，每天晚上给我打热水洗脚，出门帮我背包，坐地铁时搀扶着我，帮我找座位。

有时看着妈妈来回穿梭在拥挤的人群，用并不标准的普通话给别人解释我是一个孕妇，央求别人给我让个座，就觉得特别心酸。

怀孕十月，终于到了孩子呱呱落地的时刻。推我进手术室的那一刻，先生的双腿吓软了，后来让他陪产，瘫在凳子上死活站不起来了，妈妈只好进去陪产。

妈妈一进去就目不转睛地盯着医生，看得医生浑身不自在，医生无奈地说："求您别盯着我看了，我会非常认真地给您闺女接生的，您就放一百个心吧！"

孩子出生 10 天后，先生等到了千载难逢的创业机会。虽然我很希望他能陪在身边，但我也深知，机会来之不易，不想就此错过。为了让孩子和双方父母过得好一点，我选择无条件支持他。妈妈也不停地给先生宽心："你放心走吧！我会把她们娘俩照顾好的。出了满月，我就带她们回山东老家，有我在，你就放心吧！"

家里人强烈反对先生把我们娘仨丢在北京，一个人去南方创业，他们纷纷指责先生极为不负责任。

妈妈不停地和家里人解释：你们不知道在北京压力真的很大，每天上班只是挤地铁都让人崩溃，我真的不忍心让我闺女在压得人喘不过气的北京生活。

孩子刚出满月，我和妈妈长途跋涉地抱着孩子坐高铁回山东老家。在北京南站，我俩简直就是难民逃荒，我怀里抱着孩子，背上背着先生送我的大熊。妈妈身上也大包小包的一堆，真是叫天天不应，叫地地不灵，我第一次在妈妈眼里看到了绝望和崩溃。

看着妈妈满脸倦容，拖着疲惫的身体，吃力地提着那么多行李，在拥挤的北京南站一步步艰难地挪动，心里难过得只想大哭一场。在那一刻，我非常后悔，自己为什么要那么任性，让妈妈不停地随着我折腾，来回漂。只恨自己不能早日功成名就，让妈妈跟着我享清福。

如今又是离别在即，自从我买好票以后，妈妈的心里总是莫名地悲伤，忐忑不安。她担心先生工作太忙，顾不上我们娘俩，还担心我一个人带着孩子在陌生的城市会感到孤单、迷茫和无助。

妈妈一脸忧伤地看着我，不停地念叨："你们这一走，下一次回来也不知道是什么时候。"

我很想豪气十足地安慰她，现在交通那么发达，坐飞机也就几个小时的事，哪有那么难？

但是我始终没有说出口，因为我心里知道，其实，真的很难。

说到底我们都是普通人，繁忙的工作，需要照顾的老公和孩子，有时间的时候，缺钱，有钱的时候，又没时间，我们总是有各种牵绊在身，始终无法自由自主。

"父母在，不远游，游必有方。"已为人母的我如今才懂这句古训。

年少无知时，总想挣脱家的束缚，总是向往外面世界的精彩，却往往忽略外面世界的无奈。

从未想过我们离开后父母会是怎样的留恋和不舍。也从未想过，如果父母生病了，我们却都不能陪在身边，那谁来照顾他们呢？

等到我们在遥远的陌生城市扎了根，找到了那个共度一生的人，才会为难起来，世间安得双全法，不负双亲不负君。

于是，无奈之下，涌现出一大批我为儿孙到处漂的伟大父母。

父母总是讲究叶落要归根，为了照顾子孙，已然花甲之年的父母却跟着我们漂在外边，无法安享晚年。

看着父母年迈的身影和迟缓的步伐，与这个匆忙而拥挤的城市那么格格不入，才知道，当初自己决绝地离开是多么自私和不孝。

只盼望妈妈能稍微再等一等，等我有足够的时间和金钱，可以带她一同潇洒地游遍世间的名山大川，阅尽天下好风光。

因为丑过

1

你有过那种因为长得丑，被同龄的小伙伴排斥，甚至欺负的童年经历吗?

我有，而且还很多。

小时候的我不仅皮肤黝黑，在被熊孩子欺负时还不小心戳破了额头，留下了一个月牙形的伤疤。唉！本来就丑，还被破了相，真是雪上加霜啊!

那年正是《包青天》火爆荧屏的时候，淘气的小伙伴给我起了一个外号叫“包黑炭”！

当然，他们偶尔心情好的时候，也会扑通一声，齐刷刷地跪在我的面前，双手作揖，恭恭敬敬地喊一声“拜见包大人”。其实现在回想起来，场面挺逗的，那些熊孩子为了捉弄我也是拼了，居然不惜给我下跪。

只是当年的我年纪还小，比较玻璃心，那声“包大人”对我来说，简直就是奇耻大辱。

丑是我的耻辱，更是我难以言表的痛。

记得上幼儿园时，全班同学都去镇上表演节目。

因为长得丑，小女孩的小蜜蜂和小蝴蝶组说啥也不肯要我，于是老师只好把我安排到小男孩的小熊猫和小骆驼组，令我崩溃的是，男生居然也嫌弃我丑，想尽各种办法排挤我，让我知难而退！

最后我央求老师，把我带上去给同学们当拉拉队，哪怕在后台给他们拿拿衣服，当小跟班跑跑腿也行啊！

我如此卑微的要求，居然也被无情地拒绝了！！！

我亲爱的同学们七嘴八舌地说："老师，她长得太丑了，我们不要和她一起坐车！""她跟着我们多丢人啊！到时候评委不给我们发奖品咋办？"

然后，我尊敬的老师和蔼可亲地对我说："要不你别去了，老师没时间照顾你。这样，老师放你一天假好不好？"

说好的全班都去，把我一人落下算什么？这不是赤裸裸地歧视吗？

再说了，我丑这也不是我的错啊！为毛都要排挤我呢？

我回去怎么和我爸妈说？因为我长得丑，老师和同学们怕影响村容村貌不愿意带我一起去镇上？

我希望自己是傻傻的，不知道丑为何物。偏偏我是早熟的，知道漂亮的东西人人喜欢，而自己是不漂亮的。

我越想越难过，一路哭着跑回家。

刚一进家门，妈妈就问我："不是说今天去镇上表演节目吗？你咋自己回来了？"

一向乖巧懂事的我，突然觉得好委屈，冲我妈大发雷霆："都怪你，把我生那么丑，搞得全班同学都不愿意和我玩！我都没脸出去见人了。"

我妈十分无辜地对我说："这怎么能怨我呢？我和你爸都长得

不丑啊！谁让你那么倒霉，继承了我和你爸长相上的所有缺点，你说你皮肤黑就黑，眼睛还那么小，本来就是单眼皮，脸还那么大，这些都可以理解，毕竟随了我和你爸的缺点。”

“只是你这鼻梁居然还那么塌，遗传变异了吗？我和你爸的鼻梁都很高啊！纵观咱们家的直系亲属和旁系亲属，也没见有塌鼻梁和蒜头鼻啊？孩子你就自认倒霉吧！你自己不会长，怨不得别人。”

我妈越说，我哭得越厉害：“我到底是不是你亲生的？”

我妈欺负我缺心眼，总是分不清开玩笑还是真心话，于是故意逗我：“你长么丑，当然不是我亲生的，是我大马路边上捡来的。你看你弟弟和我长得多像，浓眉大眼，一排小牙又白又齐，小嘴唇红得就像抹了唇膏似的，皮肤白得就像瓷娃娃一样，那才是我们亲生的孩子啊！”

当时我的心拔凉拔凉的，就要哭着冲出去，嚷嚷着去寻找我的亲生父母。

这时，在一旁看热闹的爸爸开始埋怨我妈总是和我开这种无聊的玩笑，两人费了九牛二虎之力才把我哄好。

我总是埋怨我妈偏心，把我弟弟生得那么漂亮，把我生那么丑。

我固执地认为，我是因为长得丑才会被熊孩子们欺负，否则，为啥他们一张嘴就喊我“丑八怪”呢！

我还执拗地认为，我长得丑，全都是因为我爸妈没把我生好。

对！那句至理名言说，身体发肤，受之父母！所以，我长得丑，就是爸妈的错。

2

自从老被妈妈调侃后，我受了欺负就再也不愿和他们说了。

有时我会去找表姐哭诉。

在我眼里表姐就像一只优雅的白天鹅，而我就是那只可怜的丑小鸭。

表姐小心翼翼地安慰我："其实你除了长得黑点，眉眼还是很耐看的。如果我是第一眼美女的话，你肯定是第十眼美女！而且仔细一看，你的眼睛虽然是单眼皮，但也不算小，只是你的脸太大了，所以就显得眼睛小了。"

"不要担心啦！大人们都说，女大十八变！而且小时候长得丑的孩子长大了就会越来越好看，反而是我们这种小时候长得好看的孩子，会越长越丑，所以应该担心的是我才对嘛！"

所以说，我亲爱的表姐是在夸我吗？

不管怎么说，那句"女大十八变，越变越好看"，还是给了我无限的希望，于是我天天盼着自己快快长大。

丑是我自卑的源泉。

然而，爱美却是女孩的天性！

我试图把自己仅有的几件衣服变换着花样搭配，却总是退不去浓浓的村姑气息，还被小伙伴取笑，又给我起了个"三换"（一天换三身衣服）的绰号。

好不容易蓄起来的长发也因我一天换 N+1 个发型而被老爸一剪子剪掉。

给我剪掉长头发，我也就忍了。我亲爹居然没跟我商量就给我剃了个秃头！！！人家都读小学二年级了，他竟然还敢给我剃秃头，还嫌我的外号不够多，嫌我被嘲笑得不够狠吗？

气得我哭了一整天，绝食两天以示抗议！

上学后，果不其然被熊孩子各种嘲笑，他们之中，胆子大的还敢摸着我的光头说：“你的光头好滑溜，比我手里的鹅卵石还要滑，要不以后叫你“黑尼姑”算了，太 TMD 形象了！”

当时，我恶狠狠地望着他们，眼睛里几乎要喷出火来，我想眼神如果可以杀人的话，他们早已被我千刀万剐。

后来光头长成板寸后，我每天都偷偷撕下对联的红纸，对着镜子学古装剧中的大小姐涂胭脂和口红；我还拿着火柴棒不停地在我眼皮上划拉，企图让单眼皮变双。

小黑妞，唯一的优点就是个子比一般小孩高点，每次被人夸长得高时，却被姥姥的一句“傻大个有啥好的，随他爷爷缺心眼，接马粪顶两人”给堵回去。

当时迷恋林黛玉的我，羡慕死了那些小巧玲珑的女孩子，至今都在为自己只能“鸵”鸟依人而耿耿于怀。遗憾啊！永远达不到小鸟依人的那种境界了。

对！小学四年级我就囫囵吞枣地读了《红楼梦》。

为什么说是囫囵吞枣呢？因为疯狂地喜欢林黛玉，我只仔细翻阅和她有关的文字，没有林妹妹出镜的段落，我就一目十行地扫过！

天下掉下来一个林妹妹，拯救了自卑到骨子里的我！

3

林黛玉让我开始慢慢寻找和其他女孩不一样的东西。

我开始质疑莫泊桑那句“漂亮是女人的最大财富”。这是我囫囵吞枣莫泊桑那部著名的长篇小说《漂亮朋友》后得出的结论，是不是莫泊桑先生本人的话，我已忘记了。

不知道是不是因为长得丑，女生们跳皮筋、踢毽子、丢沙包从来不带我一起玩。我一个人默默地躲在教室的角落，一边翻着在老妈枕头底下偷来的小说，一边轻轻地哼唱当时热播的电视剧主题曲。

我一直以为我是因为太丑了，所以大家总欺负我，不愿意带我一起玩。

后来我才知道，之所被同学们孤立、欺负，是因为我不仅长得丑，还很笨，江湖人称“缺心眼子”。

听我妈无数次地跟我描述，我小时候的智商的确令人很着急，打从老妈肚子里出来就笨，因为不会吃奶，差点被活活饿死，最后饿得翻白眼，肠子纤细，吃啥吐啥。

我妈把饿得奄奄一息的我带到诊所时，医生看到我都哭了，质问我妈：“你这是怎么当娘的，看把孩子饿得跟小猴子一样，可怜死了！”

我妈也哭了：“孩子死活不会吃奶，我也实在没辙啊。”

据说，我都2岁了，还不会走路不会笑，到现在两位数算不明白，左右傻傻分不清楚。

小时候家里人总爱问我：“黑瞎子他娘咋死的？”

每次我都想半天然后怯怯地回答“瞎死的”，要不就是“黑死的”。

每次他们都哭笑不得地告诉我：“傻丫头，是笨死的。”

那时候我怎么也想不明白，黑瞎子掰玉米，捡一个丢一个，是挺笨的！可是为什么他娘是笨死的呢？不应该是气死的，或者饿死的吗？

莫非也是遗传，因为黑瞎子他娘笨，所以黑瞎子也笨！就像我，我妈皮肤黑，所以我也黑！

可是，我爸妈都长得很好看，为什么偏偏我很丑呢？这不明摆着欺负人嘛！

老天爷实在太不公平了，我弟弟不仅在长相上继承了我爸妈所有的优点，而且小脑袋瓜还那么聪明，从上小学开始，年年考第一，拿奖状。

偏偏我，长得既黑又丑，还那么笨。为了让大家喜欢我，我变成了逆来顺受的乖乖女，然而回报给我的却是，动不动就被爸爸拎着剪个平头，让我丑得更加别致，雌雄难辨！

这一切的一切，让我的丑、我的自卑成为会呼吸的痛！

4

魏微说："自卑的人注定是要写作的！"

或许是因为太相信"腹有诗书气自华"那句话，初二下学期，我也开始决定写作了。

一开始就认定了小说，可能是我比较喜欢看小说的缘故。

处女作，洋洋洒洒地写了将近 20 页，写的是一个重男轻女的悲剧，女主角最后死掉了。

用的是我一直向往的死法，在 24 楼上纵身跳下。

是的！因为丑，因为自卑，因为被熊孩子欺负得体无完肤，我曾无数次想过死。

很多同学看过都哭了，当然大多都是女孩子。男孩子嗤之以鼻，他们不懂。

唯有一个男孩子看过后落泪了，他家重女轻男。很是惊讶！

男孩说他也想过死，我微微一笑："我也想过。"其实很多人都想过，只是我们都没有勇气那么做而已。

初三的时候，我不顾家里人强烈反对，坚持学音乐学钢琴。

从懂事开始我就立志要成为一个歌唱家。我曾无数次脑补过，有一天我成了万众瞩目的歌唱家，衣锦还乡演出，然后以前欺负我的熊孩子们都诚惶诚恐地望着我，而我会以德报怨，支援家乡建设。

对于那些曾经肆意欺凌我的人来说，我的成功就是对他们最狠的打击和报复。

得知了我的伟大梦想后，家里人千方百计阻止我。

老妈说："学音乐得有天赋，你有么？破锣嗓子一个！"

老爸说："弹钢琴、跳舞需要手和身子骨都得灵活，你太笨了！"

姥姥说："学唱歌需要很多钱，咱家没钱。"

最终还是小姨的话打动了我："你看人家歌唱家、歌星都长得特别漂亮，你太丑了，别奢望你这只丑小鸭能变成白天鹅。你长得太黑，除非去整容，你又怕疼！"

伤心了很久，最终还是放弃了。

也不算放弃，考试的时候出了点意外，考得特烂，没被重点高中录取。

后来在老爸的极力推荐下改学美术。其实我内心深处还是很喜欢画画的，课本上的空白之处被我画满了古代的仕女。

写作还在继续，早熟的我坚信，男孩肯定都喜欢有气质的女孩子。

古代的才女不是都讲究琴棋书画样样精通吗？

写作依然以小说为主，只是还停留在模仿阶段，还没有自己的特色。

模样还是丑的，至少没有人夸我漂亮。没事时我就照着镜子看自己是不是班上最丑的姑娘。

惊奇地发现有人比我丑，而且那人还说嫉妒我，得意了好几天。

后来慢慢地开始有很多胖胖的女孩向我打听怎么保持身材。一开始被问的时候一头雾水，后来就一本正经地告诉人家，少吃饭、多运动。其实自己明明饭量大如牛，嗜睡懒如猪！

那个时候我才知道自己是高挑苗条的，而且我还惊奇地发现自己怎么吃都不胖，这是所有女孩子向往的，当然除我之外。

其实我并没有体会到个子高、腿长带来的快乐。因为从小学到高中，总有男生跑去给老师告状：“老师，那个苏小昨坐在我前面，挡住我看黑板了。”

于是我屡屡被老师安排在最后一排，传说中的差生集中营。我总是羡慕极了，那些身材娇小玲珑的女孩子，可以小鸟依人，我见犹怜！

自卑就是连你的优点都让你抬不起头来。

5

早熟的女孩子似乎都要早恋的。因为自卑，所以只能暗恋。

其实我一直觉得暗恋很好，因为暗恋只有自己知道，你可以无数次意淫自己和男神拉手、拥抱、kiss 的甜蜜场景。

最重要的是，暗恋就和追星一样，你可以同时喜欢两到三个男神，而不必担心会被人嘲笑见异思迁。

就像我现在既可以喜欢胡歌，又可以单恋王凯，还能深深迷恋霍建华、张丹峰和靳东。

当然我的挚爱永远是酷似庾澄庆的王同学。

中学 6 年我虽然没有谈感情，但暗恋了好多明亮少年。

其实十几岁的时候喜欢一个人的原因很简单，你可能只是因为那天下午阳光很好，对方刚好穿了一件白衬衫；抑或是，大多数女生暗恋的校草，忽然在一个微风习习的清晨，冲你明媚灿烂地笑一下；

甚至你会傻到，长相俊朗帅气的男老师，不经意间夸你一句，都会疯狂地痴迷好一阵子。

从高二下学期开始，我开始疯狂喜欢肖复兴《青春梦幻曲》中的郭辉。我把他对路天琳说的那句话当成圣经：男女之间根本没有纯洁的友谊，男女之间的友谊要么慢慢发展成恋情，要么就会慢慢消失。因为郭辉，我越发觉得周围的男孩幼稚得可笑，我冷眼看着那些青涩的男孩子耍酷。

不知道从什么时候开始有人说我好看了。最初好像是小姨和老妈感慨“真的是女大十八变，小黑妞长得越来越恬静了”。我翻开字典查恬静的意思：安静、美好。

小姨只比我大5岁，从小到大，她一直很喜欢叫我“丑八怪”，刚开始懂事时，我特别生气，为什么人人都觉得我丑，我真的很丑吗？

我非常不服气地拿出了自己小时候的照片，其中有一张是傍晚天刚蒙蒙黑时照的，我反复看了十几遍，愣是没找到在哪里。我一到黑天就自动隐身了吗？

就在心平气和地接受小姨喊我“丑八怪”时，她突然不再叫了。

因为我每次去找她玩时，她的同事都会惊呼：“天哪！这是谁？和你长得好像！你俩是双胞胎吗？”

然后我小姨会非常不可思议地说：“我俩长得真的像吗？不可能吧！我那么白，她那么黑，怎么可能是双胞胎？”

这时，她同事们会把头点得跟小鸡啄米一样：不是一般地像，简直就是一个模子里刻出来的。

从那以后小姨再也不好意思说我长得丑，反而会有意无意夸我长得好看。

在无数次的嘲笑中，好脾气的我已经学会自黑。我甚至会把自己因为又黑又丑而遭遇吐槽的糗事当作段子，讲给大家听，引来大家笑声一片。

你看，丑，其实没什么，只要你坦然面对，一切都是纸老虎。

现如今，年近 30 岁的我，并没有传说中的“女大十八变，越变越好看”。皮肤依然黝黑，脸盘依然很大，眼睛虽然不算小，但因为高度近视不得不戴上酒瓶底厚的眼镜。

唯一的优点就是生孩子后，身材依然很瘦。老天爷是公平的，我虽然没有肚子，但也没有胸啊！

丰胸之路的艰难曲折和减肥毫无二致，都是蜀道难，难如上青天。

这些年来，因为长得黑，长得丑，我曾自卑过、绝望过、消沉过，为此流过的泪或许比吃过的盐都多。

但也正因如此，我那颗脆弱的玻璃心已经被锤炼得百毒不侵，坚不可摧。

丑，对我来说，就是一种修行。

因为丑过，所以更懂得慈悲。虽然不曾被这世界温柔相待，但依然愿意宽容地对待这个世界上的人与事。

因为丑过，所以面对别人时总多带了一丝担忧，害怕挥之不去的自卑如影随形。

因为丑过，所以凡事多想更努力一点，既然不能长得漂亮，那就努力地活得漂亮。

因为丑过，所以明白逆商比情商重要，没什么比越挫越勇更令人钦佩了。

因为丑过，对待爱情更加笃定，比起外貌，深爱之人一定更爱我们的灵魂。

因为丑过，所以更加迷恋这个花繁枝茂的美好世界。

纵使青春留不住

1

有一次和王同学闲聊，当他听说我高中是美术特长生，立马惊得目瞪口呆，随即360度无死角地扫视我一遍后说：“我看你不太像艺术生！”

我被他看得心里发毛，不解地问：“怎么不像了？”

王同学点了一支烟，耍酷般地吐出一口烟圈，然后说：“上学时，我们老师就说了，你们学美术的，都是不学无术的坏孩子，逃课、抽烟、喝酒、早恋、打架斗殴，无恶不作，让我们要敬而远之！”

我一听就怒了，一把上去掐灭了他的烟头，王同学慌忙说：“哎哎，刚点上，还没抽呢，你这败家娘们儿！”

我恶狠狠地把烟丢进垃圾桶，冲他嫣然一笑：“您是品学兼优的好学生，怎么能吸烟呢？”

王同学讪讪地说：“您可别取笑我了，我上学那会儿稳居班里倒数第一，倒数第二是我一最铁的哥们儿。

“曾经，我和哥们儿还打算入伙黑帮。说来也巧，那天我俩在大街上溜达，正好看到镇上的黑帮老大被一群人追杀，我俩就想，机会来了，如果我俩把老大救了，那以后岂不就是老大的左右手了么？

“你猜怎么着？

“我俩刚想冲过去，结果老大被一干人等砍倒在地，身上被连续刺了无数刀，顿时，血流成河。当时我和哥们儿都吓尿了，心想，原来这黑社会也不是那么好混的，还是好好学习，比较靠谱。从此就改邪归正了。”

我笑得前仰后合：“你们是不是古惑仔看多了？幼稚得要死。”

王同学不好意思地挠了挠头：“青春嘛！谁的青春不年少轻狂？虽然早恋、打架斗殴，都会让我们不小心扯下一块皮，留下血淋淋的伤口和难看的疤痕，但那些有疼痛的记忆，才叫青春啊！”

“唯有疼痛和难以愈合的疤痕，才能告诉我们，青春它真正来过！”

王同学秒变文艺男青年让我还有些不适应，听了他那些话，我有些忧伤：“上学那会儿，我从不迟到、不早退、不翘课、不吸烟、不喝酒，别说打架斗殴了，连骂人都不会。我也很想早恋，但现在已经晚了。照你的说法，我的青春是被狗吃了么？”

王同学一脸同情地望着我说：“那你真的好可怜，每天只知道读书，生活一定特别乏味吧？”

这时，两个背着沉重画板、手拎绘画工具箱的小姑娘，在我面前有说有笑地走过，她们疲惫的脸上带着灿烂的笑容，明亮而温暖。

我指着那两个渐行渐远的瘦弱背影，对王同学说：“看到没？当年我也和她们一样，背着大画板，拎着十几斤重的工具箱，在寒冷的冬天，早上不到 5 点就起床，坐着公交车穿越大半个城，去报名、去考试。

“其实美术特长生并没有你们想象的那么潇洒不羁，无论是身体还是心理，我们都承受了常人难以想象的巨大压力。”

王同学望着那两个远去的背影，叹了口气，随手又点燃一支烟，沉默不语。

2

2003 年，中考成绩揭榜那天，我痛快地大哭一场，边哭边在心里暗骂自己，为什么不好好学习，才考了 500 多分，这高中指定是没戏了。妈呀！顿时感觉我的整个人生要完蛋了！

多年后，当王同学听说我考了 500 多分还没法上普通高中时，无比同情地对我说："天哪！ 500 多分在我们那都可以上重点高中了，高考时我们学校文科状元也就考 500 多分，直接保送北京大学。"

我无奈地叹了口气，谁让我生在学霸的故乡呢！在山东高考状元都 730 分以上。虽然中考时只有 500 多分，但那时候我可是音乐特长生哦！

唉！一提到音乐，我就会想起那场人仰马翻的音乐特长生考试。虽然我们学校只有 4 个女生参加考试，但带队的老师还是忘记给我拿跳舞的伴奏磁带，为此我几乎被剥夺了考试资格。

大姨费劲口舌向主考官求情，还动用了各路人脉关系，总算是同意我最后一个考试。小姨则骑着自行车带着我跑遍小城去寻找跳舞的伴奏磁带《达坂城的姑娘》。

终于轮到我考试了，忙活了一上午的我，走进考场大脑一片空白。当跳舞的伴奏曲子出来时，我立马蒙了，并不是熟悉的旋律，我丝毫跟不上节奏，就像小丑扭秧歌一样，随便乱挥舞了两下，主考老师先是捂嘴偷笑，不到 1 分钟后，粗鲁地打断了我。

走出考场的那一刻，我哭得昏天暗地，因为我输掉的不仅仅是一场考试，还有家人给我实现梦想的唯一机会。

对了，从我懂事开始到初中毕业，一直梦想着成为一名伟大的音乐家。

中考成绩下来后，得知我读普通高中无望，爸爸给我选择了几条路：一、去卫校，学护士。二、去蓝翔技校，学一技之长。三、不读书了，去外地打工。这三个选择，每一个都让我崩溃，人家可是心中怀揣梦想的文艺女生，无论怎么选择都是要把梦想击碎的节奏啊！

冥思苦想几天后，我拿着一张彩色的宣传单对唉声叹气的爸爸说：“要不我去宋江武校学武术吧！”我非常天真地想，中国会武术的姑娘肯定非常稀缺，以后当个武打演员感觉也不错，没准还能火一把！

爸爸黑着脸训斥我：“能不能给我靠谱一点，演员是你想当就能当的吗？就你这小体格还想学武术，做白日梦吧！”

看我低头沉默不语，爸爸掏出一个厚厚的笔记本，摔在桌子上说：“你不是喜欢写作么？要不你以后在家写小说吧！没准还能出书，当个作家！”

我当时内心无比激动，心想，这可是我亲爸，如此看得起我，定不能辜负父亲大人的期望，一定要拿个诺贝尔文学奖回来！

当然老爸之所以如此相信我，是因为初二我就已经写出一部几万字的中篇小说，那时候没有电脑，我在方格纸上洋洋洒洒写了20多页。

那是一个重男轻女的悲剧，故事里的小女孩最后在绝望中从24楼上纵身跳下。很多人看过都哭了，当然大多都是女孩子。在我们那个小山村，重男轻女是再普通不过的事情。

看到我写的故事在整个初二级部争相传阅，我觉得自己牛爆了，而且就连我们级部的 5 个语文老师都对那个故事赞不绝口，纷纷在班上对我提出了口头表扬。我想用不了多久，我就是一颗冉冉升起的文学新星啊！

而且我坚持认为，只要我这个时候借这篇文章出道，我就不用参加中考了，搞不好会被直接保送到北京大学！

当我听说，目前中国还没有人获得过诺贝尔文学奖时，立马把这个艰巨而光荣的任务当作自己终身奋斗的梦想。

于是拼命地学英语。咦？为什么拼命学英语呢？我固执地认为，中国的作家之所以没有获得诺贝尔文学奖，是因为英语不够好，充满中国特色的文学故事被老外翻译成英文后就完全变了味道。所以，我决定一定要学好英语，以后自己的文章亲自操刀翻译，以保证原汁原味，提高获奖的概率。

正当我接过笔记本，打算说出自己的远大抱负时，我妈在一旁开腔了："真是有其父就有其女，一个比一个不着调。"

或许是老天爷可怜我，没学可上，那一年县城教育局又批了一所新的公立高中，第一年只收音体美艺术特长生，谢天谢地，终于有学校肯收留我了。

开学前，报名的时候，爸爸和我商量："学音乐需要有极高的天赋，还得有很好的家庭背景，当然最重要的是人长得要好看！谁让你那么倒霉，在长相上继承了我和你妈所有的缺点，长那么丑，怎么看也不是当音乐家的材料，干脆改学美术算了。"

本来我很想誓死反抗，但转念一想，学美术比起蓝翔技校和外出打工，简直要好太多了。

可能因为音乐特长太少，还不够一个班，爸爸要求改专业时，分管高中部的女校长说啥也不同意，最后给爸爸出了个难题，改专业可以，要交 2600 元的手续费。2000 多块钱当时可是爸爸半年的工资，为了我的前途，爸爸忍痛答应。

唉！上一个和职高同等水平的艺术类高中，还得交 2000 多块钱的手续费，我的自尊被撕得粉碎。

是啊！无论何时谈起来，我的高中都是花钱买来的。

开学后，我暗自发誓，高中 3 年一定要努力读书，不迟到、不早退、不翘课、不早恋，争取考个好大学一雪之前的耻辱。

3

开学前的一天下午，小姨意味深长地对我说："怎么说，你以后也是和艺术沾点边的人儿，不能再像初中时一样，把自己打扮成三四十岁的老妇女了。这样吧！我带你去我的御用理发店里给你剪个时尚的发型，再挑两件好看的衣服送给你。"

当时可把我美坏了，要知道我之前的发型还是走村串巷收头发的老头给我剪的，留了 3 年的大长辫子卖了 80 块钱，卖完头发后，妈妈去给我扯了一块竖彩条的小花布，让邻居王大娘给我做了一身新衣服。

唉！那身行头，典型的乡野村姑的标配。

小姨带我去了县城最时髦的理发店，再三嘱咐那个操着一口东北普通话的非主流理发师，一定要给我剪一个洋气的短发，一定要洋气。重要的事情说三遍！

我满怀期待地闭上了眼睛，幻想着一睁眼就能看到一个全新的自己，就像眼下红得发紫的孙燕姿一样，留着清爽的短发，穿着清新脱俗的棉布白裙，边弹钢琴，边哼唱着自己喜欢的歌，简直美不胜收，令无数男生竞折腰啊！

在我天马行空的幻想中，半个小时很快过去了，伴随着美女理发师一个清脆的响指：“OK 了！”我缓缓地睁开眼睛，然后恨不得戳瞎自己的双眼，居然是板寸！！！

比我爸的板寸还要短。我望着满地的长发欲哭无泪。

漂亮的理发师解释道，这是今年最时尚的发型。

我真想哭着问她，她哪只眼睛觉得这个板寸时尚了？好多男人都不敢留这么短的板寸，她凭啥给我剪那么短。

我一路哭到回家，小姨安慰我：“理发三天丑，看习惯了就好了，我现在觉得真的特别洋气。”

我哭着说：“人家本来长得就像个男的，还给人家留那么短头发，让我怎么出去上学？”

为了抚慰我受伤的心灵，小姨把她刚在上海买回来的两条漂亮裙子送给我了。

此后的一个月我都不敢照镜子，经常为了这个时尚的板寸独自伤神。

小姨送我的裙子，我一天恨不得换三条，但怎么看自己都像男扮女装的“假妇女”，后来那些漂亮裙子也被我压在箱底。

不久后，一个阳光明媚的午后，我在大姨的服装店里偶遇了从小喜欢的哥哥。多年没见，我还是一眼认出了他，很显然哥哥没有认出我，因为当大姨说你看你们哥几个一个比一个黑、一个比一个瘦时，哥哥居然冲我咧嘴一笑说：“又黑又瘦多健康，对吧？弟弟！”

我顿时在风中凌乱了，恨不得找个地缝钻进去。

我一边哀怨地望着长相俊朗的哥哥，一边在心中暗自发誓：哼！别看本姑娘现在雌雄难辨，早晚有一天，我这只丑小鸭会华丽蜕变成白天鹅，美美地出现在你的面前，亮瞎你的狗眼。

4

开学后，首先进行了一场专业摸底考试，老师根据绘画水平高低，分成了两个画室，一个美术强化班，一个美术基础班，说白了就是一个学霸班，一个学渣班。老师名曰，绘画功底不同，学的内容也不同，所以分开辅导更能因人而异，对症下药。

美术零基础的我毫无例外进了学渣班，从此开始了悲催的专业学渣生涯。

唉！老师就是这么势利，都是同班学生，为啥非要分出三六九等！

在我们画室，你画得不好，就等于失去了一半的自尊。

而毫无绘画基础的我，彻底失去了尊严，被老师打入冷宫。

记得第一次画画是静物写生黑色的陶瓷罐子，我看周围那些画得好的同学都把画板横过来，在画纸中间勾勒出一个柚子大小的小陶罐。我心想，那么大的一张画纸，就画那么小的小罐罐多浪费，而且瞅着也不大气啊！

于是我把画板竖过来，沿着整张 4K 纸画了一个 XXXXL 的大罐子。结果我刚构完图，美术老师就跑过来训我：“你这是画的什么鬼？这是小陶瓷罐子么？这明明是村里盛水用的大水缸！而且你居然还用水泥钢筋把它圈起来！构图是有虚实的，懂吗？一个小姑娘家家的画起画来如此粗犷野蛮，一点也不秀气。女人要懂得柔和、曲线美，明白吗？”

老师的一席话，惹得全班同学哄堂大笑，我那可怜的自尊也被践踏得体无完肤。

于是我拿着铅笔拼命地摩擦着画纸涂线条，以发泄自己压抑的情绪。没想到老师又怒气冲冲地跑到我面前，大声质问我：“你和这个画板有仇么？用那么大力气干吗？告诉你画板是学校的公共财物，弄坏了是要赔的！”

我当时要气炸了，真想跳起来指着老师满脸的青春疙瘩痘，问问他：“你 TMD 是和我有仇么？为什么总和我过不去？”

其实老师也是欺软怕硬，刚在男同学那里碰了钉子，就来我这里撒气。

不过那个男同学真是狂跩炫酷屌炸天，刚刚老师戳着他的画板，质问他，在画什么鬼时，他居然跩跩地说：“你管我呢？拿开你的脏手，不要弄脏了我的画！”

老师刚想大声训斥他时，只见他啪的一声把画板摔在地上，嘴里大声骂骂咧咧：“靠！真他娘的烦，天天就知道叽叽歪歪，还让不让人安心画画！”

老师悻悻地走开了。

男同学的态度让我非常震惊，莫非学美术的孩子都这么叛逆么？

几个月后，我才知道，男同学之所以如此目无师长，是有原因的，因为有的老师根本不值得我们尊重。

唉！我从小就是一个逆来顺受的乖乖女，从来不懂得反抗，所以打小备受老师和同学欺凌。

我也好希望自己有一天能像那个男同学一样，对那些欺负自己的人勇敢地说“不”。

5

那次摸底考试后，我毫不意外被分到了学渣画室，代课的老师居然是那个满脸痘瘢，绰号为“容嬷嬷”的糟老头；而学霸画室的代课老师是身高 190 多厘米、皮肤白皙、浓眉大眼、气宇非凡的韩范欧巴。

老天爷对我们实在太不公平了，本来进入学渣画室就相当于被打入冷宫，还给我们派了一个长得酷似容嬷嬷的毒舌男老师。

庆幸的是，级部主任说，第一学期期末考试后，前 10 名的学生可以进入学霸画室。

这个消息犹如一剂强心针，让我倍受鼓舞。

我不再惧怕美术老师对我打击和讽刺，反而越挫越勇，不耻请教，每画完一幅画，我都积极地求老师给我点评。慢慢地我发现，其实老师除了会批评打击我们外，根本不会传道授业解惑，他所谓的点评就是一声不吭地改画。当你再三询问他，“老师，我该如何掌握透视原理”时，他竟说不出所以然来。

无奈之下，我开始没完没了地临摹老师的范画，我傻傻地想，这画画应该和写文章是一样的原理，初期都以模仿为主，汲百家之所长，不停地练习，自然会找到适合自己的风格。

于是我只要一有空闲时间就拿出速写本来临摹，然后再屁颠屁颠跑去办公室让老师指点。

那时候的我简直把办公室当成了自己的第二教室，一下课就抱着各科作业去办公室找老师做指导。

刚开始我的这种勤奋好问的精神得到了各科老师的称赞，他们经常在课堂上公开表扬我，你们都向苏小昨同学学习，不懂的问题要及时请教老师，老师非常欢迎同学们踊跃提问！

得到老师的褒奖后，我更加积极地去办公室心安理得地骚扰各科老师，久而久之，老师们看到我出现在办公室门口喊报告时，不再像之前那么热情，反而会故意低下头，装作看不见。要么就互相调侃：“李老师，苏同学是来找你的么？”“我下节还有课，需要提前准备，应该是来找张老师的吧？”

估计那会儿老师看到我出现都得百爪挠心，苏小昨啊苏小昨，你也太实诚了吧？难道你课间 10 分钟都不去厕所、不喝口水的么？你就不能让为师休息一会儿么？

不知道为什么，那段时间同学们看到我都窃窃私语，有时候还会非常诡异地坏笑。莫非他们以为我是老师安排在班里的眼线，所以才会如此频繁地出入办公室？

早在刚开学时，班里人就传言，班主任肯定在班里安插了眼线，否则，他又没有千里眼、顺风耳，怎么会知道班里有谁上课时偷看黄色小人书，又有谁跟谁偷偷早恋？

我只顾着拼命学习，争取早日从 VIP 高级娱乐区挤进学霸区，不知不觉间竟然成为坊间流传的奸细。

6

终于有一天晚上，宿舍熄灯后，睡在我上铺的宋恬问我：“小昨，你知道么？现在大家都疯传你是班主任安插在班里的奸细，出卖了很多同学。”

我慌忙叫苦不迭：“天哪！就我这智商，学习都不够用的，还当奸细呢？我哪有那个心眼啊！”

宋恬安慰我：“我也说不可能是你嘛！不过你和老师们走得太近了，也难怪大家会怀疑你。”

我一脸委屈地说：“我不也是为了学习么，我可不想再待在冷宫里了，每天对着容嬷嬷那张扑克脸会郁闷死的。这都马上期末考试了，开家长会的时候要全校公布成绩的，我可不想让我爸妈难堪。”

突然，宋恬神秘兮兮地压低嗓音对我说：“小昨，其他老师也就算了，你以后可得和美术老师黄老头保持距离。”

“为什么啊？”我不解地问。

宋恬悄悄问我：“你还记得刚开学时顶撞黄老头的男生马帅么？我和马帅是初中同学，而黄老头初中时是我们的美术老师，当年他可是出了名的变态，马帅的小女朋友就被他潜规则了。”

“啥？初中也就十四五岁，就被那个黄老头睡了？”我惊得下巴都掉下来了，顿时感觉整个人都不好了。

宋恬惊人爆料，引起宿舍其他女生的八卦和热议。

经宋恬一点拨，我们才恍然大悟，难怪黄老头只喜欢给女生点评改画，还总是假装不经意地蹭人家的手，以前总以为他是不小心，现在才明白，原来是故意吃豆腐！

那一晚，我们的三观尽毁。老天爷！我们可都是 16 岁的纯洁少女，为什么要派一个死变态当我们的老师，感觉整个人生都黑暗了。

宿舍的姐妹们恶狠狠地慰问了黄老头的祖宗十八代。

那一刻，我突然好庆幸自己长得好丑，因为丑，足够安全。从我懂事开始，就天天埋怨我爸妈，为什么要让我继承他们外貌上所有的缺点，大方脸、蒜头鼻、小眼睛、香肠般的大厚嘴唇和黝黑皮肤。因为长得丑，我的自卑渗进了血液里。

但听了变态老师的恶劣事迹后，我第一次觉得长得丑好幸运，不至于惨遭黑手。

从那之后，我开始有意无意躲着黄老头，不再像以前那么积极地请他指点。

7

自从宋恬爆料变态老师的黑历史后，班里那些偷偷摸摸搞地下情的小情侣们慢慢浮出水面，他们似乎不再畏惧教导主任黑着脸一而再再而三的训话，以前他们会低下头羞愧不安，如今他们则倔强而骄傲地仰着头，眼神里写满了不屑。

每天去画室画画时，小情侣也都紧紧地坐在一起，打情骂俏，暗送秋波，完全无视黄老头的大声呵斥。

后来经宋恬点拨我才知道，小情侣之所以如此明目张胆地秀恩爱，是为了自我保护，害怕黄老头会对小姑娘们下黑手。

宋恬好心提醒我，你以后去画室，也挨着男生坐，管他是不是真的小两口，先防着黄老头再说。

事实上，这招对色胆包天的黄老头仿佛并不管用。

听说，有一天晚上在画室上晚自习时，黄老师点名让一对小情侣跟他去储藏室搬石膏像，他随便找了个借口提前支走了男生，然后悄无声息走到女生身后，恬不知耻地伸出脏手去摩挲女生的长发，吓得女生大气不敢出，心里暗骂男生，脑袋是被驴踢了吗？怎么能把她一个弱女子和一个大色鬼丢在黑咕隆咚的储藏室。

后来女生发现黄老头想伸手去抱她，她灵机一动，慌忙找了个借口飞速逃离储藏室。

这件事情很快就在班里传开了，女生们无论是长相出众的，还是外貌一般的，都非常担心自己的安危。

男生们则非常愤慨地商量着，找个机会把黄老头约出来，装进麻袋狠狠揍他一顿，替女生们出口恶气。

为了一石二鸟，同时惩罚不把我们高中部放在眼里的校长，男生们还打算收拾完黄老头，故意高声喊两句："报告校长，这个死变态，我们已经帮您收拾好了，请问还有其他指示吗？"

没想到还没等男生们出手，隔壁班一位女中豪杰就挺身而出，稳住了黄老头，给女生们撑起了保护伞。

那时电视剧《金粉世家》正在热播，那位女生像极了剧中的女二号白秀珠。

高中刚开始军训时，长相甜美、气质出众的白雪就被男生们奉为女神。

那时候大多数女生和我一样都是从乡镇上考进来的，暑假里免不了要帮父母下地干农活，晒了一个假期后，皮肤粗糙，黑里透红，穿上军装后雌雄难辨。

唯有白雪，皮肤白净，光滑细腻，就跟剥了壳的鸡蛋一样，穿上军装英姿飒爽，格外迷人。

而且她几乎每天都披着长发姗姗来迟，还酷酷地把军装外套系在腰间，男生们的眼睛紧紧地黏在她身上，偶尔还会有胆子大的男生冲她吹口哨。

每每此时，白雪都会冲大家嫣然一笑，妩媚十足地甩甩长头。穿着短袖军装的她，胸前鼓鼓的，就像揣了两只小兔子，走起路来一蹦一跳的。

而我那时大概还没有发育，前胸一马平川，和后背相比，也不过是多了俩小石子而已。

不过同宿舍小姐妹多次暗示我，赶紧买个胸衣穿上。我有些不解地问："我又没胸，穿那玩意干吗，既浪费又麻烦。"

她们无可奈何地说："你是没胸，可是你有小石子啊！难道你都不知道你这两天都和白雪胸前的小兔子一并登上男女宿舍夜间热门话题榜了吗？”

姐妹的话让我羞红了脸，我强烈要求妈妈给我买了一个胸衣，不过穿起来贼拉费劲，而且不知道是不是尺寸不合适，还是胸太小的缘故，胸衣老是乱跑，一到课间休息就得赶紧跑去厕所调整内衣。

8

高一上学期结束后，关于白雪的一些流言蜚语陆续传出。

有人说，白雪之所以那么瘦胸还那么大，是因为小小年纪就被人睡了，青春期发育的时候，受了刺激，所以才格外早熟。

也有人说，白雪跟重点高中的痞子老大处对象，那个男生留着长头发，经常一手捧着玫瑰花，一手叼着烟卷出现在隔壁教室，然后在众目睽睽下，搂着白雪的小蛮腰，趾高气扬地离开。

还有人说，白雪怀孕了，孩子生父不明，放寒假的时候被父母拖着去医院做了堕胎手术。

总之在这些闲言碎语中，女神白雪慢慢变成了男生女生都避之不及的女人。

当然也有一些不怀好意的人公然揩油，吃她豆腐。这其中就有黄老头。

其实白雪还没有和黄老头厮混在一起时，大家都还质疑那些传言的真实性，两人勾搭成奸后，大家才恍然大悟，原来这世上没有捕风捉影的事。

不过如此一来，女生们反而松了一口气，有了性感尤物相伴，估计黄老头也看不上我们这一群乡村气息浓厚的土丫头了。

也有一些人替白雪打抱不平，大好青春年华，干吗跟一个糟老头不清不楚地纠缠在一起。

对此，白雪满不在乎地说：“嘿！我也只是利用那个老色鬼罢了。我专业底子太差，抽空就让他给我开小灶补习素描，等我考上重点大学就一脚把他踹了。再说姐姐这可是牺牲我一个，幸福千万家啊！”

我们一边替她感到惋惜，一边又感谢她大义凛然地保护了诸位女同胞。

高一下学期开始，我们宿舍深夜畅谈的话题从美术专业、变态黄老师慢慢变成班草李想。

起初是学霸鲁小凤挑起的话题，有一天深夜，宿舍熄灯后，鲁小凤突然神秘兮兮地问大家：“哎！你们都睡了没？你们觉得咱们班谁长得最帅？”

宋恬不假思索地说：“当然是李想啦！”

随后其他的几个女生也都附和道：“对！李想最帅！”

“小昨，李想是你喜欢的类型吗？”鲁小凤突然冷不丁地问。

“李想是谁？我已经强调很多遍了，我可是单身主义者，不会喜欢任何人的。”我扶了扶眼镜框，一脸坚定地说。

“切！我看你是读书读傻了，居然连大帅哥李想都不认识。”宋恬伸过手来戳了一下我的头。

每到新学期，老师都会根据文化课和专业成绩重新排座位，通常情况下，班主任会秉承互帮互助的原则，把文化课成绩好但专业烂的学生和专业好但文化课烂的同学安排在一起。

于是乎文化课成绩第二专业倒数第二的我和李想成为同桌。

这可把宋恬羡慕坏了，酸溜溜地说我走了狗屎运，天上掉下个李哥哥。

我没好气地说："李想有什么了不起的，反正我是不会看上他的，更不会和他多说一句话。"

宋恬立马眉开眼笑地说："这可是你说的，我会监督你的！拉钩上吊，一百年不许变！"

9

没想到，我很快就食言了。

我和李想第一次说话是语文课上，老师叫我俩起来分角色朗读课文。

由于之前没有说过话，我俩站起来就蒙圈了，不知道谁先开始读。在众目睽睽之下，李想压低嗓音说："你先开始。"一向胆子很小的我声音颤抖地说："还是你先开始吧！我好紧张！"最后语文老师不耐烦地说："你俩嘀咕啥呢？李想先开始读吧！"

中午放学回到宿舍后，宋恬非常不开心地说："小昨，你不是说，不会和李想说话吗？"

我无可奈何地说："老师叫我俩起来读课文，师命不可违啊！而且我俩是同桌，不说话几乎不可能，但我可以保证绝不会喜欢他！"

宋恬满不在乎地说："无所谓！如果李想能让你打破单身主义的原则，也算功德无量！不过他应该不会喜欢你的，因为咱们班好多女生喜欢他，就连班花杨阳也喜欢他呢！"

宋恬打破我和李想不许说话的禁令后，我俩冰封的同桌关系有所缓和。

有一次我感冒了，上课的时候，鼻涕不停地流，偏偏我又忘记带纸巾，无奈之下我只好用手捂住鼻子，让鼻涕不要淌下来。当时场面相当尴尬，正当我手足无措时，在一旁默不出声的李想掏出一包心心相印的纸巾递给我，并一脸嫌弃地说：“你到底是不是女孩子，居然不会随身带纸巾。”那一刻，我突然觉得李想好可爱。

在我用余光偷瞄李想 99 次后，惊奇地发现，他长得特别像当下最红的韩国组合东方神起里面的允浩。当然是没有矫正牙齿前的样子，不过我觉得正是因为有那两颗小虎牙，才显得允浩非常可爱。还好，李想没有矫正掉小虎牙。

高中时为了节约空间，一般中间的两张课桌都是对在一起，然后靠墙的两边各有一排书桌。

我和李想的书桌正好与杨阳和赵依然的书桌对接起来，也就是说，我左手边是班草李想，右手边是班花杨阳，两个如花似玉的璧人儿，把我的丑衬托得更加别致。

在我和李想还不好意思说话的时候，杨阳和李想已经打得火热。不知道为什么李想总是欺负杨阳，每次都是带着坏坏的笑，用尽各种语言激怒杨阳，最后还贱贱地加上一句：“不服，你打我啊！”然后，气得杨阳花容失色，一阵拳打脚踢，并恶狠狠地警告李想：“再敢招惹姑奶奶试试，非打折你的腿不可。”

李想和杨阳中间隔了一个我，却每天打得热火朝天，他俩的闹剧简直比 8 点档黄金时间的电视剧还要精彩万分。

不过两人也有安静的时候，每到晚自习时，我都会默默地拿着自己的歌词本从《千年等一回》唱到当红曲目《勇气》，每每此时，李想和杨阳都会安安静静地趴在课桌上面带微笑地听完。

每次唱完后，杨阳都会握着我的手，无比激动地说：“小昨，你唱得太好听了，尤其是那首《勇气》。你为什么不去学音乐，干吗来学美术啊？你知道咱们大部分同学都在初中就学过美术，像你这样没有基础，很容易吃亏的。”

每每这时，我都会无比痛心地给杨阳讲起，被父母万般阻挠勒令不许学音乐的悲惨经历。然后一脸羡慕地望着杨阳那张美得令人窒息的俏脸说：“我要是有你长得那么好看，估计我父母就不会百般阻挠我学音乐了。”

不知道是不是李想和杨阳这种打打闹闹氛围会传染。总之李想也开始欺负我了，他总是在我上课专心致志看小说的时候，猛地说一声“老师来了”，然后我赶紧手忙脚乱地藏小说，他在旁边笑得花枝乱颤。

久而久之，李想那句“老师来了”就好像寓言故事里的《狼来了》，让我彻底放下防备，不再信任他。

终于有一天，我在化学课上津津有味地看着肖复兴的《青春梦幻曲》，李想慌忙提醒我“老师来了”时，我心想，臭小子肯定又在耍我，依然悠闲地继续往下看，然后我那本书悲催地被化学老师没收了。

那本书是在我鲁小凤那里借来的，这下被老师没收了可咋办？我气急败坏地埋怨李想：“老师来了，你为什么不叫我一下？”李想一脸委屈地说：“我提醒你了啊！谁让你不相信的！”

我没好气地说：“那还不都是怪你平时没事老拿‘老师来了’这招耍弄我。”

为了要回那本书，我硬着头皮走进办公室，化学老师怒气冲冲地说，要想拿回小说，回去写份检讨。

这可让我为难了，我从小到大还没写过检讨，那时候网络还不像现在那么普及，也没法百度一下。

李想信心满满地说：“写检讨我最拿手，你先写，我帮你修改一下。”

于是，我写了人生中第一份检讨：

老师，那本书是我问同学借的，你能还给我吗？

此致

敬礼！

检讨人：苏小昨

李想看了那份检讨后，哈哈大笑，一脸鄙视地说：“你这口气、这态度，哪像在做检讨，太嚣张，简直就是在跟老师要书！如果我是老师，会气得把你的书撕个粉碎。”

“那你帮我写吧！求求你了！”我可怜兮兮地央求李想。

“OK！”他很爽快地答应了！

10

李想家就住在县城里，所以他无须住校，每天中午都可以骑着自行车回家吃饭。

那时候我们学校为了升学率，通常一个月才会放一次假，平时一到周末我就会去小姨家吃午饭。

小姨家离我们学校并不远，从学校后山穿过去大概也就 20 分钟左右。不过，关于学校的后山经常有些不好的传闻，有人说那里经常有变态狂出没，也有人说曾经有杀人狂魔把一个小孩绑架到后山活埋了。尽管如此，大家还是愿意从后山的小树林里穿过去，因为走小路要比大马路少走一半的路程。

有一次，我在小姨家吃完饭往学校赶，穿过后山的小树林时，竟然遇到一个变态狂，看到那个穿着邋遢的男人笑得十分诡异，我吓得魂飞魄散，一边哭，一边以百米冲刺般的速度一路狂奔。等我拼劲所有力气跑到学校操场处的后门时，正好看到李想在操场上打篮球，我就像看到救命稻草一样，紧紧地抓住他的手，眼泪哗哗地往下流，却说不出一句话。

李想见我吓得瑟瑟发抖，只知道哭着不停回头看，大概也猜到发生了什么。

那个变态狂看我跑回学校，于是，转身悠闲地吹着口哨离开。

李想一脸严肃地说："以后别再抄近路走后山了，想去哪儿告诉我，我可以捎着你。

从那之后，每周末李想都用自行车载着我去小姨家吃饭。每次坐在李想车座后面，我都有一种错觉，感觉我俩就好像热恋中的小情侣。有好几次，我都情不自禁地想要去搂住他的腰，鼓足勇气，最终也只是轻轻拽住他的衣角而已。

那时，满大街都在放梁静茹的《勇气》，就连学校广播的喇叭里每天都在唱"爱真的需要勇气，来面对流言蜚语。只要你一个眼神肯定，我的爱就有意义"。

我和李想慢慢熟络后，我问他打算考哪个大学，他不假思索地说"中央美院"，但他很担心自己文化课考不到录取分数线。我也忧心忡忡地告诉他："我的理想学府是北京服装学院，不过我担心的是专业成绩考不过。"于是我俩约定互相帮助。

上课时，我俩不再嬉笑打闹，而是专心致志地听课；课间 10 分钟，他也不再和哥们儿一起在走廊上侃大山、扯淡，而是争分夺秒地让我帮他补习功课。

去画室画画时，我俩也坐在一起，他反复帮我讲解连美术老师都讲不明白的透视原理和素描构图技巧。暑假时，他还帮我联系了自己的初中美术老师，帮我补习绘画基础。

慢慢地，关于我俩的流言蜚语开始传出。

起初是因为，我把我俩相处的点点滴滴写成了一篇作文《同桌的你》，那篇文章老师给了我很高的分数，却不肯当作范文在班上朗读，只是建议同学们感兴趣的可以借来看看。

很多女生看过后感动得红了眼圈，她们不可思议地看着我说："你该不会喜欢李想吧？否则，你怎么会把他说过的话记得那么清楚呢。而且这篇文章怎么看都能嗅出爱情的味道啊！"

我羞红了脸，忙不迭澄清道："怎么会呢？写文章嘛！很多东西都是虚构的，不可当真。再说了，我可是单身主义者，咱们班那些毛头小子，在我看来幼稚得要死，怎么可能会喜欢他们呢！"

11

不久后的一天早上，宋恬起床时问我："小昨，你帮我问问李想，中午可不可以载我去医院，我嫂子生宝宝了，我想去看看。"

我有些受宠若惊地说："你干吗不自己去问，为什么要让我传话啊？"

宋恬酸溜溜地说："谁不知道，你俩关系不一般！"

我心中有些窃喜，仿佛李想已经成为我的私人专属，但却佯装生气："你胡说什么呢？我俩可是纯洁的同桌关系。"

宋恬一脸坏笑地看着我："你所言当真，那我要追李想，你可不要生气哦！"

"随便你啊！我怎么会生气呢？这和我一毛钱的关系都没有。"

我嘴上满不在乎，心里却有些酸楚。

一到教室，我就小心翼翼地问李想，中午放学可不可以顺道载着宋恬去医院。

李想沉默了片刻说:“我可以把自行车借给她骑,但我不能载她。”

“为什么啊？”我有些不解地问。

李想神秘地冲我笑了笑说：“我的自行车后座，一般人不能坐，那是我将来女朋友的专座。”

我突然心跳加速，仿佛有一千头小鹿乱撞，我很想问问他，我已经坐过无数次了，那算什么？话到嘴边却变成：“那你中午怎么办？”

李想歪着头，一脸坏笑地说：“谁让你把我的自行车借出去了，所以你要请我吃饭。”

“可是，我没钱！”我故意耍赖。

“没事儿，你请客，我埋单！”李想非常爽快地说。

那天中午，我俩在学校小食堂破天荒地点了一盘长豆角炒肉，要知道，平时艰苦朴素的我，中午就吃俩烧饼，喝点白开水。

菜吃到一半的时候，我居然发现长豆角上面有条绿色的小虫子，当时我心想，趁着李想不注意，赶紧把虫子夹起来悄悄扔掉吧，省得他看到了恶心。

结果我的筷子刚把虫子夹起来，李想就惊慌失措地喊：“天哪！你夹了一条虫子。”

李想这一喊，吓得我赶紧把筷子扔了，尖叫不止。

后来李想看我心情平复后问我：“你该不会近视到连虫子都看不到，想要夹起来吃掉吧！？”

我白了他一眼：“姑奶奶我近视，但又不瞎！我是怕你看到恶心，想趁你不注意时悄悄扔掉而已。”

“那你后来干吗吓成那个鬼样，扯着嗓子乱喊。”李想很纳闷。

“都怪你！你一叫，我以为虫子活过来，会顺着筷子爬到我身上。”我白了他一眼说。

后来在我们强烈要求下，食堂又给我们换了一份菜，但我俩却没了食欲。

宋恬下午回来后，满心欢喜地告诉我们，她嫂子生了一个可爱的小公主，并让她帮忙给小侄女起名字。

宋恬一脸讨好地央求李想：“拜托你，帮我侄女起个名字好不好？”

李想不好意思拒绝，便同意了。

下午开始上课时，李想压低嗓音对我说：“你作文写得好，帮忙给宋恬的小侄女起个名字吧！江湖救急，拜托了！”

我无比神圣地接下了这个艰巨而光荣的任务，冥思苦想一下午后，终于想出了一个文艺范十足的名字“宋雨嫣”！李想匆忙写在小纸条上交差。

于是我在 15 岁时，帮别人起了人生中第一个名字。

12

高中时，我发育比较快，高二那年就长到 170 厘米，于是坐在我后面的男生经常去跟老师告状：“老师，那个谁谁坐在我前面，挡住我看黑板了。”

那段时间关于我和李想的绯闻也越传越凶。

这也难怪，自从我和李想在一起吃饭后，我俩闹得就更加肆无忌惮了。每次他贱贱地故意惹怒我时，我都会怒气冲冲地把他的头发蹂躏成鸡窝，然后不忘在他锃亮的皮鞋上踩两下。

于是李想赶紧捂头求饶：“头可断，发型不可乱，血可流，皮鞋不能没有油！”

我一边狂笑不止，一边为自己疯狂的行为感到羞愧不已。

在和李想同桌前，我是一个极度自卑且又害羞的女孩子，我甚至连在男生面前说话都会紧张得结结巴巴！

内心传统的我一直秉承“男女授受不亲”的古训，不知道从什么开始，我居然会对李想动手动脚。

最要命的是，一直发誓将“单身主义”进行到底的我，居然喜欢上了李想。

高二上学期的期末考试，我因为整日与李想打打闹闹，成绩一落千丈。

于是，当坐在我后面的男生第 N+1 次去告诉老师，我坐在他前面挡住他看黑板时，一向唯唯诺诺、胆小怕事的我，竟然主动要求老师把我调到最后一排座位。

我在老师和同学们惊诧的眼光中，假装淡定地收拾书桌，那一刻，我心里非常纠结，既希望李想可以留我，又想赶紧逃离那个令我堕落的温柔梦乡。

我就像一个孤独的勇士，自己坐在最后一排，远远地望着李想帅气的后脑勺发呆。

曾经坐在我后面的男生，见我搬走以后，便以视力下降为由，强烈要求搬到我的座位上。没想到李想义正词严地拒绝了，他一脸严肃地说：这个座位，我要永远留给我的同桌。

在同学们的起哄声中，我不禁红了眼圈。

我忽然想起，就在前不久的愚人节，为了愚弄他，我还忽悠着让他给我弟弟写了一封简短的信，内容大概如下：

苏弟弟：

你好！

我是你姐姐苏小昨同学最好的朋友李想，同时也是本校的学生会主席，听说你在家经常欺负你姐姐，现在我以你姐姐最好的朋友以及学生会主席的身份命令你，以后要对你姐姐好一点，否则，我不会轻饶你的！

此致

敬礼！

学生会主席李想

2004 年 4 月 1 号

后来决定不再和他同桌后，我曾拿出那封信给他道歉：“当初就是愚人节，骗着你玩的！没想到你居然傻了巴叽地当真了，现在你可以撕掉了。”

没想到，李想居然挠了挠头发，嘿嘿地笑着说：“我是何等聪明，怎么能看不出来你是忽悠着玩呢！那些话是我真的想写给你弟弟看的，你留着做个纪念吧！”

多年以后，每每想起此事，我都会痴痴地想，这就是李想曾经喜欢过我的证据吗？

整整一个学期，我和李想就这么骄傲地一个人霸占着整张课桌。

我俩之前仅隔着 3 排课桌，不足 2 米，却似乎隔了整个银河。

我和李想就像两条平行线，再也没了交集。

就好像最熟悉的陌生人，曾经那么亲密无间，现如今，见了面相视一笑，都觉得无比尴尬，就这样一直尴尬到高中毕业。

高中时期，我非常喜欢梁晓声的《芊子》，因为和芊子那场惊世骇俗的暗恋相比，我的暗恋青涩、纯粹而又个性张扬。

13

高中时候的我们就像一把青葱，单纯起来就像葱白一样纯洁无瑕，叛逆起来比绿油油的青葱叶还呛人。

我们曾经因为物理老师罚站，而悄悄地把老师自行车前后胎的气全部放掉，坏起来还用钉子扎几个眼。

然后幸灾乐祸地看着俊朗帅气的物理老师把自行车扛在肩膀上，潇洒地走出校门。

我们也曾因为害怕考试，而想出一个宿舍集体食物中毒的馊点子。

班主任带着医务室老师来喂我们吃药，我们居然能在眼皮底下悄悄地把药藏在枕头下。

因为我最内向、最实在，从不说谎，舍长还派给我一个任务，假装拉肚子，在班主任面前，捂着肚子，冲向厕所。

班主任走后，大家都夸我："哇噻，你演得好像，可以拿奥斯卡影后了。"

然后我一脸委屈地说："我是真的肚子疼啊！我天天拉肚子，你们又不是不知道。"

悲催的是，高中统考一般两天，第一天躲过去了，第二天还得想办法。

冥思苦想一晚上，我们决定统一请假去校外打吊瓶。

当然是假的！花 5 毛钱买一块白色医用胶带和医用棉花一起粘在手背上。

但是又害怕老师不信，会检查，于是挑出一个人来扎针。

就是让护士在手背上扎个眼，回去好给老师看看，我们真的去打吊瓶了。

最终选出我扎针，不过扎针还得花 1 块钱。

为什么要选我?

可能我脸上写着“诚实”两字。

我们互相扶着到了教室后，我开始按照预先设计的剧情，拆开医用胶带，给同学们看针眼，并不停强调，我们真的去打吊瓶了。

那时候的我们可真傻，但是傻得很可爱。

再后来我们去济南考前辅导班集训美术，老师们花重金聘请了山东艺术学院和山工艺的教授来给我们上课。

虽然我一直废寝忘食地努力画画，但我好像始终不开窍，我依然会被老色鬼黄老头批评得体无完肤，素描外形把握得不准，明暗交界线太分明，过渡得不自然；速写人物抓不住特点，比例和透视掌握不好；水粉画构图不好，颜色纯度太高，太过跳跃。

我很努力想改正这些缺点，于是每天坚持画到后半夜一两点才回宿舍睡觉。

终于有一天，黄老头恶狠狠地对我说：“我知道你很努力，但画画仅靠努力是不够的，你得去悟，明白吗？人家悟性好的同学就像一张窗户纸一点就破，而你就像铜墙铁壁，老师的手指头都戳断了，也没把你点透！老师实在拿你没辙了，你好自为之吧！”

黄老头的这些话犹如一盆带着冰碴的冰水，唰的一下，让我从头冷到脚，同时浇灭了我对美术的全部热情和希望。

我不知道自己怎么走进了浴室，打开花洒，任由眼泪肆意流淌，心里像被压了块大石头，却不敢痛痛快快哭出声，因为那是公共浴室，旁边还有嬉笑打闹的女同学。

走出浴室，我的眼睛又红又肿，就像熟透的桃子一样。有严重恐高症的我竟然鬼使神差地爬到画室的顶层，我想纵身跳下，一了百了，却又不甘心，我还不到 18 岁，还没有品尝过爱情的味道；我那么拼命地努力学习，还没等到自己功成名就的那天，向全世界证明我不笨，也不傻，更不缺心眼。

我忽然想到，像黄老头那种三观不正、不值得别人尊重的老师根本不配宣判我的人生。

14

那天从画室顶层天台爬下来后，我鼓足勇气敲开了美术集训班魏老师的办公室，虽然他也经常批评我的画，但我知道他是一个品行端正、刚正不阿的老师。

我压低嗓音，忐忑不安地问他："老师，你是不是也觉得我的画考大学没指望了？"

老师被我吓了一跳，他很严肃地问我："谁告诉你的？"

我把黄老头的话原原本本地告诉魏老师，老师非常气愤地说："没有任何老师可以随随便便定义别人的人生，更何况艺术是没有标准可言的。你们黄老师喜欢那种画得逼真而细腻的作品。不过我反倒觉得你的画明暗虚实分明，表现手法夸张而又有个性，构图视角独特，只要继续坚持，一定能找到属于自己的风格。你那么努力，一定能考上好大学，别担心！"

魏老师的话让我信心百倍，在高三专业考试前的最后几个月，我继续夜以继日地拼命画画。

然而，我并没有因为如此努力而考入心仪的大学。

或许是我太不知天高地厚，竟然把北京服装学校当作理想学府。

也或许是因为我不够努力坚持，因为当我满怀希望地进入考场时，竟然遇到了一个为了考北京服装学院连续复读 6 年的师兄，而我左右手边的两个美女也都复读了 3 年，当时我就蒙圈了。

出考场时，师兄还轻蔑地对我笑了笑：“我以为你考北服也就说说而已，画那么烂还敢来考北服，谁给你的勇气啊？”

总之在那场兵荒马乱的专业考试中，我输得一败涂地！

我的青春几乎就是一个天大的笑话，作为全年级最努力的学生，我居然名落孙山，还有那场被我埋藏在心底的暗恋，都显得那么滑稽可笑。

自始至终，我居然连表露心迹的勇气都没有。

高考前，专业和文化课都还不错的班花杨阳居然辍学了，这让班里同学感到非常震惊。后来大家纷纷传出，白雪考完美术专业后，一脚踹了黄老头，还找了社会上的黑道大哥修理了他一顿。

被白雪踹了后，黄老头又瞄上了杨阳，有一天上晚自习时，值班的黄老头把杨阳叫进办公室，指着一幅非常逼真的裸女油画，色眯眯地问她：“你觉得这幅画怎么样？你是否愿意为艺术献身，当老师的裸体模特呢？”说着一双脏手搭在了杨阳肩膀上，吓得杨阳哇的一声就哭了。她努力想甩开黄老头，无奈他的脏手就像钳子一样，死死地钳住杨阳的双肩。

就在这时，一个年轻的实习男老师进来了，不知所措地望着他俩，黄老头赶紧甩开手，恶狠狠地指着杨阳说：“都给你说过多少遍了，你这样勾引老师是不对的，专业考试已经过了，老师也无能为力了。”

杨阳不可思议地看着黄老头，哭着跑出了教室。

从那以后，杨阳再也没有回来。

而黄老头继续把魔爪伸向了比我们低一年级的学妹们，这让我们感到非常悲伤。

我和李想都没能考进理想学府，他去了北京，我去了三亚，从此天各一方。

大一寒假那年同学聚会，我又见到了李想。他已经交了女朋友，我们班上最其貌不扬的女生，一个脸盘和我一样大、眼睛比我小的姑娘，看着他俩浓情蜜意地十指相扣，我的心中隐隐作痛。

当时我悔得肠子都青了，内心无比抓狂，早知道李想喜欢大脸盘的姑娘，我就鼓足勇气向他表白了。

后来聚会结束时，班长提议大家互相留一下QQ号码，方便联系。我非常尴尬地表示，从来不上网，所以没有QQ。

我的话音刚落，李想就非常爽快地说："那我把我的QQ号送给你吧！我回头再申请一个。我这个号已经俩太阳了，很多人排队想买，我都不卖呢！"

回到家，我迫不及待登录上李想送给我的QQ，当我看到个性签名上赫然写着："爱真的需要勇气，来面对流言蜚语，只要你一个眼神肯定，我的爱就有意义！"鼻子不禁有些酸楚。

当我泪眼蒙眬地打开空间时，梁静茹熟悉的旋律再次响起，我仿佛看到多年前那个满脸纯真的自己，坐在李想的背后，青涩而甜蜜地哼唱着：

终于做了这个决定，
别人怎么说我不理。
只要你也一样地肯定，
我愿意天涯海角都随你去。
我知道一切不容易，

我的心一直温习说服自己。
最怕你忽然说要放弃，
爱真的需要勇气，来面对流言蜚语。
只要你一个眼神肯定，
我的爱就有意义！

后来，那个被我写满心事的 QQ 号被人盗走了。

我费了好大力气，最终还是没能把它找回，就仿佛我那逝去的青春一样，无论我怎么努力，终究还是离我而去。

多年以后，每次和王同学谈起高中时的青葱岁月时，他都酸溜溜地说："你是不是喜欢你当时那个同桌李想啊？"

我一脸无辜地说："怎么可能呢？人家有喜欢的姑娘，而且爱那个姑娘爱得死去活来的，估计两人现在已经结婚了。"

王同学默不作声地拿起我的手机，翻看通讯录，然后指着李想的电话号码酸溜溜地说："你看，你都有他的电话号码，还说你不喜欢他！"

我无可奈何地说："一个电话号码而已，能代表什么？好吧！既然你那么在意，我删除好了，还有 QQ 号、微信号。你看好喽！我都删了。"

摁下删除键的那一刻，我在想，是啊！我们总得学会和逝去的青春说再见！

再见，不是为了再见的再见！

时间终究会带走青春的翅膀，却往往留下一根多情的尾巴，就像它把悲剧变成喜剧，又把喜剧变成悲剧。

原来，我们所经历的一切，虽然永不复来，却不会消失至无。

后记

我错过很多爱情，却没错过你

出书一直是我羞于说出口的梦想。

在 2015 年之前，如果我要说，我的梦想是有生之年出一本书，一本文学造诣极高的畅销书，我的亲朋好友肯定都会嗤之以鼻地说，你都是孩她妈了，能不能靠谱一点！

在他们看来，一个两岁孩子的妈妈，最大的任务就是把孩子带好，等她上了幼儿园，找个稳定轻松的工作，如此平淡安稳过一生。

而出书这事，太虚无飘渺，并不是一个已婚妇女所能触及的梦想。

然而，我是一个闲不住的人，我一直信奉许三多那句，人不能活得太安逸，会容易出问题的。

于是，我在带孩子期间一直坚持写文章。亲朋好友看到我每天通宵达旦写文章，心疼我熬坏身体，各种给我泼冷水。

他们有所不知，写作是我做全职妈妈期间最大的精神慰藉。

2015 年末，在大家不可思议的目光中，我签约了这本书。

当我拿到出版合同，看到书名《我遇见过很多爱情，却没有遇见你》时，第一反应不是万分激动，而是去问编辑，书名为什么不是《我错过很多爱情，却没错过你》。

那个羞涩的大男孩笑着说，姐，您说的那个书名适合已婚的人看。

其实我的感情经历十分吻合《我错过很多爱情，却没错过你》。

在认识我家先生王同学之前，我从来没有谈过恋爱。

处女座的我是一个对感情有洁癖的悲观主义者，我渴望坚贞不渝的爱情，却总担心会遭遇背叛，因为我受不了任何形式的背叛。

因为自卑、矫情和极度缺乏安全感，在最美好的年纪，我错过了很多爱情。

王同学是一个性格开朗的乐天派，正是他的乐观深深地吸引了我。我深知只有内心无比强大的人才能驱走我的孤独与悲伤，保护我的敏感和脆弱，容忍我的矫情！

其实证明，我并没有看错，虽然我们过得很清贫，但王同学总能用他积极乐观的态度感染我，无论我情绪多么低落，他总是有办法把我逗笑。

认识王同学之前，我从来不敢写情感类的文章，因为没有真实的情感经历是无法写出感人肺腑的爱情故事的。

王同学是我的缪斯男神，我那些令人交口称赞的文章随处可见他的身影。

我很庆幸虽然错过很多爱情，却没有错过那个对的你！

是的！对的人，是没那么轻易错过的！

如果没有认识王同学，我想我会回十八线的小县城，还未盛开就已经枯萎。梦想更是埋藏在心底的一根刺，每每触及便会隐隐作痛。

王同学一直积极鼓励我勇敢地追逐梦想。作为我的头号大粉丝，他执着地认为，终有一天，我的梦想会闪闪发光。

在这本《我遇见过很多爱情，却没有遇见你》中，里面30多个爱情故事都是发生在我身边的真实故事。

这其中有我的亲人，有朋友，有同事，有读者，当然还有我自己的故事。

为了能把这些爱情故事原汁原味呈现给大家，我去了很多城市，拜访了很多朋友，听了很多他们的故事。

非常感谢我故事中的每一位主角，感谢他们对我如此信任，感谢他们愿意把他们的故事变成我的文字。

感谢二更食堂的知遇之恩，让我的这些故事被更多的人熟知；感谢青年作家李尚龙和李爱玲、孙冰颖在百忙之中抽出时间为我的第一本书作序；感谢二更食堂李明老师和思想聚焦吴雁老师特别推荐我的新书；感谢青年作家杨熹文、老丑、陈果为此书鼎力推荐。感谢一直以来给予我支持和鼓励的读者朋友，无论你们会持续关注我多久，都非常感谢这一刻，你看到了这里。